HUBERT MONTEILHET

Tödliche Ehen

Der Asche entstiegen

Zwei Kriminalromane

BÜCHERGILDE GUTENBERG

INHALT

HUBERT MONTEILHET

Tödliche Ehen

VORBEMERKUNG

Die Lektüre der besten Autoren, die ich von Jugend an gepflegt habe, hat meine Selbstkritik geschärft: ich traue mir nicht genügend Talent und Phantasie zu, um dem Leser eine eigenhändig geschriebene Arbeit vorzulegen.

Deshalb habe ich mich damit begnügt, eine Auswahl von Dokumenten zusammenzustellen, die ein neues Licht auf einen Mordfall werfen, der vor kurzem die Öffentlichkeit beschäftigte.

Ich habe mich bei meiner Arbeit darauf beschränkt, die Unterlagen zu sichten, sie chronologisch zu ordnen und die darin vorkommenden Namen und Daten ein wenig abzuändern. Die stilistischen Eigenheiten der Verfasser der einzelnen Dokumente blieben gewahrt. Das Zartgefühl des Lesers wird dadurch nur in den seltensten Fällen verletzt, während die Wahrheit, eins der wichtigsten Elemente in der Kunst, nur gewinnt. Im übrigen handelt es sich bei den Verfassern dieser Dokumente um gebildete Menschen; die kleinen Entgleisungen, die sie sich gelegentlich gestatten, erscheinen mir eher amüsant als bedauerlich.

So ist also durch die Aneinanderreihung dieser Schriftstücke eine Art Kriminalroman entstanden. Meiner Ansicht nach kommt diese Literaturgattung einem echten Bedürfnis des heutigen Publikums entgegen. In einer Welt, die uns ständigen Nervenanspannungen aussetzt, erscheint es angebrachter denn je, die eigenen Sorgen dadurch zu beschwichtigen, daß man sich eine unschuldige Freude an den Ängsten anderer gewährt. Auf ehrbare Menschen üben die anomalen und krankhaften Reaktionen gewisser Charaktere zweifellos eine ablenkende und geradezu therapeutische Wirkung aus, wie sie durch kein anderes Mittel erzielt werden kann.

Um einen Grundzug allerdings, den man in dieser Literaturgattung nur allzuoft vermißt, habe ich mich ausdrücklich bemüht: um klassische Strenge. Ich habe daher einen Fall gewählt, bei dem die erschreckende Wirkung mehr aus der Psychologie der Handelnden erwächst als aus irgendwelchen banalen äußeren Umständen, einen Fall also, bei dem meines Erachtens eine im allgemeinen gemessene Ausdrucksweise vollauf genügt, um alles zu sagen.

Sollte man mir zum Vorwurf machen, daß ich hier eine schmutzige Geschichte wieder aufrühre, so kann ich nur erwidern, daß ich keineswegs Genugtuung empfinde und daß ich vor allem auf die geistige Freiheit vertraue, die einzige, die einem aufrechten Gemüt unantastbar erscheinen muß und seines Interesses würdig ist. Der Anblick des Bösen kann vielleicht schlechte Menschen abschrecken – den guten, die doch wohl in der Überzahl sein dürften, bietet er eine Bestätigung ihrer Grundsätze. So erhält letztlich jeder, was ihm zukommt, und dieses Buch gibt allen das, was sie darin gesucht haben.

Allen denen, die mich liebenswürdigerweise ermächtigt haben, die nachstehenden Dokumente zu veröffentlichen, sage ich hiermit meinen verbindlichsten Dank.

1

Montpellier, 13. Dezember 1923
Paul Canova, Professor am Gymnasium zu Montpellier, an den Herrn Direktor der Versicherungsgesellschaft La Salvatrice, Lausanne.

Sehr geehrter Herr Direktor,
nach reiflichen Überlegungen habe ich mich entschlossen, Ihrer Gesellschaft die Summe von 250000 Schweizer Franken anzuvertrauen, die ich vor kurzem von meinem Großonkel väterlicherseits geerbt habe und die seit drei Monaten auf der Bundesbank in Lausanne deponiert ist.

Ich würde es begrüßen, wenn es sich einrichten ließe, daß ich zum Zeitpunkt meiner Pensionierung über etwa zwei Millionen Schweizer Franken verfügen könnte. Sollte ich vor diesem Termin sterben, so möchte ich, daß meiner Frau diese gleiche Summe gutgeschrieben wird.

Auf Grund meiner Erkundigungen nehme ich an, daß sich meine Wünsche durch den Abschluß folgender Versicherungen realisieren ließen: 1. einer auf vierzig Jahre bemessenen Lebensversicherung bei vorheriger Einzahlung des gesamten Prämienkapitals, 2. einer Versicherung für den Todesfall.

Mein Entschluß wird Sie vielleicht überraschen, aber ich bitte Sie zu bedenken, daß ich mich bereits jetzt als einigermaßen wohlhabend betrachten darf und daß finanzielle Spekulationen mir fernliegen. Als ein Mann, der sich vornehmlich mit historischen Studien beschäftigt, halte ich es für das Klügste, die Zeit für mich arbeiten zu lassen. Auf diese Weise kann ich, wenn ich einmal über mehr Erfahrung und Muße verfüge, in den Besitz eines beträchtlichen Kapitals gelangen, das ich zum größten Teil für kulturelle Zwecke zu verwenden gedenke, die einen würdigen Abschluß meiner Karriere darstellen sollen.

Ich bin mir bewußt, daß der Umfang der von mir gewünschten Abschlüsse etwas außergewöhnlich ist, möchte jedoch darauf hinweisen, daß meine Frau und ich Universitätskreisen angehören, die Ihnen jede erforderliche Garantie geben dürften ...

In Erwartung Ihrer grundsätzlichen Zustimmung verbleibe ich mit den besten Empfehlungen ...

Lausanne, 19. Dezember 1923

Der Leiter der Lebensversicherungs-Abteilung der Versicherungsgesellschaft La Salvatrice
an Herrn Paul Canova, Professor am Gymnasium zu Montpellier.

Sehr geehrter Herr Professor,
hierdurch bestätigen wir Ihnen mit verbindlichstem Dank den Erhalt Ihres Schreibens vom 13. dieses Monats, dessen Inhalt wir mit Interesse zur Kenntnis genommen haben.

Der Umfang des von Ihnen gewünschten Vertrags ist in der Tat ziemlich ungewöhnlich. Beim Abschluß einer Versicherung für den Todesfall pflegen wir – im eigenen Interesse des Kunden – eine gewisse Höhe des Versicherungsbetrags nicht zu überschreiten.

Angesichts der außergewöhnlichen Umstände sind wir jedoch in diesem Fall bereit, auf Ihre Wünsche einzugehen. Wir möchten Sie allerdings bitten, keinen Anwalt als Vermittler einzuschalten, da wir einen unserer Inspektoren beauftragen wollen, sich zum Zweck der üblichen Erkundigungen und der Einholung ärztlicher Gutachten direkt mit Ihnen in Verbindung zu setzen.

Indem wir Ihnen für das uns entgegengebrachte Vertrauen unseren Dank aussprechen, zeichnen wir mit dem Ausdruck unserer vorzüglichsten Hochachtung ...

Montpellier, 11. Februar 1924

Pierre Rousseaux, Versicherungsinspektor,
an den Leiter der Lebensversicherungs-Abteilung der Versicherungsgesellschaft La Salvatrice, Lausanne.

Betrifft: Vertrag Canova.

Sehr geehrter Herr Direktor,
die Zusammenstellung meines nachfolgenden Berichts hat sich etwas verzögert, aber ich erlaube mir den Hinweis, daß Sie selbst eine besonders eingehende Untersuchung des Falls gewünscht hatten. Sie werden verstehen, daß es mir nicht möglich war, eine derartige Anzahl von Daten und Angaben in kürzerer Zeit zu ermitteln.

Zwecks leichterer Übersicht habe ich mir gestattet, die Ergebnisse meiner Arbeit in verschiedene Rubriken zu ordnen.

Der Versicherte:

Lebenslauf: Geboren am 14. Januar 1897 in Paris (VIe). Vater: Professor der Literatur an der Sorbonne. Mutter: ohne Beruf. Einziges Kind. Besuchte das Gymnasium Louis-le-Grand. Ausgezeichneter Schüler. Zweiter Preis in Geschichte bei einem allgemeinen Wettbewerb im Jahre 1913. Besteht im selben Jahr die Abschlußprüfung. Universitätsstudium. Vater fällt an der Front im Jahre 1916. Meldet sich im selben Jahr als Freiwilliger.

Leichte Schenkelverwundung durch Granatsplitter im Jahre 1917. (Keine Invalidität.) Kriegsverdienstkreuz. Wird mit dem Rang eines Leutnants zum Generalstab versetzt. 1918 Entlassung aus dem Heeresdienst. Mutter stirbt an der spanischen Grippe. Unterhält 1919 eine kürzere Beziehung zu einer Schauspielerin. 1920 Studienreferendar. Erwirbt 1921 das Lehrerdiplom. 1922 zum außerordentlichen Professor für Geschichte und Geographie ernannt, im selben Jahr Anstellung am Gymnasium zu Montpellier. Heiratet daselbst am

13. März 1923 Antoinette Mérignac, ohne Beruf, Tochter eines Professors am selben Gymnasium. Beerbt kurz darauf seinen Großonkel Samuel Canova, Schweizer Staatsbürger, Vizepräsident der Bundes-Elektrizitätsgesellschaft. Arbeitet an einer wissenschaftlichen Untersuchung mit dem Titel: *Die hellenisch-etruskischen Einflüsse auf das frühe Rom.*

Gesundheitszustand: Wie aus den beigeschlossenen ärztlichen Attesten ersichtlich, gibt der Gesundheitszustand Herrn Canovas zu keinerlei Besorgnis Anlaß. Hat bisher noch keine schwere Erkrankung durchgemacht. Die üblichen Kinderkrankheiten wurden gut überstanden und hinterließen, ebenso wie die Kriegsjahre, keine nennenswerten Folgeerscheinungen. Keine Gasvergiftung. Es wurden eine leichte Aerophagie und ein Herz-Erethismus festgestellt, die nach Aussage des Arztes zu einer bei Intellektuellen häufig beobachteten gewissen Nervosität geführt haben. Keinerlei erbliche Belastung. (Drei Geschwister der Eltern und ein Großonkel sind noch am Leben.) Kein Übergewicht.

Vermögenslage: Für den Augenblick ist keine beträchtliche Steigerung seiner Einkünfte zu erwarten, doch ermöglichen die Bezüge aus seiner Arbeit sowie einige kleinere Erbschaften aus früheren Jahren Herrn Canova eine behagliche und standesgemäße Lebensführung. Besitzt eine Eigentumswohnung auf der Avenue de l'Observatoire in Paris, ein Landhaus in Fontainebleau, ein Bankguthaben und eine Anzahl sicherer Wertpapiere. Hat neben seinem allerdings nicht sehr hohen Gehalt weitere Einkünfte durch die regelmäßige Mitarbeit an Schulausgaben und wissenschaftlichen Zeitschriften. Lebt in Gütertrennung (seine Frau besitzt 20 000 Francs Mitgift). Hat ein Testament zugunsten seiner Frau gemacht. Schätzt einen gewissen Komfort, hat jedoch keine luxuriösen Neigungen.

Berufsleben: Wird von seinen Schülern geschätzt, von seinen Kollegen geachtet. Ist von fast schüchterner Zurückhaltung, besitzt aber natürlichen Takt und Lebensart. Keine engeren Freundschaftsbeziehungen.

Religiöse Ansichten: Vertritt einen liberalen Protestantismus, der sich zwar nicht praktisch auswirkt, aber unserem Klienten das Gefühl vermittelt, einer moralischen Elite anzugehören und ihm eine bestimmte Haltung vorschreibt. Gehört nicht dem Kirchenrat an und vermeidet theologische Diskussionen.

Politische Ansichten: Neigt zu sehr gemäßigten republikanischen Anschauungen mit leicht antiklerikaler Färbung. Wählt nicht. Beteiligt sich nie an öffentlichen Kundgebungen. Denkt nicht an eine politische Karriere.

Verschiedenes: Kein spezielles Laster. Nichtraucher. Weinkenner. Geordnete Lebensweise. Kein Interesse für Reisen und Sport, insbesondere nicht für gewalttätige Sportarten. Hat ein Mißtrauen gegen Automobile. Reitet nicht, jagt nicht, schwimmt nicht. Abneigung gegen Glücksspiele.

Weder schön noch häßlich. Hat eine Vernunftehe geschlossen, vermutlich aus jenem Verantwortungsbedürfnis, das der bei tiefer veranlagten Naturen eine Reaktion auf die Kriegsjahre darstellt. Macht nicht den Eindruck, als ob er Gegenstand einer gefährlichen Leidenschaft werden könne.

Herr Canova ist, soweit ich es beurteilen kann, ein feinfühliger aber bedächtiger Mensch, der sich nötigenfalls immer zu beherrschen weiß. Er verschmäht es, sich mit praktischen Fragen abzugeben, und hat mehr Interesse für seine Arbeit als für Geld oder Gefühle. Im Gespräch mit näheren Bekannten gibt er sich ungezwungen und liebenswürdig. Inneres Gleichgewicht, Besonnenheit, geistige Beweglichkeit, vernünftiger Optimismus. Dazu ein diskreter Humor. Keinerlei Tendenz zu Neurasthenie. Ein wenig flüchtig in seinen Urteilen über andere, die zu vertiefen er sich wenig Mühe gibt. Täuscht sich leichter in anderen als in sich selbst. Hört sich gern sprechen . . .

Die Begünstigte:

Geboren in Cahors zugleich mit unserem Jahrhundert. Unbedeutend. Eine Schwester gut verheiratet, ein jüngerer Bruder im Lehrberuf. Makellose Vergangenheit. Ziemlich hübsch: ein etwas unregelmäßiges, aber frisches Gesicht. Geht wenig aus. Hausfrauliche Tugenden. Gehört der reformierten Kirche an. Besucht regelmäßig den Gottesdienst; Mitglied des Kirchenchors. Bewundert ihren Mann. Dürfte an finanziellen Fragen interessierter sein als er; soll gegen die beabsichtigten Verträge Einwände erhoben haben. Hat aber zweifellos wenig Einfluß auf ihren Mann.

Ich muß hinzufügen, daß Herr Canova, der sich durchaus bewußt ist, daß wir in diesem Fall außergewöhnliche Vorsichtsmaßnahmen treffen müssen, mir auf liebenswürdigste Weise meine Aufgabe in jeder Hinsicht erleichtert hat. Er hat mir sogar angeboten, sich einer zusätzlichen psychiatrischen Untersuchung zu unterziehen – ein Vorschlag, den ich mehr aus Skepsis gegenüber derartigen Untersuchungen als aus Feingefühl abgelehnt habe. Er hat sich über meine Fragen oft amüsiert und beweist hinsichtlich des Vermögens, das ihm in den Schoß gefallen ist, eine Gelassenheit, die fast an Leichtsinn grenzt. Mit Frau Canova bin ich nur wenig in Berührung gekommen.

Sie werden in meinem Bericht zweifellos Einzelheiten finden, die Sie als überflüssig erachten, aber es erschien mir im Hinblick auf die Höhe der Versicherungssumme ratsam, lieber zuviel als zuwenig Material zusammenzutragen, und ich möchte es daher Ihrer Erfahrung überlassen, das Wesentliche auszusondern.

Meiner Ansicht nach liegt der Fall bemerkenswert günstig, und ich möchte nicht zögern, den Abschluß der Verträge zu befürworten. Irgendeine Gefahrenquelle ist nicht ersichtlich: Herr Canova ist der Typ eines Menschen, dem nie etwas zustößt, der keinen Selbstmord begeht und sich auch nicht ermorden läßt. Was Frau Canova betrifft, so kann ich sie mir schwerlich als Mörderin vorstellen und noch weniger als eine Mörderin, die sich nicht überführen läßt – was in unserem Fall das Wesentliche sein dürfte.

Ich füge schließlich noch hinzu, daß unser Klient sofort in den Vorschlag eingewilligt hat, gewisse Risiken, die normalerweise einbezogen sind, ohne eine nennenswerte Herabsetzung der Prämiensumme aus dem Versicherungsvertrag für den Todesfall auszuklammern: den Fall eines Selbstmordes während der ersten zehn Jahre der Vertragsdauer, den Fall einer Ermordung durch eine dem Versicherten verwandte Person, sowie den Fall des Todes durch bestimmte, allerdings sehr seltene epidemische Krankheiten, deren Liste ich beifüge.

Ohne mir schmeicheln zu wollen, bin ich doch überzeugt, den mir erteilten Auftrag bestens ausgeführt zu haben. Ich werde mich bis zum Eintreffen Ihrer Entscheidung hier in Montpellier aufhalten und verbleibe für heute mit verbindlichen Grüßen . . .

Lausanne, 21. Februar 1924
Der Leiter der Lebensversicherungs-Abteilung der Versicherungsgesellschaft La Salvatrice
an den Versicherungsinspektor Pierre Rousseaux, Montpellier.

Betrifft: Vertrag Canova.

Sehr geehrter Herr Rousseaux,
hierdurch bestätige ich den Eingang Ihres Berichts vom 11. dieses Monats. Er enthält allerdings verschiedene überflüssige Einzelheiten, jedoch auch einige bedauerliche Lücken, vor allem hinsichtlich der Begünstigten und ihrer Familie. Ihre Antithese: ›Geboren in Cahors zugleich mit unserem Jahrhundert. Unbedeutend‹, habe ich mit Vergnügen zur Kenntnis genommen, hätte es jedoch vorgezogen, etwas eingehen-

der über diese junge Frau, ihre Eigenschaften und ihre Umgebung unterrichtet zu werden. Es dürfte Ihnen bekannt sein, daß bei Versicherungen für den Todesfall die Hauptgefahrenquelle – wenn wir den Gesundheitszustand des Versicherten einmal beiseite lassen – bei der Begünstigten und den ihr nahestehenden Personen zu suchen ist. Auch der ›harmloseste‹ Mensch kann im Winter ein Fenster offenlassen, wenn der Klient mit Lungenentzündung im Bett liegt – die Folgen einer solchen Fahrlässigkeit aber sind für den Versicherten keineswegs ›harmlos‹.

Vor allem wäre mir an einem Bericht über den Gesundheitszustand von Frau Canova gelegen gewesen; denn falls diese Dame vorzeitig sterben sollte, ist mit der Möglichkeit zu rechnen, daß unser Klient sich wieder verheiratet, und zwar mit einer Frau, die wir nicht ausgesucht haben und die nicht ›regelmäßig den Gottesdienst besucht‹.

Alles in allem scheint der Fall jedoch annehmbar; Sie können die Verträge aufsetzen. Außerdem rate ich Ihnen, auf Holz zu klopfen und sicherheitshalber auch noch auf die gegenwärtigen oder künftigen Hörner, die unser kostbarer Klient tragen mag.

Mit besten Grüßen ...

Montpellier, 25. Februar 1924

Monsieur Pierre Rousseaux
an Madame Pierre Rousseaux, Lausanne.

Mein Schatz,
gottlob, morgen abend bin ich wieder bei Dir! Der Alte hat wie gewöhnlich noch ein bißchen geknurrt, aber zum Schluß hat er mir doch freie Hand gelassen. Er ist übertrieben mißtrauisch und wittert überall Fallstricke. Endlich ist dieser Papierkrieg abgeschlossen! Unser Klient ist ein etwas weltfremder Mensch, ein Professor, der für eine etruskische Male-

rei mehr Begeisterung aufbringt als für zwei Millionen Schweizer Franken. Sonderbarer Bursche! Er hat nicht den uns Schweizern angeborenen Respekt vor dem Geld. Immerhin hat er mir freundlicherweise ein Zimmer in seiner Villa zur Verfügung gestellt: ein Sonderfall erfordert Sonderumstände! Die Küche hier ist ausgezeichnet, aber bei Dir wird es mir noch besser schmecken.

Auf bald! Küsse, Dein . . .

Paris, 15. Oktober 1947

Paul Canova, Professor an der Sorbonne,
an den Herrn Direktor der Versicherungsgesellschaft La Familiale, Paris.

Sehr geehrter Herr Direktor,
ich habe die Absicht, eine auf die Dauer von zwölf Jahren bemessene Versicherung für den Todesfall in Höhe von zwanzig Millionen Francs zugunsten meines 1939 geborenen unmündigen Sohnes aus erster Ehe abzuschließen. Sollte mein Sohn vor Ablauf dieses Vertrages sterben, ist als Zweitbegünstigte meine zweite Frau einzusetzen, die ich im Juli dieses Jahres geheiratet habe. Sie wird auch im Falle meines Todes die Vormundschaft für das Kind übernehmen.

Ich darf hinzufügen, daß meine Frau bereits als Begünstigte in einem anderen Versicherungsvertrag eingesetzt ist, den ich im Jahre 1924 über eine beträchtlich höhere Summe mit der Versicherungsgesellschaft La Salvatrice in Lausanne zugunsten meiner im Jahre 1946 verstorbenen ersten Frau abgeschlossen habe.

Da die gegenwärtige Situation eine hiesige Investierung im Ausland deponierter Kapitalien weniger ratsam erscheinen läßt denn je, möchte ich durch den Abschluß des Vertrages mit Ihnen dafür Sorge tragen, daß mein Sohn für den Fall, daß mir etwas zustößt, mit einer sofort verfügbaren Summe in französischer Währung rechnen kann. Es ist mein Wunsch, ihn auf diese Weise vor eventuellen finanziellen Schwierigkeiten zu schützen, damit er in Ruhe seine Ausbildung beenden kann, die bisher aus Gesundheitsgründen eine gewisse Verzögerung erfahren mußte.

In Erwartung Ihrer Zusage bin ich

mit den besten Empfehlungen . . .

2

Paris, 12. April 1948

Madame Paul Canova
an Monsieur Paul Canova, Florenz
P. A. Association Culturelle Française.

Liebster,
Du enttäuscht mich: ich war auf einen hübschen Reisebericht, auf eine Beschreibung der Landschaft um Florenz gespannt ... und Du schreibst mir von Geldsachen!

Aber um Dich sofort zu beruhigen: selbstverständlich verzichte ich zugunsten Xaviers auf einen Teil der berühmten Erbschaft von Onkel Samuel, und ich überlasse es Dir, die Höhe dieses Anteils festzusetzen. Im übrigen werde ich ohnehin nie etwas von diesem Geld zu sehen bekommen, da ich zuversichtlich hoffe, daß Du mir noch recht lange erhalten bleibst. Du hättest Dir wirklich nicht soviel Mühe zu machen brauchen, um mir Deine Wünsche vorsichtig beizubringen.

Nun zu wichtigeren Dingen! Xavier hat schon wieder eine Furunkulose, die jedoch glücklicherweise nicht ernster zu sein scheint als die früheren Erkrankungen. Der Kleine ist doch sehr anfällig. Aber ich pflege ihn, so gut ich kann, damit er gesund ist, wenn Du ihn wiedersiehst.

Was soll ich Dir sonst noch erzählen, das Dich interessieren könnte? Es wären nur Belanglosigkeiten, für die mir die Zeit zu schade ist.

Deine Vera, die Dich liebt.

Florenz, 17. April 1948

Monsieur Paul Canova
an Madame Paul Canova, Paris.

Mein Liebling,
ich bin sehr froh, daß Du Dich so bereitwillig einverstanden erklärt hast, zugunsten unseres kleinen Xavier auf die Hälfte der Versicherungssumme zu verzichten. In dem mit La Salvatrice abgeschlossenen Vertrag wurde seinerzeit als Begünstigte ohne Namensnennung ›meine Frau‹ eingesetzt; mithin bezieht sich dieser Passus seit unserer Heirat automatisch auf Dich. Allerdings hat bei dieser Heirat, wie ich glauben möchte, die Liebe eine zu große Rolle gespielt, als daß wir zu diesem Zeitpunkt solche prosaischen Nebensächlichkeiten bedacht hätten. Aber auch eine beispielhafte Stiefmutter, wie Du es bist, bleibt für das Kind naturgemäß bis zu einem gewissen Grade eine Fremde, und Du hast darum sehr bald erkannt, daß Deine Lage Dir ein gewisses Opfer auferlegt. Ich habe lange geschwankt, ob ich dieses Thema Dir gegenüber überhaupt berühren sollte, da ich fürchtete, Dich zu verletzen ... Nun, da Du mich mit dieser fast nachlässigen Selbstverständlichkeit beruhigst, fühle ich mich beinahe beschämt, weil ich Dir diese Frage nur brieflich vorzulegen wagte. Aber ich hoffe, Du verstehst, daß ich ein Gespräch vermeiden wollte; ich befürchtete, es könnten dabei Worte fallen, die geeignet wären, unsere Beziehungen zu trüben. Die Vorsicht war wirklich unnötig! Mein Sohn wird also in Kürze vollkommen ›gesichert‹ sein, wie der Fachausdruck wohl lautet, und zwar in der Schweiz ebenso gesichert, wie er es bereits in Frankreich dank der neuen Versicherung ist, zu deren Abschluß Du mich trotz der sehr hohen Prämien überredet hast. Stell Dir vor: ich habe einen Augenblick geglaubt, Du drängtest mich, diesen Schritt zu tun, damit ich nicht auf den Gedanken komme, die andere Versicherung zu erwähnen ... Ich bitte Dich um Verzeihung, es war töricht von mir.

Meine Vorlesungen über Titus Livius sind sehr gut besucht, der Frühling ist wie ein Lied der Lebensfreude, und die Ufer des Arno sind so bezaubernd wie eh und je. Trotzdem sehne ich mich danach, Euch wiederzusehen und meinen kleinen Xavier gesund in die Arme zu schließen.

Dein Mann, der Dich innig liebt.

P.S. Ich habe vorhin wundervolle Stofftapeten gesehen, die ausgezeichnet in mein Arbeitszimmer passen würden. Du hast mir doch immer zugeredet, es neu tapezieren zu lassen, da Dir die jetzigen Farben nicht gefallen. Aber ich habe doch etwas Angst gehabt, daß ich mir etwas aufschwatzen lasse und Du mich deshalb schelten wirst. Diese Italiener haben eine so überzeugende Art!

Von meiner Reise berichte ich Dir mündlich.

Paris, 24. April 1948, 19 Uhr

Madame Canova
an Monsieur Canova, Florenz.

Mein Liebster,
ich gebe diese Zeilen Deinem Kollegen Mareuil mit, der in einer Stunde nach Florenz fährt, um an der Schlußsitzung der ›Lateinischen Arbeitstagung‹ teilzunehmen. Auf diese Weise wird Dich mein Brief fast ebenso schnell erreichen wie ein Telegramm. Ich hätte Dich gern angerufen, aber ich weiß ja leider nicht einmal, in welchem Hotel Du abgestiegen bist.

Leider habe ich sehr schlechte Nachrichten für Dich. In der letzten Nacht bekam Xavier plötzlich heftige Leibschmerzen, und bei der Durchleuchtung entdeckte man verdächtige Körper in Magen und Darm. Es erwies sich als notwendig, ihn trotz der schweren Furunkulose und seines angegriffenen Herzens sofort zu operieren. Bei dem Eingriff wurden einige Glassplitter entfernt, Xavier wollte nicht eingestehen, bei welcher Gelegenheit er sie verschluckt hat. Ich nehme an, die Splitter stammen von Onkel Samuels Vase, die kürzlich kaputtging, und wahrscheinlich hat Xavier, als er mit seiner elektrischen Eisenbahn spielte, sein Vesperbrot auf dem Teppich herumliegen lassen. Dabei hatte ich angeordnet, daß der Teppich besonders sorgfältig abgefegt werden sollte!

Es ist noch zu früh, um etwas sagen zu können, aber Xaviers Zustand ist sehr ernst. Die Ärzte befürchten Herzkomplikationen oder eine Infektion. Da Du an Gott glaubst, kann ich Dir nur raten, ihn mit aller Inbrunst um Hilfe zu bitten. Sieh zu, daß Du so schnell wie möglich herkommen kannst.

Ich bin vollkommen verzweifelt und weiß nicht, was ich Dir Tröstliches sagen könnte. Immer wieder frage ich mich, ob es mir nicht möglich gewesen wäre, dieses Unglück zu verhindern ... ich mache mir Vorwürfe, daß ich nicht gut genug auf Xavier aufgepaßt habe ... ich sage mir ...

Aber die Zeit drängt und Mareuil wartet.

Ich küsse Dich mit aller Zärtlichkeit, mein armer Liebster.

Paris, 29. April 1948

Professor Paul Canova
an Dr. Henri Césaire, Chirurg an der Universitätsklinik, Paris.

Sehr geehrter Herr Doktor,
während des Unglücksfalls, an dem mein einziger Sohn gestorben ist, war ich leider von Paris abwesend. Meiner Frau und mir ist es nun trotz aller Bemühungen nicht möglich, die einzelnen Fakten genau zu rekonstruieren, und diese Ungewißheit trägt noch zur Vertiefung unseres Schmerzes bei.

Ich erlaube mir daher die Frage, ob Sie und Ihre Herren Kollegen irgend etwas Ungewöhnliches oder Anomales bei diesem traurigen Fall festgestellt haben. Meine Frage wird Sie vielleicht überraschen. Ich hoffe, daß meine Befürchtungen unbegründet sind, und es sich dabei um einen durch meine

Erregung hervorgerufenen Trugschluß handelt. Es fällt uns schwer, den Tod eines Menschen, der uns teuer war, als etwas Natürliches anzusehen.

Ich möchte Sie jedoch in jedem Fall um Ihre Diskretion bitten und bin mit bestem Dank für Ihre Bemühungen und meinen verbindlichsten Grüßen Ihr . . .

Paris, 2. Mai 1948

Dr. Henri Césaire
an Professor Paul Canova, Paris.

Sehr geehrter Herr Professor,
ich bestätige Ihnen den Erhalt Ihres Briefes vom 29. April, dessen Inhalt mich allerdings überraschte. Wenn meine Kollegen und ich bei dem Fall Ihres Sohnes auch nur die geringste verdächtige Anomalie festgestellt hätten, so hätten wir selbstverständlich die amtlichen Stellen davon in Kenntnis gesetzt.

Ihr Sohn war offensichtlich das Opfer eines ebenso alltäglichen wie unglückseligen Zufalls, und es erscheint uns mehr als unwahrscheinlich, daß ein solcher Zufall bewußt herbeigeführt werden konnte, ohne daß das Kind etwas davon bemerkt hätte. Sollte dies jedoch tatsächlich der Fall gewesen sein, so dürfte es sehr schwierig sein, jetzt nachträglich den Beweis dafür zu erbringen.

Wir haben Madame Canova nicht verhehlt, daß der Eingriff in Anbetracht des Gesundheitszustandes Ihres Sohnes sehr gefährlich war. Aber er war leider unvermeidlich, und wir haben versucht, das Unmögliche zu tun.

Mit einem Wort, die Art des Unfalls bot für uns nichts Außergewöhnliches, aber auch der tragische Ausgang der Operation konnte uns nicht überraschen.

Sie können selbstverständlich auf unsere Diskretion rechnen, obgleich der Inhalt Ihres Briefes uns in keiner Weise kompromittierend erscheint . . .

Indem ich Ihnen, auch im Namen meiner Kollegen, mein aufrichtiges Beileid ausspreche, verbleibe ich mit verbindlichen Grüßen Ihr . . .

Paris, 19. Mai 1948

Paul Canova, Professor an der Sorbonne, an den Polizeikommissar des VI. Arrondissements.

Sehr geehrter Herr Kommissar,
hierdurch möchte ich Sie davon in Kenntnis setzen, daß seit einigen Tagen der Verlobungsring meiner Frau verschwunden ist. Das Stück repräsentiert einen gewissen Geldwert, vor allem aber einen Gefühlswert. Da es uns ausgeschlossen erscheint, daß meine Frau den Ring verloren hat, riet man mir, mich in dieser Angelegenheit an Sie zu wenden.

Ich möchte Sie hierdurch bitten, bei der Untersuchung des Falls so diskret wie möglich zu verfahren. Selbst wenn ein gewisser Verdacht, den wir haben, sich bestätigen sollte, würde ich nur sehr ungern eine Rechtsklage erheben, da die verdächtige Person uns bisher treue Dienste geleistet hat.

Mit bestem Dank für Ihre Bemühungen im voraus, zeichne ich mit vorzüglicher Hochachtung . . .

Schriftliche Erklärung, welche die Polizei des V. Arrondissements, Paris, am 3. Juni 1948 nach dem Tode von Mademoiselle Gertrude Sourisseau (49 Jahre) auf dem Nachttisch der Verstorbenen vorfand

Ich erkläre hierdurch feierlich vor Gott und den Menschen, daß ich die gemeine Tat, deren ich beschuldigt werde, nicht begangen habe. Ich habe diesen Diamantring niemals in den Händen gehabt, ich habe ihn nicht einmal bemerkt, und ich kannte seinen Wert nicht. Es ist mir unbegreiflich, wie es möglich war, daß er in dem Futter meiner Handtasche gefunden wurde ... Ich klage niemanden an: ich habe keinen Feind, ich habe nie die Eifersucht eines Menschen erregt, ich habe mich mit jedermann gut vertragen, und ich wüßte nicht, wer ein Interesse an einem derart gemeinen Anschlag gegen mich haben könnte ... Aber mich selbst kann ich noch weniger anklagen. Ich sterbe, ohne zu verstehen, wie es dazu kommen konnte – und das ist wohl der traurigste Tod, selbst für einen Menschen, der nicht sehr intelligent ist –; denn ich kann ein solches Dasein nicht länger ertragen. Es ist mir nicht möglich, mit dem Gedanken weiterzuleben, daß Monsieur Canova, dessen Sekretärin ich seit vielen Jahren bin, mich für eine Diebin hält. Ich hatte erwartet, daß er für mich eintreten würde, aber er hat mir nur Mitleid bezeugt. Alle haben mich verlassen! Nun, da ich den Mut aufgebracht habe, meine Katze töten zu lassen, hält mich nichts mehr in diesem Leben zurück.

Welche Meinung Madame Canova von mir hat, ist mir gleichgültig.

P.S. Ich setze das Glas mit meinem Goldfisch auf die Strohmatte vor der Tür, damit er nicht vergiftet wird, und ich hoffe, daß die Hausmeisterin, die immer sehr freundlich zu mir war und deren Tierliebe ich kenne, sich seiner annehmen wird.

Auf meinem Postscheckkonto dürfte genügend Geld sein, um die Gasrechnung zu bezahlen. Ich bin keine Diebin, und ich gehöre auch nicht zu der Sorte Menschen, die Selbstmord begehen und andere für die Kosten aufkommen lassen!

3

Tagebuch der Mademoiselle Béatrice Manceau (20 Jahre), am 20. Juli 1950 durch Maître Chardois, Notar zu Paris, der Polizei vorgelegt

24. Mai 1948

Magny, der Assistent im Historischen Seminar, hat mir zufällig erzählt, daß Canova eine Sekretärin sucht. Da ich mich für die Stellung interessiere, hat er mir liebenswürdigerweise angeboten, mich zu empfehlen. Ein Glück, daß ich Maschine schreiben und stenographieren kann!

25. Mai

Morgen vormittag um elf Uhr dreißig soll ich mich bei Canova vorstellen. Ich bin neugierig darauf, ihn näher kennenzulernen.

26. Mai

Es hat geklappt! Canova ist sehr sympathisch: um die fünfzig, recht gut aussehend, schlank und distinguiert, mit einer Brille, die ihm gut steht, und weißen Haaren, die ihn eher verjüngen, vielleicht weil sie seine Züge weniger streng erscheinen lassen ... Seine Vorlesungen sind ein bißchen hochgestochen ... im persönlichen Gespräch jedoch wirkt er völlig anders: beredt, fast bestrickend. Wir haben zwanzig Minuten über alle möglichen Dinge und fünf Minuten über den Grund meines Kommens gesprochen. Er beherrscht eine Kunst, die man heute nur noch selten findet: er kann sprechen, und zwar sehr gut sprechen, ohne etwas zu sagen. Er benutzt Redewendungen, wie man sie früher gebrauchte, und ein wenig geschraubte Formen, die jedoch aus seinem Mund selbstverständlich und elegant klingen: »Ich war bisher stets bemüht, häßliche Sekretärinnen zu engagieren, aus Angst, ihre Reize könnten mich bei meiner Arbeit irritieren. Aber Sie sind mir von einem Freund empfohlen worden ... Und außerdem ... vielleicht ist es an der Zeit, daß ich ein bißchen weniger arbeite?« Reizend!

Beim Hinausgehen habe ich Madame Canova gesehen, die mir ein paar freundliche Worte gesagt hat. Eine blendende Schönheit, dazu ein hinreißendes Kleid, das ihre Schönheit noch unterstrich. In den Dreißigern. Dunkelbraune Haare, dunkler Teint, große nachtblaue Augen, die aber, selbst wenn sie lächelt, kalt und kritisch bleiben. Der Mann hat Geschmack!

Am 4. Juni fange ich an.

28. Mai

Gestern abend mit Bernard im Kino, noch einmal *L'Éternel Retour* gesehen. Ich fand Jean Murat noch verführerischer als beim ersten Mal ... Bernard ist erst gegen vier Uhr morgens bei mir weggegangen und hat dabei soviel Lärm gemacht, als wäre er zu Hause. Er ist offenbar der Ansicht, daß an meinem Ruf nichts mehr zu verderben ist. Er findet immer weniger Gesprächsthemen und spielt den jugendlich Unbekümmerten ...

2. Juni

Die Nacht mit Bernard verbracht – er hat sich kaum vorgesehen. Einen Augenblick lang habe ich mir vorgestellt, wie er mit weißen Haaren aussehen würde und mußte lachen.

4. Juni

Interessante Arbeit, ein großes, etwas altmodisch eingerichtetes, aber behagliches und ruhiges Zimmer. Aus dem Fenster sehe ich auf die Parkanlagen der Avenue de l'Observatoire.

Canova kam mir zerstreut vor, verlor beim Diktieren seiner Post einige Male den Faden. Er entschuldigte sich und gestand mir, daß seine frühere Sekretärin gestern Selbstmord begangen hat. Es geht aber nicht etwa um eine Liebesgeschichte, in der er eine Rolle gespielt hätte ... Irgendeine schmutzige Affäre, die kein Mensch recht versteht ... Ich habe versucht, ihn mit ein paar belanglosen Redensarten zu trösten, aber er hat kaum zugehört und war in Gedanken bei dieser Toten ...

5. Juni

Mit Bernard über die Verzögerung gesprochen. Er nimmt die Sache auf die leichte Schulter.

6. Juni

Canova ist zur Zeit wirklich in keiner guten Verfassung. Er war bei der Beerdigung dieser Sekretärin, zu der außer ihm fast niemand erschienen war, und das hat seine Stimmung nicht gerade gehoben. Er brütet vor sich hin und überlegt dauernd, ob er sich Vorwürfe machen muß ... Bernard könnte sich von seinem Verantwortungsbewußtsein eine Scheibe abschneiden!

7. Juni

Canova hat mir eine gute halbe Stunde von seinem verstorbenen Jungen erzählt. Dabei schnitt er manchmal ein Gesicht, daß ich den Eindruck hatte, er werde gleich anfangen zu weinen. »Ein hochintelligentes, feinfühliges, künstlerisch begabtes, sehr vielversprechendes Kind, und so weiter und so weiter.«

Dann hatte ich die Ehre, ein paar abstrakte Kleckserreien aus der ›ersten Schaffensperiode‹, wie man so zu sagen pflegt, bewundern zu dürfen ... Ein in meiner Situation besonders ersprießliches Thema!

7. Juni

Bernard hat mir mit einer unglaublichen Unverfrorenheit den Laufpaß gegeben. Ich war allerdings schon auf so etwas gefaßt, aber es hat mir trotzdem einen kleinen Schock versetzt ...

Ein brauchbarer Ehemann wäre er ohnehin nicht geworden ...

10. Juni

Beim Arzt gewesen, der meine Vermutung bestätigt hat. Er hat mich zu meinem Zustand beglückwünscht!

Am Nachmittag hat Canova mir von seinem Jungen, von seiner ersten Frau und wieder von seinem Jungen erzählt ... Ich neigte mich etwas gerührt zu ihm hinüber und legte meine Hand auf seinen Arm, worauf er mich mit der leidenschaftlichen Heftigkeit des Schüchternen umarmte und küßte.

Ein ereignisreicher Tag!

11. Juni

Canova wagt sich immer weiter vor ... Ich weiß wirklich nicht recht, was ich tun soll ... Ein derartiges Abenteuer wäre sinnlos.

13. Juni

Madame Canova ist für ein paar Tage in das Landhaus nach Fontainebleau gefahren, und ihr Mann hat diese Gelegenheit sofort genutzt. Es ist das erstemal, daß ich einen Freund habe, der so alt und so zartfühlend ist. Er hat eine etwas altmodische Schamhaftigkeit, die auf mich einen ganz eigenartigen Eindruck macht.

... Das absolute Gegenteil von Bernard!

18. Juni

Canova legt sich mir gegenüber immer weniger Zwang auf, ist aber verhältnismäßig vorsichtig mit dem, was er sagt. Offensichtlich sehnt er sich nach einer Vertrauten. Als ich etwas leichthin meinte: »Sie haben Ihre Frauen bestimmt nicht sehr oft betrogen«, schwieg er zunächst und antwortete dann: »Mademoiselle Manceau, ich habe in einem Alter, in dem man aus Liebe zu heiraten pflegt, eine Vernunftehe geschlossen, und ich habe aus Liebe geheiratet, als ich so alt war, daß man eigentlich eine Vernunftehe von mir hätte erwarten können ... Ich möchte Sie bitten ›meine Frauen‹, wie Sie es ausdrücken, nicht unter dem gleichen Aspekt zu betrachten. Wenn ich sie einmal betrogen habe, so geschah das aus sehr gegensätzlichen Gründen.« Und dann ... Man kann einem solchen Mann nichts abschlagen!

20. Juni

Madame Canova ist wieder da. Sie hat mir eine Schachtel Pralinen mitgebracht.

22. Juni

Magny hat mir einen außerordentlich klaren Vortrag über die Hethiter gehalten und mich anschließend zum Essen eingeladen. Es kommt recht selten vor, daß ein Seminarassistent sich für eine Studentin interessiert. Noch seltener dürfte es vorkommen, daß die beiden bei *Lapérouse* speisen. Und am allerseltensten ist es wohl, daß die betreffende Studentin dann keinen Bissen herunterbringt. Mir war bereits bei der Suppe übel. Pech!

Er ahnt selbstverständlich nichts.

23. Juni

Heute morgen hat Madame Canova mir einen meiner Ohrringe in die Hand gedrückt, den sie, wie sie sagte, auf der Couch im Arbeitszimmer gefunden hat. Mit einer Verschwörermiene flüsterte sie mir zu: »Seien Sie ein bißchen vorsichtig, meine Liebe. Das Dienstmädchen hätte ihn finden können ...« Es fiel mir nicht ganz leicht, mich ebenso natürlich zu benehmen wie sie!

Mit Magny gegessen und getanzt. Er sieht wirklich gut aus.

24. Juni

Wieder mit Magny gegessen und hinterher getanzt. Er machte eine erstaunliche Bemerkung. Als ich mich über seine Magerheit wunderte, meinte er mit erheuchelter Gleichgültigkeit: »Ich bin ein gläubiger Christ, Mademoiselle. Ich mag Verbrechen auf dem Gewissen haben, aber ich halte es für unnötig, eine kleine Sünde zuviel zu begehen.« Seltsame Logik!

Auf der Rückfahrt hielt er am Bois de Boulogne seinen Wagen an und versuchte, mich zu küssen, worauf ich ihn abwehrte und ihm seine Bemerkung zurückgab: »Das wäre eine unnötige Sünde.« Seine Reaktion auf diese Worte war äußerst seltsam. Er ließ mich sofort los, betrachtete mich einen Augenblick, als habe er mich noch nie gesehen, und murmelte dann erst vor sich hin: »Eine unvermeidliche Sünde ...«

Obwohl der Zauber gebrochen war, tat ich doch so, als glaubte ich ihm. Was bleibt mir in meiner Lage anderes übrig! Aber das Schicksal wollte es, daß meine Tugend heute abend nicht weiter in Gefahr geriet. Die Präliminarien nahmen ihren Fortgang, als plötzlich ein alter Bettler – aus Neugier oder aus Hunger, was weiß ich – sein Gesicht gegen das Wagenfenster preßte. Magny fuhr hoch und warf dem Mann einen empörten Blick zu. Daraufhin zog der Alte seinen Hut und bedachte uns mit einem seltsamen Lächeln, das mir ein wenig verwirrt und zugleich aufmunternd vorkam ... Er würde wohl noch immer so dastehen, wenn Magny nicht rasch angefahren wäre ...

25. Juni

Magny hat mir eine regelrechte Liebeserklärung gemacht; aber sie klang so falsch, als hätte er es eilig, sie loszuwerden ... Oder klang sie eben darum so falsch, weil sie ehrlich gemeint war?

Canova hat mir ganz im Vertrauen und in wehmütigem Ton ein eigenartiges elegisches Sonett vorgelesen, das er seiner ersten Frau zum dritten Hochzeitstag gewidmet hatte. Ich habe mir die Verse abgeschrieben, da ich ihm damit offenbar eine Freude machte:

Manch Frühling, mancher Sommer ist geschwunden,
Seit unsre Herzen sich einander zugewandt.
Nur stillen Gleichtakt haben sie gekannt
Und nie den Wunsch nach Leidenschaft empfunden.

Das Schicksal hat uns fest und eng verbunden,
Wir gehn dem Tod entgegen Hand in Hand,
Gemeinsam ist durch Neigung und Verstand
Verachtung uns für flücht'gen Rausches Stunden.

Doch als wir ob der eignen Lauheit einst verzagten
Und bang die echolose Nacht befragten:
»Ist dies noch Liebe, diese matte Glut?«

Der Engel bog sein Angesicht zurück
Und sprach mit Traumesstimme, sanft und gut:
»Ihr Undankbaren, still! Es ist das Glück!«

Ich wäre erstaunt, wenn er auf seine zweite Frau ein ebenso formvollendetes Gedicht verfassen würde!

27. Juni

Ich habe endlich mit Canova über meinen Zustand gesprochen – früher oder später hätte er ihn doch entdeckt. Fast war ich versucht, ihm anzudeuten, daß er mit der Sache etwas zu tun habe; aber er hätte das schwerlich geglaubt, da er bei aller Zärtlichkeit immer eine geradezu musterhafte Vorsicht walten läßt. Außerdem wäre es nicht sehr fair von mir gewesen.

Er benahm sich sehr nett, fast väterlich und sprach davon, daß es wohl das Beste sei, wenn ich in ein paar Monaten in die Provinz ginge und dort das Ereignis abwartete. Die Kosten dafür wollte er mir vorstrecken. Natürlich fürchtet er, daß meine Figur ihn demnächst kompromittieren könnte, aber gut gemeint war es trotzdem. Ich habe ihn ermächtigt, mit seiner Frau über die Sache zu sprechen, um einem falschen Verdacht vorzubeugen ...

28. Juni

Ein paar versteckte und verständnisvolle Worte von Madame Canova. Man kann nicht recht erraten, was sie eigentlich denkt ...

Mit Magny gegessen und getanzt. Er machte ein würdevolles Gesicht, wie ein Liebhaber in einer klassischen Tragödie.

29. Juni

Ein Wunder ist geschehen! Ich habe mich noch gar nicht davon erholt! Magny hat um meine Hand angehalten! Ausgerechnet zwischen zwei Tänzen, als ich schon ein bißchen beschwipst war ... Ich hielt es zuerst für einen Scherz und ging gar nicht darauf ein. Aber gegen Ende des Abends schob er einen Ring auf meinen Finger, der gut und gern seine zweihunderttausend Francs wert ist, und den ich seitdem immer wieder ansehe, als hätte ich Angst, er könne davonfliegen! Er schien überhaupt nicht zu fürchten, daß ich seinen Antrag ablehnen könnte, sondern war von einer Sicherheit, die mich für einen Augenblick stutzig machte. Es sah fast aus, als habe er geahnt, daß ich es mir gar nicht leisten kann, ihn abzuweisen. Ich habe ihn um Bedenkzeit gebeten; aber aus der Art, wie ich den Ring betrachtet habe, muß er wohl schließen, daß bereits alles bedacht ist!

30. Juni

Christian hat als Datum der Hochzeit den 19. Juli bestimmt; es wird also ernst! Ich lasse mich führen wie ein Opferlamm, obgleich ich eigentlich die Augen offen halten sollte. Christian weiß nichts von mir – zumindest nichts von den Dingen, die man vor der Hochzeit über seine zukünftige Frau wissen sollte – und ich kann mich nicht entschließen, ihn aufzuklären ... Das wird sicher eine höchst unliebsame Überraschung ...

3. Juli

Alles verpatzt! Und die Schuld daran hat Canova, der mir heute nachmittag ganz unerwartet eine Moralpredigt gehalten hat. Die Gefahr kommt immer von einer ganz anderen Seite, als man vermutet.

Es scheint also, daß ich Christian unverzüglich wegen meines Zustands reinen Wein einschenken muß ... Aber ich weiß genau, was dahintersteckt: Canova kann sich nicht mit dem Gedanken abfinden, daß ich Magny heirate. O nein, es geht hier nicht um Eifersucht, denn kleinlich ist er bestimmt nicht ... Aber er fühlt sich berufen, Christians Rechte zu verteidigen. Christian ist ›ein junger Mann aus der besten Gesellschaft‹, ein junger Mann, dessen Karriere er ›mit lebhaftem Interesse verfolgt hat‹, ein junger Mann, den ›vor bestimmten Manövern zu warnen‹ er als seine Pflicht empfindet ... Er plädiert für offenes Spiel und setzt sich für Schicklichkeit ein. Dieser Heuchler! Als mir eine ähnliche Bemerkung entschlüpfte, erklärte er mir: »Die Zyniker werfen den ehrenwerten Leuten vor, daß sie mit Diskretion sündigen, obgleich gerade das äußerst schwierig ist, und unsere Kritiker, die ein wohlerzogenes Benehmen verabscheuen und die Offenheit predigen, wissen das sehr gut.« Und als ich ihn um einen Vorschuß bat, um einen Eingriff vornehmen zu lassen, erwiderte er nur: »Ich habe kürzlich bei Edgar Valès folgende Sätze gelesen: ›Als Abel ermordet am Boden lag, gingen zwei Kains von ihm fort: einer, der getötet hatte und einen Dolch in der Hand hielt und ein zweiter, der den Mord zugelassen hatte und einen Palmzweig trug.‹ Ich wünsche Ihnen, daß Ihnen dieser zweite Kain begegnet – es gibt eine ganze Menge von der Sorte ...«

Nie wieder schlafe ich mit einem Protestanten!

4. Juli

Habe Christian alles gestanden. Er hat mich geküßt und kein Wort gesagt. Noch nie war ein Mensch so anständig zu mir. Ich werde ihm das stets hoch anrechnen.

So, und jetzt ist Canova der Hereingefallene!

Im Oberseminar für Alte Geschichte zugelassen worden. Mit Recht!

5. Juli

Canova hat die Nachricht mit philosophischer Gelassenheit aufgenommen. »Immerhin«, bemerkte er belustigt, »war schon die heilige Jungfrau zu einem solchen Geständnis gezwungen. Aber ich hätte kaum erwartet, daß Magny sich in die Rolle eines Josef schicken würde.«

Wenn ich's mir genau überlege: ich auch nicht.

7. Juli

Ich bin doch sehr froh, daß ich das Kind behalten habe. Wie habe ich nur je an einen Eingriff denken können!

Christian besteht darauf, daß ich bei Canova bleibe und führt finanzielle Gründe dafür an. Ich fühle mich nicht imstande, diesen Wünschen überzeugende Argumente entgegenzusetzen. Die Ehrlichkeit ist eine lobenswerte Sache, aber man sollte sie auch nicht übertreiben. Im übrigen beweist Canova nach einigen mißglückten Versuchen eine geradezu musterhafte Zurückhaltung. Er ist nicht der Mann dazu, bedenkenlos mit der Verlobten eines anderen zu Bett zu gehen.

Die Moral hat schließlich auch ihre guten Seiten!

8. Juli

Fehlgeburt. Kein Wunder bei all diesen Aufregungen! Ich bin sehr traurig.

Christian ist liebevoll und aufmerksam, aber es fiel ihm doch schwer, eine sehr verständliche Erleichterung zu verbergen. Wahrscheinlich hat seine großzügige Geste ihn doch mehr Überwindung gekostet, als ich annahm. Er versuchte, mich mit der Aussicht auf eine Hochzeitsreise zu trösten, die meine Schwangerschaft mir unmöglich gemacht hätte. Also gut!

13. Juli

Die Zustimmung meines Vormunds ist eingetroffen. War gestern bei Magnys Eltern zum Tee: eine Juristenfamilie, die mich mehr als kühl aufgenommen hat. Die Mutter ist eine kleine, zerknitterte und nervöse Bürgersfrau, die unruhig mit den Augen rollt, wenn sie sich nicht beobachtet glaubt.

Der Vater ist von ausgesuchter Höflichkeit; mehr läßt sich über ihn nicht sagen . . .

Christian machte die ganze Zeit ein Gesicht, als ginge er auf Nadeln.

14. Juli

Mit meinem zukünftigen Herrn Gemahl die Parade angesehen. Er konnte seine Begeisterung für Militärmusik nur schwer verleugnen. Ein bezaubernder Bourgeois!

16. Juli

Beim Notar gewesen: Kontrakt über Gütertrennung aufgesetzt und unterzeichnet. Man kann nicht alles haben . . .

4

Paris, 13. Juli 1948

Madame Alexandre Magny
an Monsieur Christian Magny, Paris.

Mein lieber Sohn,
Du achtest so wenig auf das, was ich sage, daß ich Dir meine Gedanken lieber schriftlich mitteile. Einem alten Aberglauben zufolge übt das geschriebene Wort auf intelligente Menschen eine größere Macht aus als das gesprochene . . .

Um es noch einmal zu sagen: es fällt mir schwer, Dich zu verstehen. Schon seit einiger Zeit ist mir einiges an Dir ein wenig unbegreiflich, und nun hat Dein erstaunlicher Entschluß mir mit einem Schlag deutlich gemacht, wie grundverschieden Dein Geschmack und Deine Vorstellungen von den unseren sein müssen. Ich bin mir klar, daß nur die Macht der Gewohnheit mich bisher daran hinderte, zu dieser Einsicht zu kommen.

Du bist alt genug, um zu wissen, daß man nicht um eines Sinnenrauschs willen heiratet. Ein solcher Rausch hält nicht lange an und endet immer schlecht: er hinterläßt nur einen üblen Nachgeschmack der Freuden und vielleicht auch der Leiden, die er geschenkt hat. Ein paar gemeinsam verbrachte Jahre, ja, zuweilen schon ein paar Monate genügen, um aus der Frau, die man auf ewig zu lieben glaubte, eine Freundin zu machen. Dann aber müssen die gegenseitige Achtung und die Gemeinsamkeit des Geschmacks und der Erziehung zwei Menschen beieinanderhalten, die allein durch Gesetze und Vorurteile niemals auf Lebensdauer zusammenzuschmieden wären . . . Mit einem Wort, man darf nur einen Menschen heiraten, mit dem man auf lange Zeit befreundet sein kann; solche Menschen jedoch sind selten . . . Bist Du Dir Deiner Sache wirklich sicher?

Ich werfe diesem jungen Mädchen nicht vor, daß sie ein paar leichtsinnige Abenteuer gehabt hat, aber ich nehme es ihr übel, daß sie, wenigstens wie mir scheint, nicht die nötige Haltung aufgebracht hat, die solche Eskapaden verzeihlich macht. Ich werfe ihr ihre Armut gewiß nicht vor, aber ich nehme es ihr übel, daß sie den heilsamen Wert des Geldes übersieht. Ich werfe ihr weder ihre Herkunft noch ihre Erziehung vor, aber ich nehme es ihr übel, daß sie dieser Vergangenheit immer noch durch Bande verhaftet ist, die sie ebenso ungeschickt verbirgt wie eine alternde Kokotte ihre Falten ... Was soll ich Dir sonst noch sagen?

Einen Augenblick lang kam es mir heute nachmittag sogar so vor, als empfändest Du für sie nicht einmal die Leidenschaft, die Deinen Entschluß erklärt, wenn auch keineswegs legitimiert. Du hast sie auf eine so sonderbare Weise überwacht und jede ihrer Bewegungen beobachtet, als verfolgtest Du eine fixe Idee. Was kann Dich so an sie fesseln? Dabei ist sie nicht einmal eine Schönheit – wenigstens nicht in dem strengen Sinne, den dieser Begriff noch zu einer Zeit hatte, da die Männer über genügend Muße verfügten, um vergleichen und urteilen zu können ... Ich verstehe Dich nicht mehr. Du machst mir beinahe Angst ...

Laß die Hände davon, mein Junge! Noch ist es Zeit ...

Ich umarme Dich.

Tagebuch der Mademoiselle Béatrice Manceau
(Fortsetzung)

17. Juli

Standesamtliche Trauung im Bürgermeisteramt des sechzehnten Arrondissements. Trotz der Höflichkeit des Beamten war es Christian sichtlich unangenehm, eine solche Maskerade aufführen zu müssen; für ihn gilt nur die kirchliche Trauung. Dieser Austausch fast metaphysischer Versprechungen vor einer Statue mit glanzlosen Augen ging ihm auf die Nerven. Er ist eben sehr feinfühlig! Aber warum sich aufregen, wo die ganze Angelegenheit doch so belanglos ist!

18. Juli

In Anbetracht des morgigen Ereignisses mußte ich heute zur Beichte gehen und so gewissermaßen meinen Frieden mit der Religion schließen. Die katholischen Beichtväter haben so eine sachliche, fast geschäftsmäßige Art, die sehr beruhigend wirkt. Man muß der Wahrheit schon sehr sicher sein, wenn man sich so wenig Mühe gibt, den Menschen zu gefallen.

19. Juli

So, und nun die ›wirkliche‹ Trauung! Sehr gelungen! Fand im Chor der kürzlich rekonstruierten romanisch-byzantinischen Kirche von Saint-Cloud statt. Ich war zu aufgeregt, um der Zeremonie genau folgen zu können, aber das weiße Kleid stand mir offensichtlich sehr gut.

Canova erschien in der Sakristei und gab beim Abschied ein paar formvollendete Sätze von sich.

In einer Stunde nehmen wir den Orient-Simplon-Expreß. Reiseziel: Jugoslawien, das unsere Finanzen nicht allzusehr strapazieren wird.

Christian trägt seit heute morgen eine Beerdigungsmiene zur Schau: vermutlich ein Zeichen seiner inneren Bewegtheit.

20. August

Seit gestern wieder in Paris. Mein Mann hat eine kleine Wohnung in der Rue de Passy gemietet, die modern und erstaunlicherweise trotzdem geschmackvoll eingerichtet ist. Wir haben auch ein paar alte Möbelstücke, deren Wert durch die Kargheit ihrer Umgebung besonders hervorgehoben wird.

Es war eine wunderbare Reise. Mit dem Zug bis Venedig, das mich weder überraschte noch enttäuschte. Dann per Schiff nach Dubrovnik, dem früheren Ragusa, wo wir uns drei Wochen aufgehalten haben. Dubrovnik ist der schönste Ort, den man sich vorstellen kann! Eine Stadtmauer, die den Vergleich mit Carcassonne nicht zu scheuen braucht, schließt die Altstadt von den neuen Vierteln ab. Diese kleine Altstadt ist nach einem geometrischen Plan aus glatten Steinen erbaut und schimmert in der Sonne rosafarben. Das ist etwas anderes als die geschmacklosen Gipsornamente in Venedig, die mir die Stadt wie eine schlecht geschminkte alte Frau erscheinen lassen. Einige Bauwerke von vollendeter Eleganz in einer südlichen, kaum überladenen und sehr sicheren Gotik. Aber auch die einfachsten Häuser noch weisen Balkone mit Skulpturen auf, die durch die unerschöpfliche Vielfalt ihrer Motive entzücken.

Wenn man dann plötzlich auf die Hauptstraße kommt, die die Stadt genau in der Mitte zerteilt, so hat man einen ästhetischen Genuß, der einem Schock gleichkommt: während ein Stadtbild sonst immer ein paar enttäuschende Einzelheiten enthält, hat man hier das sehr seltene Gefühl, etwas Vollkommenes zu sehen.

Früher ging und kam hier die Flut des Meeres, die jetzt zurückgedämmt ist. Auf der einen Seite türmen sich endlose Treppen empor, als wollten sie einen Ansturm auf den Kontinent unternehmen. Sie führen zu einem doppelten Wall, dessen riesige Türme die Stadt früher gegen das Land hin schützten. Auf der anderen Seite erblickt man bezaubernde Gäßchen, die zunächst ganz gerade verlaufen, dann zu klettern beginnen und sich schließlich im Bogen um den Südhang der einstigen Insel winden und bei der Mauer enden, von der aus man auf das Meer blickt.

Wenn abends die Lichter brennen, wird die Stadt noch märchenhafter. Man beschleunigt unwillkürlich den Schritt, der einen in die Vergangenheit zu führen scheint. Aber diese Vergangenheit ist voll von Leben: auf allen Straßen und Plätzen bewegen sich die Bewohner, genießen die kühle Nachtluft und lassen sich kaum beeindrucken durch diesen köstlichen Rahmen, der ihnen von fernen Freunden vererbt wurde.

Man wird nicht müde, durch Dubrovnik zu streifen. Mein Mann und ich haben jeden Winkel besichtigt. Die Einzelheiten sind nicht so zahlreich, um einen entmutigen zu können, aber doch so mannigfaltig, daß man immer wieder entzückt ist. Wir haben die mächtigen Portale bewundert, die Paläste, die Kirchen, die Kreuzgänge, den kleinen verschlafenen Hafen, die üppigen Gärten ... Wir haben von der Spitze des höchsten Turms den Blick auf dieses Tal voll rosenfarbener Dächer ausgekostet, unter denen man sich pausenlos lieben möchte.

Christian war während dieser Reise von einer beständigen Zuvorkommenheit und hat mich mit Aufmerksamkeiten überschüttet, die mich zuweilen fast ermüdeten. Gelegentlich erschien mir seine Besorgtheit fast von der Art, wie auch der Fühlloseste sie einem todgeweihten Kranken zukommen läßt. Ich muß gestehen, daß dieses Dubrovnik manchmal geradezu düstere Stimmungen in einem erwecken kann: man verspürt den Wunsch, sich unter dieser Vollkommenheit zu begraben und hier ein Leben zu beenden, das anderswo nicht in dieser Schönheit zu Ende geführt werden könnte ...

Man hat mir die Geschichte eines Ausländers erzählt, dem es gelungen ist, hier zu sterben. Es war ein Deutscher, der sich vor dem Krieg in einem geschützten Tal am Rande der Adria eigenhändig ein kleines Häuschen gebaut hatte. Er kam nur selten aus seinem Schlupfwinkel hervor, und man hatte ihn fast vergessen. Im Sommer 1943 jedoch erschien eines Tages eine Gruppe von Widerstandskämpfern bei ihm, um ihn zu töten – nur weil er von Geburt Deutscher war. Sie handelten wie Kinder, die im Spiel eine harmlose Eidechse zertreten. Der Mann hatte offenbar gar nicht verstanden, worum es ging. Sein Häuschen trug den Namen Robinson, und der Ort heißt noch heute so.

Drei Tage vor unserer Abreise schwamm ich in einiger

Entfernung vom Privatstrand des Hotels Excelsior in einem glatten, ruhigen Meer und sah die Stadt vor mir, die weder nah noch fern erschien. Plötzlich hatte ich einen Schwächeanfall, stieß wohl noch einen Schrei aus und verlor das Bewußtsein. Mein Mann, der neben mir schwamm, packte mich und schleppte mich bis zu dem Betonkai, wo ihm der Bademeister zu Hilfe kam. »Er hat meine Ehre gerettet! Er hat mir das Leben gerettet!« könnte ich jetzt im Feuilletonstil einer Madame de Arcis schreiben. Aber lassen wir Diderot beiseite!

Am nächsten Tag standen wir auf dem Hang des Lovcen und genossen begeistert ein unbeschreibliches Schauspiel: den Blick auf die Kotor-Bucht. Ich war so bewegt, daß ich Christian mit ein paar einfachen Worten meinen Dank aussprach. Vorher war ich nicht dazu imstande gewesen – es ist oft so schwierig, das, was man fühlt, auszudrücken. Er war sehr verlegen, fast ärgerlich, und sagte: »Du brauchst mir nicht zu danken. Ich schulde dir viel mehr, als du je ahnen kannst.« Noch mehr als seine Worte überraschte mich der Ton, in dem er sie aussprach. Aber sein Gesicht blieb auch in diesem Mittagslicht verschlossen. Was hat er nur damit sagen wollen? Ich mag Geheimnisse nicht . . .

Auf der Rückfahrt haben wir noch die Plitwitzer Seen besichtigt. Ein wunderbarer Ausflug: Wasser, Bäume und Himmel wie durch Zauber ineinander verwoben . . . mir fehlen die Worte . . .

26. August

Auf der Straße Bernard getroffen. Er sah sehr selbstsicher und zufrieden aus und schien ein bißchen neugierig.

3. September

Meine Arbeit bei Canova, der ebenfalls aus dem Urlaub zurück ist, wieder aufgenommen. Er bereitet einen Aufsatz über die Etrusker für eine Kunstzeitschrift vor, den er bis zum 15. Oktober abliefern muß.

Seine Frau war ausgegangen, und ich sah sehr verführerisch aus. Er hat mich aufmerksam gemustert und einige Annäherungsversuche gemacht, die ich jedoch zurückwies. Er machte ein ganz verblüfftes Gesicht.

Beim Nachhausekommen witterte ich ein fremdes Parfum in der Wohnung: das gefällt mir nicht...

6. September

Irgend jemand kommt während meiner Abwesenheit in unsere Wohnung: das Sofa im Wohnzimmer ist geradezu getränkt mit diesem fremden Parfum. Christian bemerkt es gar nicht; er entwickelt sich zum Kettenraucher, hat einen chronischen Bronchialkatarrh und hüstelt dauernd. Aber ich habe eine gute Nase! Ich bin keineswegs krankhaft eifersüchtig, möchte aber trotzdem wissen, was hier gespielt wird. Es ist doch nicht normal, daß er mich jetzt schon betrügt... Eine mysteriöse Angelegenheit!

10. September

Schon wieder dieses Parfum, das ich nirgends unterbringen kann – dazu ein leichter Schweißgeruch. Diese Sache macht mich ganz verrückt. Zwanzigmal am Tag bin ich kurz davor, Christian Fragen zu stellen, die mir auch die geringste Aussicht, je die Wahrheit zu erfahren, verbauen würden. Jedenfalls scheint festzustehen, daß er mich von Zeit zu Zeit zwischen siebzehn und neunzehn Uhr, also während ich bei Canova arbeite, betrügt. Und ich irre mich auch nicht, was die Art dieser Besuche betrifft, denn in den Nächten, die darauf folgen, zeigt er sich nicht gerade von seiner besten Seite. Aber damit, daß ich die beiden überrasche, würde ich gar nichts gewinnen; man tut so etwas heute nicht mehr, und er würde es mir nie verzeihen. Eine Situation, in der man lächerlich gemacht wird, hinterläßt die bittersten Erinnerungen. Ich muß mich auf diskrete Weise informieren, um dann, wenn ich Bescheid weiß, meine Maßnahmen treffen zu können.

14. September

Wieder diese Frau!

Heute vormittag war ich bei der Auskunftei Dubreuil ... In dem kleinen Büro der Firma habe ich einem dicken Mann, der etwas von einem Polizeibeamten und zugleich etwas von einem Arzt an sich hatte, meinen Fall auseinandergesetzt und hinzugefügt, daß die Sache nicht zuviel kosten dürfe. Monsieur Dubreuil hat mir schließlich vorgeschlagen, ein Magnetophon anbringen zu lassen. Auf diese Weise erspare ich mir kostspielige Überwachungsdienste und kann bedeutend mehr erfahren. Ja, das ist bestimmt das einfachste Mittel! Ich habe eingewilligt; eine sonderbare Neugier hat mich dazu getrieben, und jetzt schäme ich mich fast ein bißchen und verspüre gleichzeitig ein wenig Angst. Was werde ich entdecken? Vielleicht eine ganz banale Geschichte, bei der das Körperliche die größte Rolle spielt, irgendeinen konventionellen Seitensprung, über den ich mich nicht zu beunruhigen brauche. Möglicherweise bekomme ich Worte und Sätze zu hören, die mich mehr amüsieren als erstaunen ... Die gut erzogenen Männer halten es zuweilen für eine angenehme Pflicht, ihren Geliebten die Vorzüge ihrer Ehefrauen zu schildern. Es kann also durchaus sein, daß ich sehr schmeichelhafte Dinge hören werde, die mir bestätigen, daß ich seinem Herzen noch immer am nächsten stehe ...

16. September

Der Spezialist der Firma Dubreuil kam nach dem Frühstück, als Christian nach Sèvres gefahren war, wo er in einer Privatschule unterrichtet. Der Mann ist ein liebenswürdiger kleiner Jude, schlau und tüchtig, ein Mensch, den das ganze Elend dieser Welt schon seit seiner Wiege gleichgültig läßt. Er hat das Zimmer mit kritischem Blick untersucht. Das Mikrophon und der Verbindungsdraht lassen sich ohne jede Schwierigkeit verstecken, aber die Unterbringung der Apparate stellt uns vor gewisse Probleme ...

Die Mieter der Etage unter uns sind auf Reisen, aber sie haben ein Zimmer an einen jungen Mann vermietet, der irgendwie mit dem Film zu tun hat. Dieses Zimmer, das nur wenige Meter vom Schauplatz der Ereignisse entfernt liegt, wäre der ideale Ort für die Bandaufnahme.

Ich werde morgen diesem Herrn einen Besuch abstatten.

17. September

Ein sehr elegant gekleideter, etwas dümmlicher junger Mann, der sich ein bißchen als Frauenheld aufspielt und jederzeit bereit ist, einer Frau einen kleinen Dienst zu erweisen, weil er hofft, dann auf seine Art davon profitieren zu können: also genau das, was ich brauche! Er tut mir diesen Gefallen um so lieber, erstens, weil er ein Geheimnis dahinter wittert, und zweitens, weil ich hübsch bin. Beinahe hätte er sich bei mir bedankt! Er versuchte mich zurückzuhalten, aber ich habe ihm zu verstehen gegeben, daß er den Bogen ein bißchen überspannt und daß ein Mann, der mich erobern will, schon auf eine besondere Gelegenheit warten muß. Jetzt leckt er sich wahrscheinlich seine dicken Lippen und hofft darauf, daß die Zeit für ihn arbeitet ... Wer weiß!

18. September

Heute am frühen Nachmittag wurde alles installiert. Es ist eine wahre Freude, Experten bei ihrer Arbeit zuzusehen: diese Präzision! Diese Schnelligkeit! Das Mikrophon haben sie hinter ein paar Prachtbänden, die nie gebraucht werden, auf dem Bücherbord über dem Sofa versteckt. Der Draht führt hinter dem Möbel zum Fußboden und dann unter dem Teppich bis zur Fensterecke. Im Schutz des Vorhangs klettert er zum Fensterbrett empor. Vorsichtshalber wurde er auf diesem Abschnitt mit verschiedenen Farbanstrichen versehen, so daß er sich zuerst der Täfelung und dann der Wand anpaßt. Außerhalb des Fensters zieht er sich dann als feiner ziegelroter Strich, der von der Mauer nicht zu unterscheiden ist, bis zu dem Fenster unseres gefälligen Nachbarn hinunter und verschwindet in seinem Zimmer. In diesem Raum sind nun die verschiedenen Apparate untergebracht, die dazu bestimmt sind, die Stimmen aufzufangen, zu verstärken, auf dem Tonband festzuhalten und mir eine authentische Wiedergabe dessen zu liefern, was oben vor sich geht.

Mein neuer Freund hat diese Vorbereitungen mit hoffnungsvollen Blicken verfolgt. Er möchte sich sichtlich zu meiner Verfügung halten und ist nur allzu bereit, mich zu stützen, um mich anschließend auf seine Couch sinken zu lassen und auf jede Weise zu trösten. Während die Herren der Firma Dubreuil mir die Bedienung des Magnetophons erklärten und eine kleine Probeaufnahme machten, stand er überall im Wege und gab mit seinen technischen Kenntnissen an. Er bildet sich offenbar ein, daß ich ihn zum Komplizen mache und ihn einlade, das Band zusammen mit mir abzuhören... Fürs erste hat er sich erboten, mich fünf Minuten nach siebzehn Uhr bei Canova anzurufen und mir auf diese Weise einen Vorwand zu verschaffen, von dort wegzugehen.

Es ist jetzt sechzehn Uhr zwanzig. Mein kleiner Jude und seine Gehilfen sind längst fort. Christian wird bald aus Sèvres zurückkommen, und ich werde mich zu meinem Arbeitsplatz begeben, um gleich darauf in einem Taxi wieder hierherzufahren. Dann werde ich mich allein in diesem Zimmer einschließen und hier den Preis meiner Mühen ernten. Ich fühle, daß ich nicht lange zu warten brauche. Die beiden haben sich seit dem 14. nicht mehr getroffen: sie haben also Zeit gehabt, Atem zu schöpfen und sich aufeinander zu freuen...

5

Vollständige Wiedergabe des am 18. September 1948 durch Madame Christian Magny aufgenommenen Tonbands

Madame Canova: Nun setz dich doch! Es macht mich verrückt, wenn du dauernd hin und her läufst! Eigentlich müßtest du doch müde sein ...

. . . .

Also in der zweiten Oktoberwoche ...

Magny: Wann ist das Zimmer fertig?

Madame Canova: Am zweiten. Das Arbeitszimmer bekommt neue Seidentapeten im Louis XVI.-Stil. Ich hoffe, du wirst dich darin wohlfühlen.

Magny: So weit sind wir noch nicht.

Madame Canova: Richtig, zuerst mußt du freigesprochen werden!

Magny: Ich wäre dir dankbar, wenn du über dieses Thema keine Witze machen wolltest. Schließlich mußt nicht du vor Gericht!

Madame Canova: Hast du etwa Angst, dir könnte etwas passieren? Du wirst der Held des Tages sein, der Mann, der seine Ehre gerächt hat!

Magny: Als ob es sich darum handelte!

Madame Canova: Und worum handelt es sich, wie euer Foch sagen würde ...

Magny: Laß Foch bitte in Frieden ruhen! Es handelt sich um mein Gewissen ...

Madame Canova: Und laß du dein Gewissen beiseite!

Magny: Also bitte, keine unnötigen Bemerkungen! Ich mache dich darauf aufmerksam, daß ich das alles für dich tue, einzig und allein für dich. Ich tue es ohne Zögern, weil ich nicht mehr ohne dich leben kann, aber zum Lachen ist mir dabei nicht zumute.

Daß ich deinen Mann töte, mag noch hingehen. Aber meine Frau!

Madame Canova: Deine Frau bin ich!

Magny: Es widerstrebt mir nicht, weil sie meine Frau ist, sondern weil sie ein liebenswerter Mensch ist, der mir vertraut ...

Madame Canova: Und ich hoffe sehr, daß du ihr nicht erst Gelegenheit gibst, ihr Vertrauen zu verlieren!

. . . .

Also, wir haben uns wohl gegenseitig nichts vorzuwerfen: Ich habe bei Mademoiselle Sourisseau ein bißchen Schicksal gespielt, du hast Béatrice ihre Stellung verschafft, wir haben sie meinem Mann gewissermaßen in die Arme getrieben, du hast sie zum Standesamt und zur Kirche geschleift, du hast ihr sogar das Leben gerettet. Eigentlich haben wir nur in der Angelegenheit mit ihrem Kind unsere Hände nicht im Spiel gehabt. Du wirst dich doch nicht fernerhin mit dieser Frau belasten wollen – mit einer Frau, die du nicht liebst und mit der du durch das Sakrament auf alle Zeiten verbunden bist!

Magny: Da ich sie nur geheiratet habe, um sie zu opfern, frage ich mich, ob diese Ehe nicht in gewisser Hinsicht ungültig ist ...

Madame Canova: Genau das! Du kannst die Wahrheit deiner Absichten nur dadurch beweisen, daß du dich ihrer entledigst ... Und dein Prozeß ist auch vor dem Obersten Gerichtshof von vornherein gewonnen!

Magny: Eigenartig!

Madame Canova: Wieso?

Magny: Meine Mutter hat mir kürzlich etwas Ähnliches geschrieben ...

Madame Canova: Ich fühle mich geschmeichelt, daß ich mit ihr übereinstimme ... Also! Du bist glücklicherweise in einer Jesuitenschule erzogen, und diese Erziehung ist nicht ohne Einfluß auf dich geblieben. Du bist ein gläubiger

Katholik: dafür kannst du nichts, es ist eine Tatsache. Und mit Tatsachen finde ich mich grundsätzlich ab ... Außerdem finde ich eins dabei sympathisch: man weiß im voraus, wie du reagieren wirst ... Du kannst dir also erlauben, zu töten, wen du willst, und erst hinterher darüber nachzudenken ... Der Kern und das Wesen der Religion liegt in der Reue. Und so wie ich dich kenne ... wenn du auf mich hörst, kann ich dir einen Haufen Gewissensbisse voraussagen ... von der allerbesten Sorte! Du wirst die langen Jahre eines ehrbaren Alters damit verbringen können, deine Sünden zu bereuen, um dann als vorbildlicher Christ in die Ewigkeit einzugehen ... Aber was sage ich da! Die ›Jahre deines Alters‹! Für einen ganzen Ozean von Sünden kann man in einem einzigen Augenblick Vergebung erlangen ... Denk doch an den guten Schächer am Kreuz: der brauchte sich nur in letzter Minute zu bekehren, und schon war er gerettet. Bitte ... ganze Bataillone von Beichtvätern warten nur darauf, sich deines Falles anzunehmen. Man sollte die göttliche Barmherzigkeit nicht beleidigen, sondern ihr lieber etwas zu tun geben. Gott ist zu allem fähig ... Genau wie ich! Und ich werde dafür sorgen, daß du vor den Schranken des Jüngsten Gerichts die Theorien der Gerechten, die ein allzu unbelastetes Gewissen haben, widerlegst ...

Magny: Das sind billige Paradoxe ... In diesem Fall dürfte ich zumindest nicht eines plötzlichen Todes sterben, sondern Zeit haben, langsam an einem Kreuz zu verenden ...

Madame Canova: Wenn die drei Gesellen ...

Magny: Ich habe dir schon einmal gesagt: es berührt mich unangenehm, wenn du in diesem Ton von der Heiligen Dreifaltigkeit sprichst.

Madame Canova: Der Ausdruck stammt ja nicht von mir ... Wenn Gott dich im Schlaf zu sich nehmen sollte, dann trägt er selbst die Verantwortung ... Aber es sollte mich wundern. Er will nicht den Tod eines Sünders, und dein

Fall interessiert ihn bestimmt ... Er ist kein Pfuscher in seinem Handwerk ...

Übrigens ist dein Verbrechen gar nicht so finster und verworfen, wie du vielleicht meinst. Ich habe neulich einmal die Gerichtsannalen aus der Restaurationszeit durchgeblättert und stieß da auf den Fall eines Beamten, der drei oder vier Frauen umgebracht hatte ... seine eigenen Frauen, und zwar zu dem Zweck, sie zu beerben. Seine Methode war immer dieselbe: er heiratete sie, schwängerte sie, und bei der Niederkunft vergiftete er sie. Die medizinische Wissenschaft steckte damals noch in den Kinderschuhen.

Magny: Man könnte das wohl kaum treffender ausdrücken!

Madame Canova: Oh, das war unabsichtlich ... Ich wollte nur sagen, daß der Tod im Wochenbett damals sehr häufig war. Er hätte sich also keinen günstigeren Zeitpunkt wählen können ...

Magny: Und man hat ihn trotzdem überführt!

Madame Canova: Ja, er hatte sich in den Kopf gesetzt, auch noch seine Nachkommenschaft auszurotten. Wer sich zuviel vornimmt ...

Du siehst also: im Vergleich mit diesem Fall schlage ich dir ein geradezu unschuldiges, blütenreines Verbrechen vor! Die Kleine verdient nichts anderes: sie war die Geliebte meines Mannes, sie ist es vielleicht noch jetzt ... sie hat versucht, dir ein Kind unterzuschieben ...

Magny: Ein Glück nur, daß dieses Kind nicht geboren wurde! Wenn ich das auch noch hätte umbringen müssen ...

Madame Canova: Ja, diese Mühe hat dir der Himmel erspart: ihm kommt es auf eine Fehlgeburt nicht an!

Kurzum, du hättest allen Grund, eifersüchtig zu sein ...

Magny: Aber du hast es doch vorhin selbst gesagt: ich liebe sie nicht!

Madame Canova: Also gut, dann versuch doch, sie ein bißchen zu lieben; vielleicht hilft dir das ...

Und vor allem, nimm dich etwas zusammen! Deine Rolle ist wirklich nicht so schwer, wenn du deine Gedanken im Zaum hältst und aufhörst, dich mit diesen Skrupeln herumzuschlagen, die du aus dir selbst produzierst wie eine Kuh ihre Milch ... Wir Atheisten haben keine Phantome als Maßstab, sondern müssen uns ständig an uns selbst messen; wir haben keinen Gott, der unseren Handlungen eines Tages eine andere Färbung verleihen kann – unsere Taten sind endgültig. Euch ist also die bessere Rolle zugefallen: die dümmere zweifellos, aber die bequemere, sofern man sie gut spielt ...

Magny: Hast du nie an Gott geglaubt?

Madame Canova: Man hat mir erzählt, ich sei orthodox getauft worden. Aber in unserem Land wurde die Entgiftung von Experten durchgeführt, die sich insbesondere der Jugend angenommen haben ...

Magny: Sind da drüben alle Menschen so wie du?

Madame Canova: Nein. Die meisten sind gläubig; sie glauben an die Menschheit. Ein ›Ersatz-Absolutes‹, das nicht ganz soviel wert ist wie das Jenseits und für das sich zu opfern Narrheit ist, da die Gläubigen ihrer eigenen Lehre gemäß keinen Nutzen davon haben. Aber dieser Mythos wird noch rascher verschwinden als Gott: es kostet zu große Anstrengungen, ihn am Leben zu erhalten. Gott kann wenigstens die innere Angst der unzähligen Schwachen für sich buchen. Zum Schluß werden die logischen Atheisten allein das Feld beherrschen. Atheisten wie ich ...

Magny: Ich kenne Atheisten, die weder an die Menschheit noch an Gott glauben und doch Moral besitzen.

Madame Canova: Das ist nur eine besondere Spezies: Menschen, denen die Moral Vergnügen bereitet und die ihr Vorhandensein lediglich durch das Vergnügen rechtfertigen, das sie daran finden. Sie sind nur eine Spielart in der großen Bruderschaft der konsequenten Atheisten, die abseits aller Mythen ganz sich selbst leben. Man kann innerhalb dieser Bruderschaft alles tun: man pflegt Kranke, fängt Schmetterlinge, man wird Päderast, Mathematiker, Betrüger, Professor ... Jeder führt sein Leben nach eigenem Belieben und verfolgt dabei die Ziele, die ihn persönlich begeistern.

Wenn Gott tot ist, ist alles erlaubt und alles gleich. Die persönliche Befriedigung ist ein notwendiger und ausreichender Grund für alle Handlungen, und der zufriedene Dieb ist ebensoviel wert wie der zufriedene Polizist: jeder bekommt, was er will!

Was mich betrifft, so besitze ich nicht genug Phantasie, um mich um meinen Mitmenschen zu kümmern, sofern dieser nicht, wie du, einen Teil meines Glücks darstellt. Du gehörst mir, und ich werde nicht erlauben, daß du Dummheiten machst.

Magny: Aber ich wiederhole dir noch einmal: ich bin entschlossen. Nur geht mir dieser Zustand allmählich auf die Nerven. Seit Monaten habe ich das Gefühl, mit einer Leiche zu schlafen.

Madame Canova: Ich bin in der gleichen Situation und beklage mich nicht. Nur noch ein bißchen Geduld, es ist bald vorüber.

Magny: Bist du sicher, daß Paul hierherkommen wird?

Madame Canova: Er wird nur allzu gern kommen!

Magny: Aber ich denke, er schläft nicht mehr mit meiner Frau?

Madame Canova: Wahrscheinlich nicht, aber sie gefällt ihm noch immer. In dieser Hinsicht kenne ich ihn gut genug: wir haben mit dieser Wahl seinen Geschmack getroffen. Er wird herkommen: in seiner Moral bestärkt durch den Gedanken, daß du zu Hause sein könntest, in seinem sündigen Verlangen durch die Hoffnung angestachelt, daß du nicht da bist. Er wird auf alle Fälle sein Glück versuchen wollen.

Magny: Du kennst ihn gut!

Madame Canova: Das ist mein Vorteil!

Magny: Und wird es bestimmt gelingen? Ist alles bedacht?

Madame Canova: Ich glaube schon ... gehen wir zur Sicherheit noch einmal die Einzelheiten durch: Da das Arbeitszimmer neu tapeziert wird, soll Béatrice eine Zeitlang bei sich zu Hause arbeiten. Das ist bereits mit meinem Mann abgesprochen, und er hat sich um so freudiger damit einverstanden erklärt, als er vermutlich irgendwelche geheimen Wünsche hegt, für die der Gott der Bibel ihn mit Sicherheit bestrafen wird ... (Ich habe mich gegen den Vorschlag gewehrt, daß die beiden in unserem Wohnzimmer arbeiten.) Es wäre also gar nicht erstaunlich, wenn er von selbst unter irgendeinem Vorwand hier auftauchen sollte ...

Magny: Allerdings, das wird er wahrscheinlich tun ...

Madame Canova: Und es wäre nur wünschenswert ... Am Samstagabend bist du gewöhnlich bei deinen Eltern in Vincennes zum Essen. Ich habe Samstag, den 11. Oktober, gewählt, weil an diesem Tag eine kleine Feier in deinem Elternhaus stattfindet ...

Magny: Mußt du wirklich meine Mutter in diese Sache mit hineinziehen?

Madame Canova: Unbedingt! Wir müssen kräftige Farben auftragen, die Geschworenen lieben das ... Du wirst also an diesem Tag etwas später als gewöhnlich, nämlich gegen achtzehn Uhr dreißig, zu Hause weggehen und gegen neunzehn Uhr zehn zurückkommen, weil du eine wunderbare Bonbonniere vergessen hast, die du deiner Mutter mitbringen wolltest. Du bringst ihr doch öfters Pralinen mit, nicht wahr?

Magny: Ja.

Madame Canova: Vergiß nicht die Schachtel zu kaufen ... und zu vergessen!

Vorher, gegen achtzehn Uhr zwanzig, rufst du mich an, und ich werde deinen Anruf in dem kleinen Vorraum neben meinem Zimmer entgegennehmen. Das ist der einzige Apparat in unserer Wohnung. Mein Mann wollte nie ein Telephon auf seinem Schreibtisch haben, weil es ihn stört ... Für Béatrices Ohren, die dein Gespräch hören wird, kündigst du deiner Mutter an, daß du dich etwas verspätet hast. Ich werde daraufhin meinem Mann sagen, daß deine Frau ihn dringend sehen möchte, um einige Unklarheiten, die auf den letzten Seiten aufgetaucht sind, mit ihm zu besprechen. Du weißt, daß er seine Arbeit über die Etrusker am 15. abliefern muß?

Magny: Ja. Und es ist ausgeschlossen, daß jemand unser Gespräch mithört?

Madame Canova: Vollkommen ausgeschlossen. Es ist ein automatischer Anschluß. Außerdem wird unser Gespräch ganz kurz und sachlich sein ... Aber wenn du es vermeiden kannst, nenn mich dabei bitte nicht ›Mama‹; ich bin keine Geliebte à la Rousseau ...

Du weißt, daß mein Mann aus Vorsicht immer die Métro benutzt ...

Magny: Nenn ihn doch bitte nicht immer ›mein Mann‹!

Madame Canova: Ein Mann, der dafür, daß er mich besessen hat, mit seinem Leben und seinem Vermögen bezahlt, hat ein Recht auf diesen Titel. Das ist alles, was ich für ihn tun kann ...

Ich wollte also sagen, daß er gegen achtzehn Uhr fünfundzwanzig hier sein wird. Ich bin die Strecke selbst mit der Métro gefahren und habe die Zeit überprüft ... Sie werden also eine gute Viertelstunde haben ...

Magny: Zur Freizeitgestaltung?

Madame Canova: Na, siehst du, jetzt machst du dich. Der Humor steht immer am Anfang der Weisheit ...

Wir waren also bei deinem Auftauchen hier ... In ihrer Harmlosigkeit werden sie gar nicht erst abschließen, aber außerdem hast du ja den Schlüssel. Für die Geschworenen findest du deine Frau sehr leicht bekleidet zusammen mit meinem Mann an einem Tisch sitzend, der für zwei Personen gedeckt ist (während du ja auswärts essen wolltest!). Hinter ihnen das zerwühlte Couchbett ... Du nimmst darauf aus der Kommodenschublade deinen ordnungsgemäß angemeldeten Polizeirevolver, die 7,65 – den Revolver also, der, wie zahlreiche Zeugen bestätigen können, seit Monaten hier liegt – und tötest die beiden im Affekt.

Schieß aus der Nähe, ziele auf den Körper und spare deine Kugeln nicht; deine Aufregung entschuldigt alles ... Aber du darfst auch nicht direkt an sie herantreten – nichts übertreiben! Und vor allem, verfehle deine Frau nicht! Sie ist nicht so intelligent, dafür aber schlauer als er. Wenn sie mit dem Leben davonkommt, wird sie bald heraus haben, was hier gespielt wurde.

Magny: Soll ich zuerst einen Arzt oder die Polizei benachrichtigen?

Madame Canova: Zuerst den Arzt. Sofort nach deiner Tat packt dich die Reue: du hast einen Kollegen, einen Lehrer, einen Wohltäter und Freund schwer verletzt ...

Magny: Und das stimmt sogar ...

Madame Canova: Möglich ... Aber trag nicht zu dick auf! Zurückhaltende Verzweiflung ist immer am überzeugendsten ... Deine Frau brauchst du nicht so heftig zu beweinen. Sie war das räudige Schaf in der Familie, und du hast sie in einem Anfall jugendlicher Verblendung geheiratet ... Friede ihrer Asche! Es ist vor allem der Tod meines Mannes, der einen schmerzlichen Eindruck auf das Publikum machen wird. Das Publikum aber soll dich freisprechen, und wir müssen daher seine Gefühle einkalkulieren.

Magny: Gleich nach dem Mord muß ich also das Bett aufdekken und noch ein Gedeck auflegen?

Madame Canova: Ja. Eine kurze Betätigung wird dir auch guttun; du kannst dich dabei besser sammeln.

Magny: Aber schaffen wir damit nicht überflüssige Komplikationen?

Madame Canova: Nein. Das sind Einzelheiten, die bei der Verhandlung ins Gewicht fallen werden. Die Mühe macht sich bestimmt bezahlt.

Magny: Aber wenn man die Fingerabdrücke untersucht? Dann wird man herausfinden, daß ich das eine Gedeck aufgelegt habe und meine Frau das andere.

Madame Canova: Selbstverständlich! Vor dem Weggehen hast du deiner Frau geholfen, den Tisch zu decken, und sie hat dann in deiner Abwesenheit noch das Gedeck für ihren Liebhaber aufgelegt. Die Wissenschaft ist wohl imstande, Fingerabdrücke zu identifizieren, aber sie kann noch nicht auf die Stunde bestimmen, in welcher Reihenfolge diese Abdrücke hinterlassen wurden. Und auf die Wissenschaft kann man sich verlassen; sie ist unparteiisch und steht allen zu Diensten.

Magny: Das stimmt.

Madame Canova: Paß auch auf, daß genügend Vorräte im Kühlschrank sind!

Magny: Du denkst an alles!

Madame Canova: Ich liebe dich! Und gib vor allem acht, daß du ihr Besteck nicht berührst, wenn du mit ihr den Tisch deckst. Gegen achtzehn Uhr ist es zwar ein bißchen früh dafür, aber sie wird dir trotzdem dankbar sein für deine Aufmerksamkeit. Ist sonst noch irgend etwas unklar?

Magny: Nein, ich denke nicht . . .

Madame Canova: Vergiß nicht, daß sie unbedingt ausgezogen sein muß, das ist das Allerwichtigste. Es wäre doch ein bißchen schwierig und unpassend, sie erst nach dem Tod als Hetäre zu kostümieren.

Magny: Das brauchst du mir nicht zu sagen.

Madame Canova: Ich muß es noch einmal betonen, weil es ein im wahrsten Sinne des Wortes lebenswichtiger Punkt ist. Es gibt nicht allzu viele Möglichkeiten, eine Frau dazu zu bringen, sich am hellichten Nachmittag auszuziehen. Mein Mann muß sie in Nachthemd und Morgenrock vorfinden. Sie wird diese Kleidungsstücke nach einer Liebesstunde übergezogen haben, um so den Abend zu Hause zu verbringen und auf dich zu warten. Andererseits wird diese Aufmachung sie auch nicht hindern, meinen Mann einzulassen – schließlich waren ihre Beziehungen intim genug. Sie wird ihn bestimmt nicht auf dem Treppenabsatz stehenlassen!

Magny: Und wenn er sich verspätet?

Madame Canova: Das ist sehr unwahrscheinlich. In diesem Fall müßten wir noch einmal von vorn anfangen.

Magny: Und du glaubst nicht, daß er sofort wieder geht?

Madame Canova: Nein. Das ist eine Frage der Psychologie. Sie werden zuerst versuchen, das Mißverständnis aufzuklären, und dann wird mein Mann die Gelegenheit nutzen, um ein bißchen zu flirten. Vielleicht wird er sogar aufdringlich. Und vielleicht lädt deine Frau ihn tatsächlich zum Essen ein. Ich halte es absolut für möglich, daß du bereits zwei Gedecke auf dem Tisch vorfindest, wenn du erscheinst, um auf deine Art das Mißverständnis aufzuklären ...

Magny: Aufdringlichkeit paßt eigentlich nicht zu ihm ...

Madame Canova: Er wird ein bißchen ausgehungert sein. Ich werde ihn in den vorhergehenden Tagen nicht gerade verwöhnen und auch dafür sorgen, daß er sich nicht anderweitig schadlos hält.

Magny: Aber ich soll mich anstrengen!

Madame Canova: Fängst du schon wieder an? Es ist unbedingt nötig, daß du vor dem Weggehen mit der Kleinen schläfst. Ich hoffe doch, sie ist an dem betreffenden Tag nicht indisponiert?

Magny: Nein ... aber ich komme mir ein bißchen vor wie Judas ...

Madame Canova: Der ›Judaskuß‹! Mein armer Schatz! Judas war verzweifelt, aber du bist voller Hoffnung ... Seit Monaten überhäufst du Béatrice mit allen möglichen Aufmerksamkeiten, um dein Gewissen zu beschwichtigen und um eines Tages dort oben eine annehmbare Bilanz vorweisen zu können ... Raff dich noch einmal auf! Gib dir Mühe! Stell sie bis zum Schluß zufrieden! Schenk ihr einen Genuß fürs ganze Leben! Mir macht es nichts aus: ich bin weder boshaft noch eifersüchtig ...

Magny: Ich muß nur können!

Madame Canova: Das ist deine Sache! Denk an die Königin von England! Denk an unsere zweihundert Millionen ... Stell dir vor, wieviel Gutes du mit deinem Anteil stiften kannst: opfere dieses Kind den Waisen von Auteuil ... Was soll ich dir sonst noch vorschlagen? Denk an mich ...

Aber im Grunde ist es gar nicht so wichtig, daß deine Bemühungen zu einem vollen Erfolg führen. Die Präliminarien werden schon genügen. Hauptsache, Béatrice ist für das, was dann kommen wird, in der entsprechenden Aufmachung. Du könntest ihr ja auch eine erste Enttäuschung bereiten: das wird ihr den Tod erleichtern ...

Magny: Zieh dich wieder an, sie wird gleich zurück sein.

Madame Canova: Wir haben reichlich Zeit. Denke daran, daß wir uns jetzt monatelang nicht wiedersehen ...

Magny: Muß das wirklich sein? Wenn du bei mir bist, erscheint mir alles so einfach ...

Madame Canova: Ich werde immer bei dir sein, auch wenn ihr zusammen schlaft.

Du mußt endlich einsehen, daß unsere Begegnungen und sogar jede Art Verbindung zwischen uns eine Gefahr bedeuten: die einzige Gefahr in dieser ganzen Sache. Du weißt, daß eine Kette nie stärker ist als ihr schwächstes Glied. Nun ja, ich habe dich schon bald nach meiner Heirat verführt, aber andererseits habe ich dich stets um allergrößte Vorsicht gebeten. Trotzdem kann uns jeder lächerliche Zufall zum Verhängnis werden. Kein Mensch kann alles voraussehen. Ein Mord erfordert eine genaue Kalkulation sämtlicher Möglichkeiten, und es liegt an uns, das Risiko möglichst niedrig zu halten. Die Polizei und die Beamten der Versicherungsgesellschaften, die den Fall untersuchen werden, verstehen ihr Handwerk sehr gut. Sie wissen genau Bescheid über alle möglichen und vorstellbaren Arten, seinen Nächsten umzubringen ... Es ist so schwer, auf diesem Gebiet etwas Neues zu erfinden!

Unser schwächster Punkt ist die Tatsache, daß es sich um ein Verbrechen aus Eigennutz handelt, also um die Art Verbrechen, die als absolut unverzeihlich gilt. Wir haben hier keine verläßlichen Berufsmörder wie in gewissen fortschrittlichen Ländern: man muß alles selbst machen. In unserem kleinen Land ist es ebenso schwierig, einen guten Mörder zu finden wie einen vertrauenswürdigen Dienstboten. Da sieht man einmal, wohin der Sozialismus führt.

Aber unsere Stärke liegt ja gerade darin, daß wir diesen Herrschaften auf einem silbernen Tablett einen scheinbar ganz banalen Mord offerieren, einen Mord ohne Probleme, ohne Alibi, einen gutbürgerlichen Familienvatermord ...

Magny: Xavier ist tot ...

Madame Canova: Ich habe bildlich gesprochen!

Magny: Das war mir klar.

Madame Canova: Sie bekommen alles geliefert: das Motiv, den Schauplatz, die Opfer, den Täter, die Waffe ... Alles wird ihnen mundgerecht serviert! Möglicherweise forschen sie gar nicht weiter nach, sondern schlagen einfach in ihrem Handbuch das Kapitel ›Eifersuchtsdrama‹ auf ... Aber wir müssen auch bedenken, daß ein Mord, der ein kleines Vermögen einbringt, stets verdächtig wirkt.

Vor allem die Fachleute der Versicherungsgesellschaften werden Himmel und Hölle in Bewegung setzen, um eine für sie vorteilhafte Lösung zu finden: man rückt nicht kampflos zwei Millionen Schweizer Franken heraus – ganz abgesehen von den kleineren Sümmchen, die hier in Frankreich fällig werden. Wir müssen uns darauf gefaßt machen, daß diese Herren unsere sämtlichen Handlungen und Gesten in den Wochen vor dem Mord aufs genaueste unter die Lupe nehmen. Aber wenn sie uns nichts nachweisen können, sind sie machtlos.

Hast du das endlich begriffen? Dann haben wir es geschafft!

Magny: Ich weiß, ich weiß! Aber selbst wenn es herauskommen sollte, daß wir uns näher kennen, so ist doch damit noch nicht der Beweis erbracht, daß wir in dieser Sache Komplizen waren . . .

Madame Canova: Natürlich nicht. Aber es wäre nicht günstig für deinen Prozeß, wenn man die Geschworenen mit so etwas vor den Kopf stößt. Sie nehmen das übel und rächen sich dafür. Und das nennt man dann Gerechtigkeit.

Magny: Als zweifacher Mörder werde ich ohnehin nicht den allerbesten Eindruck machen!

Madame Canova: Ich gebe zu, daß dein Verhalten für unser Jahrhundert ein bißchen außergewöhnlich erscheinen wird; man liebt heutzutage nicht mehr so wie früher. Deine Tat hat gewissermaßen klassisches Ausmaß . . . Aber der Rahmen und die äußeren Umstände sind derart günstig: Dein Vater ist Präsident des Appellationsgerichtshofs, du hast das Kriegsverdienstkreuz, die künftigen Opfer haben ein Verhältnis miteinander gehabt, über das die Leute bereits geredet haben . . .

Magny: Ich dachte, du hast bisher nur mit deinem alten Dienstmädchen darüber gesprochen?

Madame Canova: Aber nein! Ich habe mich bei mehreren Freunden, die später als Zeugen auftreten können, über diese Situation beklagt . . .

Magny: Zieh dich an!

Madame Canova: Und die Liebe und die Aufmerksamkeiten, die du Béatrice seit eurer Heirat erwiesen hast, werden deine Tat vollends legalisieren . . .

Hak mir bitte das Kleid zu . . .

Du brauchst keine Angst zu haben: Du bekommst die

besten Anwälte von Paris. Und ich werde als Privatklägerin auftreten ...

Eine Tragödie wie von Corneille! Und später werden wir dann irgendwo im Ausland heiraten.

Magny: Mein Freispruch wäre noch sicherer, wenn ich nur deinen Mann erschießen würde ...

Madame Canova: Und was willst du mit der Kleinen anfangen? Sie zur Komplizin machen? Glaubst du wirklich, daß du dich auf sie verlassen könntest? Und wenn wir sie tatsächlich einweihen würden, was würde uns das wohl kosten?

Magny: Auf ein paar Millionen Francs dürfte es uns nicht ankommen ...

Madame Canova: Ach! Du redest wie ein Intellektueller! Du hast nie, so wie ich, in einem Land gelebt, wo man keinen Überfluß und keine Lebensfreude kennt, wo man Pellkartoffeln ißt und sich dabei mit dem Gedanken tröstet, daß die späteren Generationen Wurst und Braten essen werden ... Ich werde nie einen Franc herausrücken, wenn ich nicht dazu gezwungen bin. Nächst dir ist mir das Geld das Liebste auf der Welt.

Magny: Vielleicht steht dir das Geld sogar noch höher.

Madame Canova: Du hast allen Grund, dich zu beklagen! Mein Geld gehört auch dir. Vertraust du mir denn nicht?

Magny: Ich dächte, das habe ich dir schon bewiesen! Aber, ehrlich gesagt, diese Leidenschaft für das Geld ist mir nicht ganz verständlich.

Madame Canova: Für eine Frau bedeutet Geld die Möglichkeit, ihre Gunst nur den Männern zu schenken, die ihr gefallen, und diese Freiheit ist unbezahlbar ...

Magny: Ich bezahle sie recht hoch!

Madame Canova: Keine finsteren Ahnungen, Liebling! Die Toten, an die man nicht denkt, sind wahrhaft tot. Und ich werde dich lehren, sie zu vergessen. Die ganze Welt hat Platz in deinem kleinen Gelehrtenkopf ... mach mit ihr, was dir beliebt. Man braucht nur zu wollen; und ich habe Willenskraft genug für uns beide …

Aber jetzt muß ich gehen.

Magny: Du hast deinen Wagen doch nicht etwa in der Nähe geparkt?

Madame Canova: Du weißt genau, daß ich ihn immer mindestens fünf Minuten von hier entfernt stehenlasse, und jedesmal in einer anderen Straße … Außerdem ist eure Concierge schon um elf Uhr vormittags betrunken!

Magny: Laß deinen Schleier herunter!

Madame Canova: Küß mich zuerst noch einmal …

………………………………………………

Ach übrigens, wegen der Fingerabdrücke: sieh zu, daß du meine überall sorgfältig entfernst. Sicher ist sicher: ich weiß nicht, wie lange sich Abdrücke halten. Und wenn man hier auch nur einen einzigen Fingerabdruck von mir entdecken sollte, würde uns das teuer zu stehen kommen …

………………………………………………

Küß mich noch einmal!

6

Tagebuch der Madame Christian Magny
(Fortsetzung)

21. September

Es geht mir schon wieder viel besser ... Beim ersten Abhören habe ich es gar nicht recht begriffen: es war so ungeheuerlich, die Stimmen klangen so fremd, es ging alles so schnell! Ich mußte das Band noch ein paarmal abspielen ... und selbst dann glaubte ich noch immer, die beiden wollten sich nur einen Scherz mit mir erlauben und mich dafür bestrafen, daß ich sie zu belauschen versuchte ...

Als der Filmmann gegen zweiundzwanzig Uhr nach Hause kam, war ich noch ganz benommen. Ich muß wohl recht verstört ausgesehen haben, denn er begriff sofort, daß ich nicht zum Flirten aufgelegt war, und seine Fragen blieben ihm in der Kehle stecken ... Ich habe den Apparat stehen lassen, wo er war, habe das Magnetophonband in meine Tasche gestopft und gemacht, daß ich fortkam ...

Auf der Treppe versagten mir plötzlich die Beine. Bis dahin hatte ich mich bemüht, zu verstehen und nachzudenken; ich hatte noch gar keine Zeit gehabt, Angst zu bekommen. Aber dann trat mit einemmal die Reaktion ein: ich zitterte am ganzen Körper, konnte nur mühsam atmen und klammerte mich am Geländer fest. Die Leute, die die Treppe herauf und herunter kamen, musterten mich neugierig. Ein Herr in mittleren Jahren richtete ein paar zweideutige Worte an mich ... Schließlich nahm ich alle Kraft zusammen und stieg die letzten Stufen bis zu unserer Wohnungstür hinauf. Mir kam plötzlich der Gedanke, daß dieses Tonband, das ich in meiner Tasche hatte, mich unverwundbar machte. Diese Feststellung ließ mich den ersten Schock überwinden, so daß ich zwar noch erregt, aber beinahe selbstsicher die Tür öffnen konnte.

Christian erwartete mich ungeduldig. Er hatte mich wohl schon als Opfer eines Straßenunfalls gesehen, und der Gedanke an die unvermeidlichen Folgen hatte ihn schaudern lassen. Was hätte ihm auch bevorgestanden! Die Beerdigung einer Frau, die er nicht ermordet hatte, eine neue Heirat, eine Hochzeitsreise und all die Aufmerksamkeiten und Bemühungen, um die neue Frau in Sicherheit zu wiegen ... Und er würde sich gewissenhaft in diese neue Rolle einleben müssen! ... Unter anderen Umständen hätte seine Erleichterung mich gefreut ...

Ich entschuldigte mein Zuspätkommen mit der erstbesten Ausrede, die mir einfiel, und er gab sich damit zufrieden.

Während er in der Küche herumhantierte, um mir etwas zu essen zu machen, montierte ich schnell das Mikrophon ab: der junge Mann in der Wohnung unter uns mußte nicht unbedingt unsere intimen Gespräche mit anhören. Er hatte mir zwar versprochen, sich diskret zu verhalten, aber ich war an diesem Abend nicht sehr geneigt, irgendeinem Menschen Glauben zu schenken! Wenn er doch der Versuchung erlag und das Magnetophon anstellte, würde er auf seine Kosten kommen, und meine Handlungsweise würde durch die seine eine gewisse Rechtfertigung erfahren.

Ich gewöhnte mich schneller, als ich geglaubt hatte, an diese beispiellose Situation – vielleicht weil ich meinen Mann nie wirklich geliebt habe. Das frohlockende Gefühl, etwas zu wissen, was er nicht wußte, verschaffte mir sogar einen etwas grausamen Genuß ...

Gegen Ende der Mahlzeit, deren gewohnheitsmäßige Einzelheiten mir mein Gleichgewicht wiedergegeben hatten, nahm ich eine romantische Pose ein und versetzte in düsterem Ton: »Ich habe das Gefühl, daß ich jung sterben werde ...«

Er ließ die Birne, in die er gerade beißen wollte, auf die Tischdecke fallen ...

»Warum sagst du das?«

»Ich weiß nicht . . . eine Vorahnung . . .«

Ich muß schon sagen, daß er rühmliche Anstrengungen machte, um mich abzulenken; er wurde mir fast sympathisch dabei. Aber als wir dann beim Kaffee waren, starrte ich plötzlich mit erheuchelter Tiefsinnigkeit in meine Tasse und fing wieder an: »Ich habe Angst . . . letzte Nacht habe ich geträumt, ich würde von Würmern gefressen . . .«

Das war ein bißchen dick aufgetragen, aber der Zustand meines Partners gestattete eine solche Übertreibung. Ich hatte den Augenblick gewählt, in dem der Patient sich gerade aufgerafft hatte, ein Stück Zucker zu nehmen. Die Zuckerzange entglitt klirrend seiner Hand . . .

»Das ist ja verrückt!«

»Wieso?«

Sein Blick belebte sich; er hatte ein Argument gefunden: »Zunächst einmal, weil man nie von Würmern gefressen wird!«

»Warum nicht?«

»Aber das ist doch bekannt! Du gebrauchst da nur eine billige Redensart der klassischen Rhetorik. Damit Würmer kommen, müssen zuerst einmal Fliegen da sein, und der Leichnam müßte in der Luft verwesen. Bisher hat man nämlich noch nicht beobachtet, daß Fliegen in Särge kriechen.«

»Wie gelehrt du bist, mein Schatz! Und vielleicht sterbe ich ja auch im Spätherbst, also zu einer Jahreszeit, in der es nicht mehr so viele Fliegen gibt . . .«

Er konnte kaum seinen Kaffee hinunterwürgen, aber ich ließ nicht locker. Ich sprach von den Toten, die wiederkommen . . . und ich versicherte ihm in zärtlichem Ton, daß ich stets bei ihm bleiben würde, ganz gleich, was mir zustoßen sollte . . .

Aber ich hatte mir mit meinen Phantasien wohl etwas zuviel zugemutet. Im dunklen Schlafzimmer erwachte meine Furcht wieder. Und als er mich versehentlich im Bett mit seinem Bein streifte, zitterte ich vor Abscheu, und die Feststellung, daß auch er zitterte, war ein schwacher Trost. Wir waren ein seltsames Ehepaar in dieser Nacht!

Der Morgen gab mir meine Sicherheit wieder, und ich kam sogar auf neue Ideen: während des Vormittags rief ich Monsieur Dubreuil an und bat ihn, das nötige Material in die untere Etage zu schicken, damit ich das aufgenommene Band kopieren könne. Außerdem verlangte ich die Installierung einer Sendeanlage von unten in unsere Wohnung oben.

Diese letztere Prozedur ließ ich wieder zur gleichen Stunde vornehmen, nur vollzog sich diesmal alles in einer ganz anderen, fast heiteren Atmosphäre. Mein Plan amüsierte die Herren der Firma Dubreuil, die sonst einen recht blasierten und abgebrühten Eindruck machten, außerordentlich. Und unser junger Nachbar zappelte förmlich vor Freude. Wenn sie gewußt hätten!

Schließlich wurde der Lautsprecher in unser Radio einmontiert. Da Christian von diesen Dingen keine Ahnung hat, konnte ich ganz beruhigt sein: er würde bestimmt nichts Außergewöhnliches bemerken können ... Meine List erinnerte mich fast an den *Brief* von Edgar Allan Poe.

Dann verbannte ich den jungen Mann kurzerhand aus seinem eigenen Zimmer und machte mich an die Arbeit. In Erinnerung an die Zeiten, in denen ich mich als Schauspielerin versucht hatte, stellte ich ein wahrhaft ergreifendes Hörspiel zusammen. In einer raffiniert ausgeklügelten Reihenfolge kopierte ich einige Abschnitte des ursprünglichen Bandes auf ein neues Band und arrangierte mit Hilfe dieser Bruchstücke ein geradezu unbeschreibliches Melodrama aus Liebesseufzern, blutrünstigen Plänen, billiger Alltagsphilosophie und gemurmelten Obszönitäten, in dem, ich muß es gestehen, mein Christian nur eine Nebenrolle spielte. Zwischen die Originalteile mischte ich Worte und Sätze eigener Erfindung: im Ton schüchterner Gekränktheit gesprochene Vorwürfe, verzweifelte Schreie, Passagen aus der Hochzeitszeremonie, ausgewählte Stellen des Neuen Testaments. Gelegentlich schaltete ich unheilschwangere Pausen ein, dann wieder brachte ich als eine Art Begleitmusik ein paar Orgeltakte aus dem *Trauermarsch* von Chopin, die ich von einer Grammophonplatte meines ›Gastgebers‹ kopierte. Bei der Herstellung des endgültigen Bandes improvisierte ich dann noch gewisse Schwankungen in der Lautstärke, die überraschende Effekte ergaben. Das Ganze war so leise, daß man ganz still sitzen und genau aufpassen mußte, um die einzelnen Worte zu verstehen. Aber bestimmte, besonders bedeutungsvolle Worte hoben sich mit einer so unerwarteten Lautstärke hervor, daß der Hörer unwillkürlich zusammenschrecken mußte. Den Schluß bildeten klar und deutlich gesprochene Worte, bei denen ich versuchte, eine wahrhaft metaphysische Empörung in meine Stimme zu legen. Ich rief: »... Und Er wird kommen, zu richten die Lebendigen und die Toten ...«

Gegen fünf Uhr rief ich bei Canova an, um mich wegen meines Ausbleibens zu entschuldigen und begann dann, mehrere vollständige Kopien des Originalbandes anzufertigen. Nur einige längere eindeutige Passagen, die man höchstens auf lateinisch hätte bringen können, ließ ich aus.

Dann löschte ich das Originalband. Ich arbeitete ununterbrochen bis zur Abendbrotzeit und war ganz vertieft in mein Werk. Nur wenn das schöpferische Fieber gelegentlich etwas nachließ, meldete sich diese unvernünftige Angst wieder ...

Aber gerade diese Auswahl zensierter Exemplare würde mein sicherster Schutz sein ... Gestern mietete ich einen kleinen Banktresor und legte die Bänder hinein. Ich fühlte mich danach direkt erleichtert: selbst wenn Christian mein Experiment durchschauen sollte, würde er doch nichts gegen mich ausrichten können.

Als ich dann gestern abend von meiner Arbeit bei Canova zurückkehrte, ging ich zuerst in die untere Wohnung, schaltete den Kontakt zwischen den beiden Zimmern ein und stellte das Magnetophon an. Mein Filmmann, der für ein paar Tage abwesend ist, hatte mir die Schlüssel dagelassen, so daß ich mich frei bewegen konnte. Ich verschloß seine Zimmertür und ging hinauf. Da ich am Anfang des Bandes mehrere Minuten Leerlauf gelassen hatte, blieb mir reichlich Zeit, unsere Wohnung zu betreten und vor Beginn meines ›Hörspiels‹ eine natürliche Pose einzunehmen.

Christian lag auf der Couch und las in einem Platon-Dialog. Er trug seine Hausjacke und Hausschuhe und empfing mich mit scheinbarer Ungezwungenheit: »Hübsch siehst du aus heute abend ... Na? Hast du deine schwarzen Gedanken überwunden?«

»Völlig, mein Schatz. Das war ganz dumm von mir.«

»Aber nein! Das kann doch jedem einmal passieren ... Es gibt Tage, an denen man sich die unmöglichsten Dinge einbildet ...«

Ich lachte unwillkürlich laut heraus, und er stimmte erleichtert in mein Lachen ein.

Dann griff ich nach einer Zeitschrift und setzte mich ihm gegenüber. Ich brauchte nicht lange zu warten ...

Die Vorführung begann mit dem rhythmischen Knarren und Quietschen einer Matratze. Zuerst waren die Töne fast unhörbar, wurden dann aber allmählich deutlicher ... Christian schrak aus seiner Lektüre des *Gastmahls* auf und betrachtete mit komisch verblüffter Miene seine Lagerstatt: diese Töne schienen irgendeine Erinnerung in ihm zu wekken ... Bald darauf fragte er mich zögernd: »Hörst du nichts?«

Ich warf ihm einen verständnislosen Blick zu ... Sichtlich beunruhigt nahm er daraufhin in einem Sessel Platz und tat, als vertiefe er sich wieder in seine Lektüre. Aber er wandte keine Seite um und blickte nur starr auf das Buch ...

Ich muß gestehen, die folgenden Minuten zählen zu den Höhepunkten meines Lebens: welch ein Genuß für ein zukünftiges Opfer, seinen Mörder in Schrecken zu versetzen, ohne daß er begreifen kann, was ihm geschieht! Und er hätte wahrhaftig ein Genie sein müssen, um hier Verdacht zu schöpfen! Wie sollte er auf den Gedanken kommen, daß ich das Gespräch mit seiner Geliebten belauscht und aufgenommen hatte, daß ich mit Hilfe dieser Aufnahme eine raffinierte Montage hergestellt hatte, und daß dieses Band jetzt in der Etage unter uns, ganz ruhig und gleichgültig gegen seine Ängste, ablief?

Sein Entsetzen wuchs von Minute zu Minute und nahm ihm jede Möglichkeit einer klaren Überlegung. Ich merkte es an der Art, wie seine Hände sich um das Buch krampften, an der angstvollen Reglosigkeit seiner Züge, an der Angespanntheit seiner ganzen Haltung. Diese Flüsterlaute von jenseits des Grabes mußten sein Gewissen mit noch frischen Erinnerungen belasten; aber er war zu feige, ihnen ins Gesicht zu sehen.

Von Zeit zu Zeit machte er Anstrengungen, diesem Alptraum zu entrinnen und wieder in einer nach seinen kleinen Maßstäben zugeschnittenen Welt Fuß zu fassen. Dann suchte er naturgemäß Zuflucht bei mir: »Ich habe den Eindruck, daß das aus dem Radio kommt . . .«

Ich sah ihn etwas besorgt an und lächelte nachsichtig: »Aber du siehst doch, der Apparat ist gar nicht angestellt, mein Schatz!«

Er erhob sich, fingerte ratlos an dem Apparat herum und wandte sich dann mit einer Miene, die um Entschuldigung bat, wieder zu mir: »Du hörst wirklich nichts?«

»Nein . . . was hörst du denn eigentlich?«

Ich sprach ihm gut zu wie einem Kind und bemühte mich, seine Angst mit ein paar harmlosen Redensarten zu zerstreuen . . . Aber er war schon so im Banne seiner Tortur, daß er mich bat, zu schweigen . . .

Endlich legte er seinen Platon beiseite, nahm wieder Platz und blieb dann reglos sitzen. Er wagte nicht einmal mehr, mich anzusehen . . .

»Möchtest du ein Glas Armagnac?«

Aber er hörte diese Worte gar nicht. Wie erstarrt, mit gesenkten Augen, saß er da. Daß noch Leben in ihm war, konnte man nur aus einem gelegentlichen leichten Zusammenzucken entnehmen, wenn ein Wort ertönte, das seine Qual bis ins Unerträgliche steigerte. Als Madame Canova seufzte: »Ich bin nicht boshaft . . .«, preßte er einige Sekunden lang die Hände an die Ohren und sah so erschüttert aus, daß die Grausamkeit dieser Situation auch mir plötzlich aufging. Nein, wirklich, diese Frau hatte recht: sie war nicht boshaft. Es war ihr völlig gleichgültig, ob sie einem anderen Menschen Freude oder Leid zufügte, und eben diese Eigenschaft verursachte einem im Verkehr mit ihr ein solches Unbehagen. Die Bosheit der anderen verwirrt uns weniger als ihre Gefühllosigkeit. Wir alle sind gelegentlich ein wenig boshaft, und die ausgesprochen boshaften Menschen überraschen uns mehr durch das Übermaß dieser Eigenschaft als durch das bloße Vorhandensein derselben: wir haben dann das Gefühl, einer Art menschlicher Mißbildung gegenüberzustehen. Aber eine berechnete Gleichgültigkeit gegen alles, was nicht die eigene Person betrifft, eine intelligente, ausgeglichene und sozusagen gesunde Amoralität zeigt uns eine unbekannte Menschengattung, von der man nicht weiß, ob sie aus Kristall oder aus Schmutz besteht.

Nach meinen Schlußworten, die jedoch nicht die erhoffte Wirkung erzielten, verstummten die Stimmen. Christian war in sich zusammengesunken, seine blonden Haare waren schweißnaß. Mir kam eine letzte Idee: »Jetzt kommt es mir auch fast so vor, als ob ich etwas höre . . .« sagte ich plötzlich. »So etwas wie ein Gemurmel . . .«

Und ich beugte mich interessiert über das stumme Radio.

Er fuhr entsetzt auf: »Aber das ist doch nicht möglich! Ich höre nichts mehr!«

»Ach! Meinst du?«

Damit hatte ich ihm unversehens den letzten Stoß versetzt. Bleich wie ein Gespenst schleppte er sich zum Telefon, blätterte fieberhaft in dem Nummernverzeichnis und rief dann aufs Geratewohl einen Arzt an: »Dringend! Ja! Ich fühle mich sehr schlecht ... es handelt sich um Halluzinationen ... ich habe Fieber ...«

Er aß keinen Bissen, sondern ging sofort zu Bett. Der Besuch des Arztes half ihm kaum. In der Nacht stieg das Fieber, und er begann zu phantasieren. Ich benutzte die Gelegenheit, um hinunterzugehen und die Montage, die dieses Unheil angerichtet hatte, wieder zu löschen.

Heute morgen war ein Spezialist bei ihm, den ich selbst hergebeten hatte. Diese Wendung der Ereignisse war nicht in meinem Sinne: wenn Christian tatsächlich wahnsinnig würde, könnte ich ihm keine Angst mehr einflößen ...

Aber ich hatte mich umsonst beunruhigt. Bereits bei der Untersuchung hatte sein Zustand sich gebessert. Die Temperatur ging zurück, und er konnte allmählich wieder klar denken ...

Gegen Mittag schlief er ein. Das gab mir Zeit, alles noch einmal durchzudenken. Bei genauer Überlegung erscheint mir ein Notar doch sicherer als ein Banktresor. Ich habe mich daher entschlossen, so bald wie möglich einen bekannten Notar aufzusuchen und bei ihm, sozusagen als Testament, die Bandaufnahmen zu deponieren, dazu mein Tagebuch und eine schriftliche Wiedergabe des auf dem Band aufgenommenen Gesprächs. Für den Fall, daß das Bandmaterial verderben sollte, wären dann noch immer die anderen Dokumente vorhanden.

Es ist jetzt neunzehn Uhr. Christian hat heute mittag etwas Gemüsebouillon, die er sonst verabscheut, zu sich genommen und sich dann wieder in den Schlaf geflüchtet. Mein heute morgen gefaßter Entschluß hat mir meine Ruhe vollends wiedergegeben. Ich fühle mich von jetzt ab sehr stark. Noch eine Nacht, und sie würden sich durch einen Mord an mir *ipso facto* selbst verurteilen: mein Leben wird ihnen bald ebenso kostbar sein wie das ihre. Ja, es wird ihnen sogar eine Garantie ihrer Ehre sein, auf die sie um der Durchführung ihrer Pläne willen größten Wert legen müssen. Mein Mann, der vorhin aufwachte, hatte einen etwas verstörten Blick, der mich beunruhigte. Sobald mein Testament in Sicherheit ist, werde ich ihn über die wahren Zusammenhänge aufklären, und damit wird sein Albtraum ein anderes Aussehen gewinnen. Seine Angst hat dann eine solide und vernünftige Grundlage, die seinen Blick wieder klar machen wird. Doch auch diese andere Angst wird weiter in ihm arbeiten: es gibt gewisse Eindrücke, die unauslöschliche Spuren hinterlassen. Und diese beiden Ängste werden ihn langsam, aber sicher zugrunde richten: das soll meine Sorge sein!

7

Auszug aus der Dépêche vom 12. Oktober 1948

Eifersuchtsdrama in der Rue de Passy
Gestern abend kurz nach neunzehn Uhr wurde Monsieur Paul Canova, Professor an der Sorbonne, in der Wohnung seiner Sekretärin, Madame Christian Magny, durch den Ehemann der letzteren mit einigen Revolverschüssen niedergestreckt. Monsieur Christian Magny, der eine Assistentenstelle an der Philosophischen Fakultät der Sorbonne innehat, war unerwartet nach Hause gekommen.

Die Haltung des Paares ließ augenscheinlich keinen Zweifel an dem Grad ihrer Intimität zu, doch scheint es, zumindest auf den ersten Blick, daß der Verdacht eines vorsätzlichen Mordes nicht aufrechterhalten werden kann.

Obgleich sofort ein Arzt zur Stelle war, den der von Reue gepackte Mörder selbst herbeigerufen hatte, ist Monsieur Paul Canova heute morgen gegen vier Uhr dreißig in der amerikanischen Klinik von Neuilly, wohin man ihn sofort gebracht hatte, gestorben.

Madame und Monsieur Magny werden zur Zeit in den Räumen des Polizeigerichts durch Kommissar Minjaud verhört. Wir hatten noch keine Gelegenheit, den Kommissar persönlich zu sprechen.

Zweifellos dürfte dieser traurige Vorfall ein lebhaftes Echo in Universitätskreisen finden, in denen die Hauptbeteiligten die größte Achtung genossen.

Kommissar Minjaud hat für den Spätnachmittag eine Pressekonferenz in Aussicht gestellt, nach deren Beendigung wir in der Lage sein werden, unseren Lesern weitere Einzelheiten mitzuteilen; doch halten wir es für unwahrscheinlich, daß sich irgendwelche sensationellen Enthüllungen ergeben dürften.

Paris, 13. Oktober 1948

Madame Paul Canova
an den Herrn Direktor der Versicherungsgesellschaft La Salvatrice, Lausanne.

Sehr geehrter Herr Direktor,
hierdurch möchte ich Sie bitten, die Summe, die mir infolge des plötzlichen Hinscheidens meines Mannes zusteht, bis auf Widerruf zunächst weiter zu verwalten. Ich bin in Finanzfragen ebenso unerfahren, wie mein Mann es war, und benötige daher einige Monate, bevor ich mich in der Lage sehe, irgendwelche neuen Entscheidungen zu treffen. Man rät mir, die Gelder erneut bei Ihnen anzulegen, und auch ich möchte glauben, daß dies die einfachste und vorteilhafteste Lösung wäre. Fürs erste möchte ich Sie hiermit bitten, die fälligen Zinsen zunächst zum Kapital zu schlagen . . .

Mit den besten Empfehlungen . . .

Paris, 13. Oktober 1948

Madame Paul Canova
an den Herrn Direktor der Versicherungsgesellschaft La Familiale, Paris.

Sehr geehrter Herr Direktor,
hierdurch ersuche ich Sie, zur Bestreitung der durch meinen Trauerfall entstandenen Kosten die Summe von fünfhunderttausend Francs auf mein Konto überweisen zu lassen. Die restlichen neunzehn Millionen fünfhunderttausend Francs abzüglich der Erbschaftssteuer bitte ich Sie bis auf Widerruf weiter zu verwalten. Da ich nicht wüßte, wie ich diese Gelder besser anlegen könnte, beabsichtige ich, in Kürze einen neuen Vertrag mit Ihrer Gesellschaft abzuschließen. Fürs erste bitte ich Sie, die fälligen Zinsen zum Kapital zu schlagen . . .

Mit den besten Empfehlungen . . .

Lausanne, 13. Oktober 1948
Der Leiter der Todesfall-Abteilung der Versicherungsgesellschaft La Salvatrice
an den Leiter der Todesfall-Abteilung der Versicherungsgesellschaft La Familiale, Paris.

Betrifft: Fall Canova.

Sehr geehrter Herr . . .,
anläßlich der vor zwei Tagen erfolgten Ermordung Ihres Klienten Monsieur Paul Canova, der auch der unsere war, erlaube ich mir, Sie auf das große Interesse hinzuweisen, das die schweizerischen Versicherungs- und Rückversicherungsgesellschaften an diesem Fall haben.

Wir haben darauf verzichtet, unsere eigenen Experten mit der Untersuchung zu beauftragen und möchten in dieser Hinsicht ganz Ihren Leuten vertrauen, die ja den Vorteil haben, auf einem ihnen bekannten Terrain arbeiten zu können. Trotzdem legen wir Wert darauf, zu den Kosten dieser Untersuchungen im Verhältnis unseres Interesses beizutragen. Dieses Angebot schließt unsere Erwartung ein, daß zur Klärung des Falles die äußersten Anstrengungen gemacht werden. Wir wären Ihnen dankbar, wenn Sie uns über den Fortschritt der Untersuchungen genau auf dem laufenden halten würden; Sie werden verstehen, daß wir ohne schwerwiegende Gründe die Auszahlung der Versicherungssumme nicht ungebührlich hinauszögern können.

Anliegend finden Sie die Abschrift eines im Jahre 1924 vor Abschluß des Vertrages ausgearbeiteten Berichts, der Ihnen vielleicht von Nutzen sein kann. Der Ausfertiger dieses Berichts, der damalige Untersuchungsinspektor Pierre Rousseaux, bekleidet gegenwärtig den Posten eines stellvertretenden Generaldirektors unserer Gesellschaft und verfolgt diesen Fall mit regem Interesse.

Mit vorzüglicher Hochachtung . . .

Paris, 19. Oktober 1948

Der Leiter der Todesfall-Abteilung der Versicherungsgesellschaft La Familiale

an den Leiter der Todesfall-Abteilung der Versicherungsgesellschaft La Salvatrice, Lausanne.

Betrifft: Fall Canova.

Sehr geehrter Herr . . .,
anliegend übersende ich Ihnen die Abschrift eines ersten ausführlichen Berichts, der uns durch unsere Agenten zugestellt wurde. Ich möchte hervorheben, daß wir unsere erfahrensten Fachleute mit diesem Fall betraut haben, daß diese durch die Organe der Polizei die beste Unterstützung erfuhren und sich außerdem die Dienste eines der renommiertesten Detektivbüros von Paris sichern konnten.

Der vorliegende Bericht trägt die Unterschrift des Inspektors André Béluin, dem wir die Leitung der Untersuchungsaktion übertragen haben.

Sollten sich neue Anhaltspunkte ergeben, werden wir nicht verfehlen, Ihnen sofort davon Mitteilung zu machen. Falls Sie über den einen oder anderen Punkt noch zusätzliche Erläuterungen wünschen, stehen wir Ihnen nach Maßgabe unserer Möglichkeiten gern zu Diensten.

Paris, 18. Oktober 1948

Bereits bei meiner ersten Unterredung mit Kommissar Minjaud, der mit der Untersuchung dieses Falles beauftragt ist, machte ich ihn auf das Vorhandensein der Versicherungsverträge und die damit verbundenen Möglichkeiten aufmerksam. Der Kommissar brachte meinen Hinweisen das größte Interesse entgegen, wie ich überhaupt betonen muß, daß meine Kollegen und ich bei der Bearbeitung dieses Falles ein außerordentliches Entgegenkommen und jede denkbare Hilfe seitens der Polizei erfuhren.

Selbstverständlich wurde die Möglichkeit einer Zusammenarbeit zwischen Madame Canova und dem Ehepaar Magny a priori angenommen, und wir haben nichts unterlassen, um nach Beweismaterial für die Richtigkeit dieser Annahme zu suchen.

Als erstes möchte ich hiermit einige Daten über die in Frage kommenden Personen geben:

Die Begünstigte:

Soll einer bürgerlichen Familie entstammen und im Jahre 1917 in Sebastopol geboren sein. Als ihr Medizinstudium in Moskau durch den Krieg eine Unterbrechung erfuhr, wurde sie, wie verlautet, als Krankenschwester zur Roten Armee eingezogen. Im Jahre 1946 taucht sie in Paris auf, wo sie als politischer Flüchtling anerkannt wird. Im Dezember desselben Jahres verlangt die sowjetische Botschaft vergebens ihre Auslieferung. Ohne bekannte Existenzmittel bis zu ihrer Verheiratung im Juli 1947. Über die näheren Umstände ihrer Bekanntschaft mit Monsieur Paul Canova ließ sich ebenfalls nichts Genaueres ermitteln. Anscheinend einwandfreier Lebenswandel. Nimmt nur an den hohen traditionellen Feiertagen an den Gottesdiensten der orthodoxen Kirche teil, ist jedoch, wie es scheint, keineswegs eine überzeugte Christin. Spricht Russisch, Deutsch und Französisch mit leichtem Akzent. Außergewöhnliche Schönheit.

Monsieur Christian Magny:

Entstammt einer Beamtenfamilie und wurde am 9. Juni 1913 in Tours geboren. Hat fünf Geschwister. Besucht die Jesuitenschule in Tours, Studium an der Sorbonne. Besteht 1937 das Staatsexamen in Geschichte und Geographie. Lehrtätigkeit an verschiedenen Gymnasien in der Provinz bis zum Ausbruch des Krieges, in dem er einige Orden erhält. Von 1940 bis 1943 in Kriegsgefangenschaft. Wird im selben Jahr Assistent an der Sorbonne. Nimmt innerhalb des Universitätsnetzes an der Befreiungsaktion teil. Seine Vorlesungen sind allgemein geschätzt. Einfache Lebenshaltung; keine merklichen Geldschwierigkeiten. Heiratet im vergangenen Juli gegen den Wunsch seiner Familie Mademoiselle Béatrice Manceau. Hatte kein direktes Interesse am Tod des Versicherten. Sympathische Erscheinung.

Madame Christian Magny:

Geboren in Paris am 3. Januar 1928. Vater kleiner Angestellter. Einziges Kind. Verliert früh beide Eltern. Vormund verhält sich ziemlich gleichgültig. Beschäftigt sich gegenwärtig mit einer Lizentiatsarbeit in Geschichte an der Sorbonne. Diplom als Stenotypistin. Wird im vergangenen Juni als Sekretärin von Monsieur Canova engagiert. Behält trotz ihrer Eheschließung die Stellung bei. Soll vor dieser Zeit einen etwas leichten Lebenswandel geführt haben. Hat sich gelegentlich als Schauspielerin versucht. Hübsch.

Wir haben uns in erster Linie bemüht, die genauen Umstände des Mordes selbst in allen Einzelheiten zu überprüfen und nach einer Ungeschicklichkeit oder einem Fehler zu suchen, die auf ein abgekartetes Spiel hindeuten könnten.

Eine Tatsache steht bedauerlicherweise unzweifelhaft fest: Madame Magny war die Geliebte unseres Klienten. Wir haben dafür übereinstimmende Zeugenaussagen von den verschiedensten Seiten, auf die ich hier nicht weiter einzugehen brauche. Die Beziehungen bestanden bereits vor der Heirat des Ehepaars Magny und wurden danach fortgesetzt. Besonders überzeugende Beweise dafür besitzen wir hinsichtlich der letzten Tage des September und für die Zeit nach dem 4. Oktober. An diesem letzteren Datum erschien Monsieur Canova bei Madame Magny in Abwesenheit ihres Gatten unter dem Vorwand, bestimmte historische Arbeiten weiterführen zu wollen, die in der Wohnung des Versicherten nicht erledigt werden konnten, weil sein Arbeitszimmer neu tapeziert wurde. Ein weiterer Besuch am 7. Oktober, ebenfalls in Abwesenheit von Monsieur Magny.

Die Mordszene selbst bietet eine nicht weniger eindeutige Situation: Madame Magny war nur leicht bekleidet, der Tisch war für zwei Personen gedeckt, und das Bett war bereits zerwühlt, obgleich Monsieur Canova erst zwanzig Minuten zuvor gekommen war. Außerdem hatte das Opfer seinen Rock ausgezogen und trug Spuren von Lippenstift an sich. Die beiden letzteren Tatsachen fallen noch mehr ins Gewicht als die vorhergenannten, die auch das Resultat einer nachträglichen Herrichtung des Schauplatzes sein könnten. Zwar wäre denkbar, daß Madame Magny den von den Schüssen zu Boden gestreckten Canova geküßt hat, obwohl diese Vorstellung etwas makaber ist und eine bemerkenswerte Kaltblütigkeit erfordern würde; der Rock des Opfers jedoch wäre auf jeden Fall von den Kugeln durchlöchert worden. Mit einem Wort: hier bietet sich keine erkennbare Lücke.

Wenn dieses Drama wenigstens zeitlich mit einer monatlichen Indisposition von Madame Magny zusammengefallen wäre, dann hätte das Ganze einen verdächtigeren Anstrich, da in diesem Fall die Physiologie in Widerspruch zu dem Verhalten der betreffenden Personen gestanden hätte. Da diese Dame Tampons benutzt, konnte die Aufwartung, die die Wäsche besorgt, uns hierüber keine Auskunft erteilen. Madame Magny geht jedoch häufig zum Schwimmen, und wir haben die Auskunft von Zeugen, die sie am Tag vorher in einer Pariser Schwimmhalle gesehen haben, wo sie eine gute halbe Stunde im Wasser blieb . . .

Ein sonderbares Faktum ist allerdings zu verzeichnen: auf unsere Nachfrage bei dem Drogisten von Madame Magny erfuhren wir, daß sie regelmäßig sogenannte ›kußechte‹ Lippenstifte kauft. Als wir sie über diesen Punkt befragten, erklärte sie, daß sie seit einigen Wochen andere Lippenstifte benutzt habe, um ihrem Mann Vertrauen einzuflößen. Sie konnte zu diesem Zeitpunkt nicht wissen, daß wir uns erkundigt hatten; ihre Antwort war demnach entweder ganz unschuldig oder sehr geschickt.

Wir waren also gezwungen, diese Spur, die zunächst so große Möglichkeiten zu eröffnen schien, wieder aufzugeben... Es ließe sich auch denken, daß Madame Magny unwissentlich bei einem geplanten Mord die Rolle eines Werkzeugs gespielt hat – eine Hypothese, die mich nicht recht befriedigt, die aber auch nicht ganz ausgeschaltet werden kann.

Die Mordwaffe, eine ordnungsgemäß angemeldete 7,65, befand sich, als Monsieur Magny sie ergriff, in einer Kommodenschublade, und die verschiedenen Aufwartefrauen, die das Ehepaar Magny in den letzten Monaten beschäftigte, bestätigten, sie dort häufig gesehen zu haben. Dieser Revolver wurde im Dezember 1947 bei einem Waffenhändler auf der Avenue de l'Opéra gekauft.

Ein weiteres eigenartiges Faktum: Monsieur Magny hat nicht geleugnet, daß er im September die Waffe mit neuen Patronen geladen hat; die Munition wurde übrigens bei demselben Waffenhändler gekauft. Er wollte, wie er erklärte, sicher sein, daß die Waffe stets gut funktionierte, da die Patronen leicht verderben und sich dann Versager ergeben. Wir haben ihm entgegengehalten, daß sich das für diese Waffen verwendete Pulver zwei Jahre lang hielte, wenn es trocken aufbewahrt würde... Ein derartiges Übermaß an Vorsicht überraschte uns. Jedenfalls dürfte Monsieur Magny mit dem Erfolg seiner Vorsichtsmaßnahmen zufrieden gewesen sein.

Wir haben uns daraufhin bemüht, genauestens nachzuprüfen, was dieser Herr am Mordtag zwischen seiner durch den Garagenwärter bestätigten Abfahrt um 18 Uhr 20 und seiner durch den Mord erwiesenen Rückkehr um 19 Uhr 20 getan hat. Er hätte ja den kindlichen Fehler begehen können, den vorgesehenen Zeitpunkt irgendwo in der Nähe abzuwarten. Allerdings rechneten wir kaum damit, und Monsieur Magny hat uns selbst die Mühe eingehenderer Nachforschungen erspart, indem er uns mitteilte, daß er gegen 18 Uhr 45 einige Minuten in einem Tabakladen auf dem Boulevard Saint-Germain gewesen sei, um dort Zigaretten zu kaufen und einen Apéritif zu nehmen. Der Besitzer des Geschäfts, der Monsieur Magny seit langem kennt, hat seine Aussage bestätigt ... Als Monsieur Magny dann wieder in seinen Wagen steigen wollte, will er bemerkt haben, daß er die Pralinenschachtel, die er seiner Mutter mitbringen wollte, vergessen hatte. Daraufhin will er sich entschlossen haben, noch einmal nach Hause zu fahren.

Diese Pralinenschachtel, die Monsieur Magny am Tag zuvor bei der ›Marquise de Sévigné‹ gekauft hatte, wurde im Zimmer gefunden, und zwar in derselben Schublade, in der auch der Revolver gelegen hatte. Diese sonderbare Umständlichkeit ließ uns an die überflüssigen Vorsichtsmaßnahmen denken, die man auch bei den intelligentesten Mördern beobachten kann. Auf unsere erstaunte Frage, warum er denn um so einer Kleinigkeit willen noch einmal umgekehrt sei, erklärte er, daß an jenem Abend die goldene Hochzeit seiner Mutter gefeiert werden sollte und daß er um nichts in der Welt mit leeren Händen habe kommen wollen. (Unsere Erkundigungen bestätigten seine Angaben.) Als wir ihm zu bedenken gaben, daß er sich doch auf dem Wege eine andere Schachtel hätte besorgen können, hielt er uns entgegen, daß er nicht reich sei und daß das Geschenk ihn viel Geld gekostet habe. Diese Erklärung erscheint einleuchtend. Weniger normal ist jedoch der Apéritif, den Monsieur Magny zu sich genommen hat, da er sonst kaum Alkohol trinkt. Man hat fast den Eindruck, als habe er sich Zeit lassen und sich durch ein kurzes Gespräch bemerkbar machen wollen.

Ich würde diesen Aspekt unserer Untersuchung als nicht sehr wahrscheinlich, aber möglich bezeichnen ...

Die Haltung des Ehepaars Magny nach dem Mord hingegen kann man fast vorbildlich nennen. Bereits um 19 Uhr 15 forderte der Mörder einen Krankenwagen an und benachrichtigte gleich darauf die Polizei, die als erste zur Stelle war. Bei ihrem Erscheinen lag Monsieur Canova, der von vier Kugeln getroffen war, auf dem Bett; Madame Magny hatte ihm, so gut es ging, ein paar Notverbände angelegt. Als man den Schwerverletzten aufhob, kam er noch einmal zu Bewußtsein und rief deutlich: »Ich bin ein Schurke! Mir ist recht geschehen! Gott der Bibel, hab' Erbarmen mit mir!« (Später hat er noch einige Worte ohne besondere Tragweite geäußert.)

Dieser Ausspruch des Sterbenden ist unseren Interessen nicht dienlich. Wir hätten eher auf ein paar Worte gehofft, aus denen wir hätten entnehmen können, daß er vielleicht eine Falle witterte ... Doch die Sätze unseres Klienten haben im Gegenteil die Natur seiner Beziehungen zu Madame Magny nur noch augenscheinlicher gemacht – ein Umstand, der unsere Bemühungen bestimmt nicht unterstützt ...

Trotz allem möchte ich doch auf ein Indiz hinweisen, und zwar eins der überzeugendsten, die wir entdecken konnten, obgleich es uns unglücklicherweise nicht viel weitergeholfen hat: ich spreche von der erstaunlichen Übereinstimmung der Stenogramme, in denen die polizeilichen Verhöre von Madame und Monsieur Magny festgehalten wurden. Kommissar Minjaud hat uns persönlich auf diese Tatsache aufmerksam gemacht. Als er mir die Akte reichte, sagte er: »Die meisten Schuldigen verraten sich durch ihre Widersprüche; hier haben wir zwei Personen, von denen man fast behaupten möchte, daß sie sich durch ihre Übereinstimmung verraten.« Tatsächlich werden selbst die kleinsten Einzelheiten von den beiden Ehegatten auf genau dieselbe Weise und manchmal sogar mit denselben Ausdrücken geschildert, so daß man fast den Eindruck hat, ihre Aussagen seien vorher einstudiert ...

Der Mord selbst hat uns also wenig Handhaben geliefert: er ist von einer so linearen Einfachheit, daß er die Phantasie eines Menschen, der sich mit Mordabsichten trägt, in keiner Weise anregen könnte ...

Ich komme jetzt zu dem Hauptpunkt unserer Arbeit, nämlich der Überprüfung der Beziehungen zwischen der Begünstigten und dem Mörder. Für den Fall, daß ein Verbrechen aus Eigennutz vorliegen sollte, wäre hier jedenfals die schwache Stelle unserer Gegner zu suchen. Diese spezielle Untersuchung erschien uns recht vielversprechend, da Monsieur Magny als Mitarbeiter des Versicherten jederzeit Zutritt zu der Wohnung auf der Avenue de l'Observatoire hatte. Wir vermuteten zunächst, daß er sich diese Möglichkeit vielleicht auf eine verdächtige Weise zunutze gemacht und irgendwelche Unvorsichtigkeiten begangen haben könnte, die dem Personal oder den Nachbarn aufgefallen wären... Aber unsere Nachforschungen in dieser Richtung führten zu keinem Erfolg. – Falls wirklich eine engere Beziehung zwischen Madame Canova und Monsieur Magny existiert hat, so haben die beiden sich doch nie – nicht einmal zufällig – in der Wohnung des Ehemanns getroffen.

Nachdem wir diese Tatsache ermittelt hatten, haben wir die Verhältnisse in der Rue de Passy genauestens erforscht. Wir haben der trunksüchtigen und völlig abgestumpften Concierge ein Foto von Madame Canova vorgelegt, ferner den anderen Mietern des Hauses, den Ladenbesitzern der Umgebung, den Drogisten (es wäre z.B. denkbar, daß Madame Canova einmal hinuntergegangen war, um ein Verhütungsmittel zu besorgen)... Leider konnten wir hier nicht den geringsten positiven Erfolg verzeichnen. Das Kabriolet von Madame Canova ist in dem Viertel nicht gesehen worden. Sie hat in dieser Gegend nie ein Strafmandat wegen falschen Parkens bekommen. Auch die Tankstellenwärter in der näheren Umgebung haben nie etwas mit ihr zu tun gehabt.

Immerhin läßt sich eine auffallende Tatsache feststellen: die Aufwartefrau hat uns berichtet, daß das Ehepaar Magny, das gewöhnlich recht nachlässig war, in den letzten Wochen vor dem Mord von einem wahren Putzteufel besessen schien...

Die polizeiliche Untersuchung der Fingerabdrücke in allen

Räumen, einschließlich Küche, Toilette und Badezimmer, hat keinerlei Hinweise ergeben, ebensowenig wie die Abdrücke auf dem Wagen von Madame Canova, auf dem ihres mutmaßlichen Liebhabers und im Landhaus des Versicherten in Fontainebleau, das Monsieur Magny, wie er uns erklärte, nie betreten hat.

Dieses Landhaus hat uns eine geraume Zeit aufgehalten: wir haben dem Verwalter, den Nachbarn und den Lieferanten das Foto des Mörders vorgelegt . . . Vergebens.

Ich wäre geneigt zu glauben, daß die uns interessierenden ehebrecherischen Beziehungen – falls solche überhaupt existiert haben – sich in der Wohnung Rue de Passy abgespielt haben; es wäre dies die einfachste und einleuchtendste Erklärung. Diese Straße ist sehr belebt; man braucht sich nur ein wenig vorzusehen und etwas Glück zu haben, um nicht bemerkt zu werden.

Wir haben auch die Möglichkeit berücksichtigt, daß die beiden sich in irgendwelchen mehr oder weniger eleganten Lokalitäten in Paris oder in der Umgebung getroffen haben, und wir haben in dieser Hinsicht erhebliche, wenn auch so gut wie fruchtlose Anstrengungen unternommen. Es liegt zwar eine Aussage vor, nach der Madame Canova und ihr mutmaßlicher Komplize im Oktober in dem Restaurant eines großen Hotels gesehen worden sind, aber auf den Gästelisten ist ihr Name für die darauffolgende Nacht nicht zu finden, und es ist auch kaum anzunehmen, daß sie sich unter einem falschen Namen eingetragen haben. Um möglichst sicher zu gehen, haben wir die Identität von einundsiebzig Paaren nachgeprüft, die in der betreffenden Nacht in dem Hotel gewohnt haben . . . Ich füge hinzu, daß die beiden übereinstimmend erklärt haben, sie könnten sich an diesen Abend nicht erinnern. Sie haben jedoch betont, daß eine solche Begegnung nichts Außergewöhnliches gewesen wäre, da Monsieur Canova, der sehr mit seiner Arbeit beschäftigt war und nicht gern ausging, gelegentlich Monsieur Magny gebeten habe, seine junge Frau ein wenig auszuführen ... Der Verstorbene kann ihnen nicht widersprechen

Schließlich haben wir versucht, so genau wie möglich festzustellen, wie die beiden Verdächtigen in den letzten Wochen vor dem Mord ihre Zeit verbracht haben. Wir hofften, dabei auf irgendwelche unerklärlichen Übereinstimmungen zu stoßen, aber auch hier war das Glück uns nicht günstig. Die durch die Polizei vorgenommenen Haussuchungen in der Avenue de l'Observatoire, in der Rue de Passy und in dem Landhaus in Fontainebleau haben nicht ein einziges belastendes Schriftstück zutage gefördert ... Auch die Nachforschungen bei den Banken zeitigten kein Ergebnis: die Einzahlungen und Abhebungen hielten sich durchaus im normalen Rahmen. Sollte Madame Canova einem Liebhaber Geld gegeben oder welches von ihm erhalten haben, so kann dies keinesfalls in Form von Überweisungen geschehen sein.

Seit Monsieur Magny provisorisch auf freien Fuß gesetzt wurde, hat die Polizei seine Telefongespräche sowie seine Korrespondenz aufs schärfste überwacht. Jeder Schritt, den er tat, wurde beobachtet. Auch Madame Magny haben die Beamten keinen Moment aus den Augen verloren ... Diese Überwachungstätigkeit hat bis zum heutigen Tag kein Resultat ergeben, und es erscheint mir wenig wahrscheinlich, daß in dieser Hinsicht eine Wendung eintritt ...

Ich habe schließlich zu einem letzten Mittel gegriffen, um wenigstens eine moralische Gewißheit zu erlangen: ich habe die Stimme von Monsieur Magny ohne sein Wissen aufnehmen lassen und dann Jouvence, den bekannten Imitator, gebeten, sich damit zu beschäftigen. Als Jouvence sich mit dieser Stimme hinreichend vertraut gemacht hatte, habe ich ihn veranlaßt, am 16. Oktober gegen zwanzig Uhr bei Madame Canova anzurufen und mit Magnys Stimme ein vorher festgelegtes Gespräch zu führen.

Der Kommissar und ich haben das Gespräch mitgehört. Die Verdächtige nahm den Hörer auf und sagte: »Hallo?«

Sofort darauf begann Jouvence: »Ich bin es, Magny!« Langes Schweigen ... »Was wünschen Sie?« – »Ich habe eine dringende Mitteilung für dich ... man hat einen Abdruck auf dem Bidet gefunden ...«

Nach einer noch längeren Pause fragte Madame Canova scharf: »Einen Schenkelabdruck?« und hängte brüsk auf.

Jouvence, der als homosexuell gilt, glaubte, man habe seine Stimme erkannt und war beleidigt.

Jedenfalls läßt sich sagen, daß alle diese Nachforschungen bisher zu einem absoluten Mißerfolg geführt haben. Gewiß klingt hier und da ein verdächtiger Ton auf, der uns hoffen läßt, daß wir auf dem richtigen Weg sind, aber wir haben noch nichts Greifbares in Händen, nichts, das uns die Möglichkeit gäbe, eine Klage anzustrengen. Die Begünstigte hat es für richtig gehalten, so zu tun, als sei sie an Geldfragen völlig uninteressiert; ihr wahres Gesicht wird sie vermutlich erst nach der Freisprechung des Mörders zeigen. Falls nicht in Kürze ein neues Verdachtsmoment auftaucht, wird den Versicherungsgesellschaften keine andere Wahl bleiben, als die entsprechenden Summen auf Verlangen auszuzahlen.

Meiner Ansicht nach könnte nur die Verteilung des Gewinns unter die zwei oder drei von uns vermuteten Komplizen zu einer Aufdeckung der Wahrheit führen. Madame Canova könnte sich weigern, zu teilen ... Es ist in diesem Zusammenhang schwer vorauszusagen, welche der in die Sache verwickelten Personen imstande sein wird, einen Druck auf die anderen auszuüben, und ebensowenig läßt sich mutmaßen, mit welcher Summe man wohl Madame Magnys Schweigen erkauft hat, falls sie überhaupt etwas mit dem Mord zu tun haben sollte. Aber es ist immerhin denkbar, daß einer der Partner enttäuscht wird und sich dadurch zu einer unüberlegten Geste hinreißen läßt ... Zwar wäre das für uns etwas spät, aber andererseits muß man bedenken, daß so beträchtliche Summen nicht binnen weniger Wochen ausgegeben werden können, so daß wir auch von einer gut vorbereiteten Klage auf Rückzahlung noch einiges zu erwarten hätten ...

Da die Untersuchung zur Zeit auf einem toten Punkt angelangt ist, möchte ich, so paradox es klingen mag, anraten, sie zunächst ruhen zu lassen und erst nach Auszahlung der Gelder mit erneuter Energie in Angriff zu nehmen. Die Szene dürfte sich wohl erst dann beleben, wenn wir den Knochen hingeworfen haben, den wir vorläufig noch zurückhalten ... Bis dahin müssen wir so tun, als schliefen wir, dabei aber selbstverständlich stets ein Auge offenhalten ...

Wir haben es offensichtlich mit besonders geschickten Mördern zu tun: sie sind kultiviert, verhalten sich anscheinend durchaus ehrbar und verfügen über viel Geduld. Man kann annehmen, daß sie mehrere Monate darauf verwandt haben, ein juristisch unangreifbares Verbrechen vorzubereiten und dabei all die feinen Komplikationen zu vermeiden, durch die sich gerade Intellektuelle so oft verraten. Wir haben einen Mörder von ungewöhnlicher Art vor uns: einen klugen und vorsichtigen jungen Mann, der sowohl sein Verbrechen wie seine Inhaftierung und seinen Freispruch vorausberechnet zu haben scheint ... Uns bleibt jetzt nichts übrig, als zu warten. Dieser Notbehelf erscheint nicht sehr verlockend, aber ich sehe keine andere Möglichkeit ...

Früher oder später kann der Gegner einen Fehler begehen: dann liegt es an uns, sich diesen Fehler zunutze zu machen.

8

Plädoyer des Maître Gustave Fleury, gehalten am 5. Februar 1949 zur Verteidigung des Monsieur Christian Magny vor dem Geschworenengericht in Paris

... Man fordert hier von Ihnen, meine Herren, ohne innere Überzeugung die Verhängung einer prinzipiellen Strafe. Ich aber sage Ihnen, gleichfalls im Namen der Prinzipien, diesmal jedoch höherer menschlicher Prinzipien: sprechen Sie meinen Klienten frei! Belasten Sie Ihr Gewissen nicht mit einer unglückseligen Strenge, die Sie doch bereuen müßten, mit einer Strenge, von der manch einer behaupten könnte, daß sie im Widerspruch zu unserer traditionellen Moral steht, zu jener alten, erprobten Moral, der wir jederzeit Achtung schulden ...

Zweifellos ist das menschliche Leben heilig, und besonders heilig sollte uns das Leben derer sein, die sich der Wissenschaft und der Heranbildung unserer Jugend gewidmet haben ...

Doch auch die einwandfreiesten, die makellosesten Existenzen haben ihre Schattenzonen. Auch unter dieser glatten Oberfläche ziehen sich Risse hin, die lange Zeit verborgen bleiben, bis sie eines Tages plötzlich aufklaffen und alles in einem tragischen Sturz in sich hinabreißen ...

Und die Ehre, meine Herren? Sollte nicht auch sie heilig sein? Haben unsere Eltern uns nicht gelehrt, ihr unter allen Umständen den ersten Rang einzuräumen? Und es geht hier nicht etwa um jene oberflächliche weltliche Ehre, die mancher auf eine boshaft spielerische Art mit der eigentlichen Ehre vermengt, sondern um jenes Gefühl, das mit dem Begriff unserer Menschenwürde untrennbar verbunden ist, um die Ehre, die der Zement in unserem sozialen Gefüge ist, um das, was den Institutionen der Ehe und der Familie Dauer und

Wert verleiht, mit einem Wort um das, was Sie, meine Herren, ebenso wie der Angeklagte, als Ihre Ehre betrachten!

Vergegenwärtigen wir uns noch einmal den Verlauf dieses tragischen Abends.

Der Mann, den zu verurteilen oder freizusprechen Ihre schwere Aufgabe ist, meine Herren, macht sich leichten Herzens auf den Weg, um seine Mutter zu besuchen. Auf seine Weise bereitet er sich auf das Festessen vor, mit dem der goldene Hochzeitstag gefeiert werden soll: unterwegs ergeht er sich in Kindheitserinnerungen und sieht sich wieder im Schoß seiner Familie, die ihm so lange Jahre hindurch ein Beispiel unvergänglicher Bürgertugenden geboten hat ... Mit Bedauern denkt er daran, daß er eine Frau zu Hause lassen mußte, die seine Familie vom ersten Augenblick an ablehnte ... Ja, vielleicht grübelt er ein wenig melancholisch, wie unüberlegt und überstürzt doch sein Entschluß war, diese Frau zu heiraten ...

Allein der Gedanke an den liebevollen Empfang, auf den er in seinem Elternhaus mit Sicherheit rechnen kann, richtet ihn wieder auf. Er fährt weiter durch das schöne Paris, in dem er sich so wohlfühlt ...

Und nun stellen Sie sich den Angeklagten ein paar Minuten später vor ... Bereits ein wenig unruhig, mit klopfendem Herzen, steht er vor der Tür, welche die Komplizen automatisch abgeschlossen haben, obwohl er doch einen Schlüssel besitzt ... Ich möchte das Schauspiel, das ihn erwartet, nicht näher schildern: hier im Saal sitzt eine Witwe, der wir jede Rücksicht schulden. Aber Sie, meine Herren, Sie mögen sich vorstellen, was ein ehrbarer Mann angesichts einer derartigen überraschenden Szene empfunden haben muß ... Was sieht er? Seine Frau, seine eigene Frau, eine Frau, die er aller Welt zum Trotz geheiratet hat und deren Kind – ein Kind, dessen Vater er nicht war – er in Kauf nehmen wollte, eine Frau, die er stets mit Zärtlichkeit und Aufmerksamkeiten überhäufte, der er mit seiner Liebe die Ehre wiedergab und Schutz und

Sicherheit bot, diese Frau findet er nur wenige Monate nach der Hochzeit in den Armen eines Liebhabers! Und dieser Liebhaber ist nicht etwa irgendein Unbekannter; es ist sein eigener Freund und Lehrer, ein Mensch, dem er bis zu diesem Augenblick blind vertraut hat!

Sagen Sie selbst, meine Herren, wer von uns wäre in einer solchen Lage noch Herr seiner Handlungen?

Das Geschenk für seine Mutter, die Pralinenschachtel, um deretwillen mein Klient noch einmal zurückgekommen ist, befindet sich in seiner Reichweite, in einer Schublade … Aber ach, er erinnert sich, daß er am Vorabend in dieser Schublade auch eine Waffe gesehen hat, die seit einem Jahr fast vergessen dort liegt … Und nun vollzieht sich das Unwiderrufliche! Die modernen Feuerwaffen funktionieren mit solcher Schnelligkeit, daß knapp zwei Sekunden genügt haben … Und alle Sorge, die dieser seltsame, schon im nächsten Augenblick ernüchterte Mörder, seinem Opfer sofort angedeihen läßt, kann das traurige Ende nur noch hinauszögern …

Ich brauche Ihnen die Reue des Angeklagten nicht zu schildern: sie fällt deutlich genug ins Auge … Abschließend begnüge ich mich damit, Ihnen die letzten Worte Monsieur Canovas ins Gedächtnis zu rufen, Worte, die man nicht vergißt: »Mir ist recht geschehen! Gott, hab' Erbarmen mit mir!«

An Ihnen, meine Herren, ist es jetzt, mit einem so achtbaren und ehrenhaften Mörder Erbarmen zu haben. Seien Sie nicht härter gegen ihn, als der Ermordete selber es war! Die Gewissensbisse sind zuweilen Strafe genug. Unternehmen Sie nicht einen zweiten Angriff auf unsere Ehre, der bereits so übel mitgespielt wurde! Denn diesmal würde es nicht mehr in unserer Macht stehen, sie zu rächen!

Paris, 5. Februar 1949

Maître Gustave Fleury
an Mademoiselle Suzanne Valençais, Kabarettkünstlerin, Paris.

Mein Häschen,
nur schnell ein paar Zeilen, um Dich ein bißchen über Deine böse Grippe hinwegzutrösten, die Dich zwang, diese Schlußsitzung zu verpassen, auf die Du doch so gespannt warst.

Geschafft! Wir haben gewonnen! Freispruch!

Die Geschworenen waren ein Gedicht: eine Ansammlung vorsintflutlicher Gestalten, darunter eine alte Jungfer, deren Hut mich während meines ganzen Plädoyers zum Lachen reizte. Was mich aber nicht gehindert hat, eine brillante Rede zu halten. Ich habe die Sache gleich richtig angepackt und den guten Leuten schwungvolle Tiraden in klassischem Stil vorgesetzt, die zwar ein paar Kennern im Saal ein Lächeln entlockten, aber doch im ganzen ihre Wirkung taten.

Allerdings hätte selbst der jüngste Referendar diesen Fall mit Erfolg vertreten können: auch die kleinsten Details boten so günstige Handhaben, daß man hätte meinen können, sie seien von einem boshaften Genie eigens arrangiert.

Besser, man geht dieser Frage nicht zu sehr nach . . .

Aber glaub mir, es war wirklich zu einfach für mich! Ich hatte gar keine Gelegenheit, richtig in Kampfstimmung zu kommen, und die Komplimente, die man mir machte, haben mich viel weniger berührt als sonst nach einem siegreichen Gefecht . . . Es ging alles viel zu glatt! Das hat man davon, wenn man sich eines so geschickten Klienten annimmt!

Trotz allem, es war doch ein schöner Erfolg: meine Frau hatte Tränen in den Augen!

Küßchen überall!

Dein Stave

Tagebuch von Madame Christian Magny, am 9. Juli 1950 von der Polizei in ihrer Wohnung vorgefunden

7. Februar 1949

Mein Christian ist recht munter aus der Schlußsitzung nach Hause gekommen. Diese offizielle und feierliche Bestätigung seiner Unschuld hat ihm Eindruck gemacht. Selbst jetzt noch macht er gelegentlich ein Gesicht, als nähme er die Worte seines Anwalts für bare Münze.

Aber es war auch wirklich eine eindrucksvolle Veranstaltung: im Saal ganz Paris, dazu die Vertreter aller großen Zeitungen ... und im Mittelpunkt des Interesses Madame Canova, die ein phantastisches schwarzes Kleid trug. Man spürte vom ersten Augenblick an, daß die Atmosphäre für den Angeklagten denkbar günstig war. Als er hereingeführt wurde, ging ein Schauer wohlwollender Sympathie durch den ganzen Saal. Aber ich muß schon sagen, er verdiente diese Reaktion, so wie er aussah: groß, schön, würdig, bleich und traurig ... Er hat dem Vorsitzenden mit einer Gemessenheit und menschlichen Vornehmheit geantwortet, die große Beachtung fanden. Ich hingegen, das konnte ich sofort herausfühlen, war das schwarze Schaf; man hat mir nichts erspart! Selbst meine kürzesten Äußerungen riefen einen Sturm tugendhafter Entrüstung hervor, den ein paar Ungeschicklichkeiten meinerseits dann noch steigerten. Auf die recht töricht formulierte Frage: »Haben Sie denn nach Ihrer Verheiratung nicht versucht, mit dem Opfer zu brechen?« gab ich in etwas frivolem Ton zurück: »Dem Opfer ging es damals viel zu gut, Herr Vorsitzender«, worauf ein allgemeines Glucksen des Entsetzens laut wurde. Der Anwalt hatte mir zwar geraten, die Feindseligkeit der Jury auf mich zu lenken, aber ich habe wohl doch ein bißchen zu dick aufgetragen!

Die letzten Sätze des Plädoyers hatten eine unerhörte Wirkung: die Familie Magny weinte still vor sich hin, und die

Geschworenen – eine ausgesuchte Kollektion alter Spießbürger! – konnten ihre Rührung nur schwer verbergen. Als der Spruch verkündet wurde, applaudierte der ganze Saal – selbstverständlich elegant und diskret, nur mit den Fingerspitzen.

Christian ist nun also gerichtlich freigesprochen, zumindest was den Mord betrifft. Wir werden uns scheiden lassen, und kein Gesetz wird ihm verbieten, eines Tages in aller Stille Madame Canova zu heiraten. Ich bezweifle sogar, daß er so lange warten kann, bevor er sie wiedersieht: er schmachtet ganz offensichtlich nach ihrem Anblick und läßt den Kopf hängen wie eine Blume, die nicht begossen wird. Seit September haben die beiden sich ja wirklich in einer geradezu klösterlichen Enthaltsamkeit geübt. Mein Christian war auf meine Reize angewiesen, wenn er seinen Durst stillen wollte, und ich spürte bei seinen Umarmungen nur zu genau, daß sie nicht mir zugedacht waren ... Aber das wird sich jetzt ändern! Das Leben, auf das er so zielbewußt zugesteuert ist, tut sich vor ihm auf: aus ist es mit der Tortur der Verhöre, vorüber die Angst vor dem Urteilsspruch, Schluß mit diesem unwahrhaftigen, beschämenden Leben, das er seit mehr* als vier Monaten an meiner Seite geführt hat!

Da ist nur ein dunkler Punkt: die Sache mit meinem Testament, die sie doch mehr beunruhigen muß, als sie zugeben wollen ... Aber schließlich bin ich ja noch jung, und ich kann zu meinen Lebzeiten die Mine nicht hochgehen lassen, ohne selbst getroffen zu werden. Die Gefahr, die ihnen bei meinem Tod droht, dürfte sie schon zu einem kleinen Opfer veranlassen; aber andererseits ist diese Gefahr nicht so akut, daß ich übertriebene Forderungen stellen könnte. Sie können sich also verhältnismäßig ruhig fühlen ...

* Anmerkung des Bearbeiters: Madame Magny irrt hier. Sie hätte schreiben müssen: »... seit *fast* vier Monaten!«

17. Februar

Die Scheidung wird demnächst stattfinden. Mein Mann und ich bewegen uns auf eine soziale Situation zu, die unseren Wünschen besser angepaßt ist, und Christians Selbstsicherheit macht Fortschritte.

Er sagte mir, daß Madame Canova bereits ihre kleine Fünftelmilliarde bekommen hat. Sie hat mich für den 20. Februar zu einer geschäftlichen Besprechung gebeten.

Diese Narren! Sich einzubilden, daß ich meinen armen Canova um des Geldes willen habe umbringen lassen!

20. Februar

Madame Canova empfing mich heute nachmittag in dem großen Salon, der auf sehr geschmackvolle Weise neu hergerichtet ist. Sie nahm in einem bequemen Polstersessel Platz und richtete ihre wundervollen Augen auf mich, als wolle sie in mir lesen. Ich saß auf der Kante eines Sesselchens und bemühte mich, möglichst unschuldig auszusehen ...

Dann bedachte sie mich mit einer kleinen Ansprache, an die ich noch lange denken werde: »Meine liebe Kleine«, begann sie, »Sie haben mich vor einigen Monaten in eine recht unangenehme Lage gebracht. Ich konnte mich nicht allein aus der Affäre ziehen, und man mag es vielleicht als sehr unvorsichtig betrachten, daß ich Ihre Hilfe annahm. Ich kenne Sie genau: Sie haben ein kleines Gehirn, das nur von Rache und boshaften Streichen träumt ... Trotzdem entschloß ich mich, Sie in die Sache hineinzuziehen. Ich ging damit ein Risiko ein ... ein einziges: ich mußte mit der Möglichkeit rechnen, daß Sie sterben, bevor diese Angelegenheit verjährt ist.

So, und nun will ich Ihnen etwas sagen: ich habe mir die Sache mit den berühmten Tonbändern, mit der Sie uns dauernd in den Ohren gelegen haben, gründlich überlegt. Sie erwarten viel Geld dafür, aber ich werde nicht einen Sou zahlen. Und zwar aus dem einfachen Grunde, weil Sie – so wie ich Sie kenne – bestimmt eine ganze Anzahl Kopien davon besitzen. Wenn ich Ihnen jetzt Geld für das erste Band geben würde, kämen Sie bald darauf mit dem zweiten an, und so ginge es dann weiter, bis ich völlig ruiniert wäre. Und selbst dann würden Sie wahrscheinlich zu Ihrem eigenen Vergnügen noch ein paar Dutzend Bänder in Reserve halten!

Sie sehen also, solange ich meine Nerven behalte, sind Ihre Trümpfe wertlos ... Sind Sie nicht auch dieser Meinung?«

»Sie sind die Klugheit in Person, Madame.«

»Aber es wäre gar nicht klug von mir, wenn ich mich nicht zu einem kleinen Opfer bereitfände. Ich habe gar kein Interesse daran, Sie der Verzweiflung auszuliefern: sie ist ein schlechter Ratgeber. Darum will ich Ihnen ein kleines Kapital zukommen lassen, das Ihnen einen gutbürgerlichen Lebensstandard ermöglicht. Sie werden, solange Sie jung sind, ein bequemes Leben führen und sich sogar einen bescheidenen Luxus erlauben können, wie er Ihren Verdiensten und Neigungen entspricht ... Ich habe die Beobachtung gemacht, daß ein wenig Geld alle feindseligen Gefühle verstummen läßt und den Menschen ans Leben bindet ... Bei der Anlage der Gelder will ich Ihnen gern behilflich sein ... Die Summe von zwanzig Millionen erscheint mir angemessen ...«

Als sie mich dann an die Tür brachte, sagte sie lässig und wie nebenbei: »Monsieur Magny hat mich bei seinen letzten Besuchen recht enttäuscht, obwohl ich es ihn aus Höflichkeit nicht habe merken lassen. Ich glaube, ich wäre ganz gut imstande, ohne ihn weiterzuleben ... Sprechen Sie ihm doch bitte in meinem Namen meinen Dank aus ...«

Ich konnte meine Freude so wenig verbergen, daß sie etwas unruhig wurde: »Aber schonen Sie ihn! Er ist so zartfühlend ... Erschrecken Sie ihn nicht zu sehr ... Das liegt ebenso in Ihrem Interesse wie in meinem.«

Als ihre Hand schon auf der Türklinke lag, zögerte sie plötzlich einige Sekunden, und ihre Augen bekamen einen fast menschlichen Ausdruck, der daran erinnerte, daß auch sie einmal ein Kind war wie alle anderen.

»Sie sind mir sympathisch«, gestand sie mir schließlich. »Möglicherweise kommt das daher, daß wir eine Zeitlang dieselben Männer geliebt haben ... Aber da ist noch ein anderer Grund: ich schätze Menschen, die nicht einfach alles mit sich geschehen lassen und die aus dem Leben und dem Tod der anderen alles herausholen, was sich herausholen läßt ...«

Zum Abschied küßte sie mich bedeutungsvoll auf die Wange und flüsterte mir ins Ohr: »Wissen Sie, eigentlich mache ich mir gar nichts aus Männern! Manchmal ist das recht lästig ... aber was soll man tun? Man gewöhnt sich schließlich an alles ...«

Eine Frau als Liebhaber! Sie scheint tatsächlich gute Nerven zu haben!

21. Februar

Mein Christian ist zusammengebrochen. Er hing doch wohl sehr an dieser Frau ... Das ist der erste Schlag, der ihn wirklich getroffen hat. Aber auch der Gedanke, daß er Canova nun eigentlich umsonst erschossen hat, ist ihm nicht gerade angenehm. Er läuft umher wie ein Tier im Käfig und sagt immer wieder: »Ich kann das nicht verstehen! Das ist unmöglich! Unmöglich! Man kann sich doch nicht so täuschen!«

Er ruft mich zum Zeugen auf, ohne mein Lächeln zu bemerken.

Beim Mittagessen bat ich ihn, den Scheidungstermin noch hinausschieben zu lassen. Er sah mich entgeistert an: »Warum?«

»Weil ich dich noch ein bißchen behalten möchte. Ich weiß deine Anwesenheit zu schätzen ...«

»Du bist verrückt geworden! Ich weigere mich ganz entschieden!«

»Wenn du nicht vernünftig bist, mein Lieber, wirst du das Magnetophonband nie bekommen.«

Er zog eine jämmerliche Grimasse. Dieser Aspekt seiner

Lage war ihm wohl vorübergehend entfallen. Er hatte doch tatsächlich geglaubt, ich würde meinen Schatz gegen ein kleines Vermögen ausliefern, das er gern in den Schornstein geschrieben hätte. Die kluge Haltung Madame Canovas verwirrt und beunruhigt ihn. Er weiß genau, daß seine Komplizin ihre guten Gründe gehabt haben muß, wenn sie ganz anders vorging. Und er selbst hätte gar nicht die Mittel dazu, sich seine Seelenruhe von mir zu erkaufen ... Im Gegenteil, ich bin jetzt vermögender als er. Der Gedanke, daß er nun auf unabsehbare Zeit und ohne daß er den geringsten Vorteil davon hätte, von mir abhängig ist, behagt ihm sichtlich überhaupt nicht, und er versucht verzweifelt, sich aus dieser Lage herauszuwinden.

Beim Nachtisch machte er einen schüchternen Vorstoß.

»Ich habe mit der ganzen Sache nichts mehr zu tun, ich bin freigesprochen ... Das hat mir mein Anwalt selbst gesagt.«

Ich war auf diesen Einwand gefaßt.

»Du kannst immer noch wegen Mittäterschaft bei einem Verbrechen belangt werden«, entgegnete ich. »Und außerdem ist da ja auch noch die Affäre Sourisseau, die Ermordung des Kindes ...«

»Des Kindes?«

»Aber ja! Warst du etwa nicht im Bilde? Sie hat es mir gestern gestanden.«

Ich hatte mich ziemlich weit vorgewagt, aber man darf nicht übersehen, daß sie zu allem fähig ist. Die Nachricht hat ihm einen schweren Schock versetzt; er mochte den Jungen gern und hat ihm gelegentlich ein paar Nachhilfestunden gegeben ... Er ließ den Nachtisch stehen.

22. Februar

Christian hat mich den ganzen Morgen angefleht, doch Verständnis für ihn zu haben ... Ich habe nicht nein gesagt. Am Nachmittag hat er mich mit einer verbissenen Leidenschaft geliebt, die mich recht amüsierte.

24. Februar

Heute bei Madame Canova zum Tee. Diese Frau hat ihre Taktik mit wahrhaft bewundernswerter Geschicklichkeit umgestellt und sich den Umständen mit jener geradezu schamlosen Elastizität angepaßt, für die die marxistischen Politiker berühmt sind und die sie wohl unwillkürlich von ihnen übernommen hat. Da die Beziehung zu Christian sie jetzt nur noch kompromittieren kann und sie außerdem Geld kostet, hat sie ihn völlig fallen lassen und bemüht sich statt dessen, mich zu verführen und das Vertrauen und die Freundschaft einer Frau zu gewinnen, an die sie anders nicht herankommt. Sie fühlt wohl auch, daß diese letzte Karte nicht viel wert ist, aber es ist die einzige, die sie ausspielen kann, und sie tut es mit jener Sorgfalt für das kleinste Detail und jener beherrschten Überlegung, die für sie so charakteristisch sind.

Sie kann wirklich bezaubernd sein, wenn sie sich Mühe gibt. Sie hat mir aus ihrer bewegten Vergangenheit erzählt, von jenem russischen Leben, in dem Passivität und Anarchie einander die Waage halten ... Ich wurde nicht müde, den wechselnden Ausdruck ihrer Züge zu beobachten und vermerkte fast belustigt ihre liebkosenden Blicke. Manchmal rückte sie ganz nahe an mich heran und gestattete sich die Andeutung einer zärtlichen Geste. Es war, als wolle sie mich behexen ...

Als ich wieder zu Hause war, witterte Christian instinktiv in meinen Haaren ein Parfum, das schmerzliche Erinnerungen in ihm weckte. Seine Hände krampften sich so um meine Schultern, daß er mir fast weh tat. Diese sonderbare Intimität geht ihm auf die Nerven, aber er hofft wohl im stillen, daß Madame Canova mich zur Vernunft bringen wird, und er verfügt noch über genügend Selbstbeherrschung, um sich nicht zu verraten.

Es wurde Zeit, den jungen Mann aus der unteren Etage, der sich bei den polizeilichen Untersuchungen so diskret verhalten hat, zu belohnen. Zwar, wenn er geredet hätte, so hätte man sein Geschwätz kaum mit der Mordsache in Zusammenhang gebracht, aber sein Schweigen war immerhin anständig und erforderte eine Geste des Dankes.

Wir sind also gestern abend losgefahren, um in einem kleinen Hotel bei Paris die Nacht zu verbringen. Gegen drei Uhr morgens schlief mein Freund endlich ein ... Daraufhin rief ich Christian an und teilte ihm mit verstellter Stimme mit, daß seine Frau im Wald von Fontainebleau einen Autounfall erlitten habe, daß man sie zunächst in den *Grand Veneur* in Barbizon gebracht habe, wo sie in Zimmer 13 liege, und daß sie ihn zu sprechen wünsche ...

Kurz nach vier Uhr gab's ein Getrampel auf der Treppe, daß das ganze Haus erzitterte und mein Filmjüngling erschrocken auffuhr.

»Das sind die Schritte meines Mannes!« rief ich.

Bei dem Gedanken, daß dieser schreckliche Mann, der nach alter Sitte die Liebhaber seiner Frau wie die Rebhühner abknallte, uns aufgestöbert hatte, begann mein Freund am ganzen Körper zu zittern und sah sich verzweifelt nach einem Schlupfwinkel um.

Zu spät! Schon riß Christian die Tür auf ... Einen Augenblick blieb er stehen und starrte entgeistert auf uns, doch dann fand er die für diese Situation einzig passenden Worte: »Gott sei Dank! Es geht dir gut!«

Einen solchen Ausspruch zu hören lohnt jede Mühe!

Ich antwortete laut und deutlich: »Mein Herr, ich weiß nicht, was Sie um diese Stunde hier zu suchen haben, aber vermutlich werden Sie selbst spüren, wie unpassend Ihre Anwesenheit ist! Hatten Sie die Absicht, die Liste Ihrer Verbrechen noch zu verlängern? Ich würde Ihnen doch raten, sich lieber zurückzuziehen ...«

Er schlich sich hinaus wie ein begossener Pudel ...

Mein Freund kam langsam wieder zu sich. Zu seinem Trost versicherte ich ihm: »Seit er vor Gericht gestanden hat, hat er große Fortschritte gemacht. Die Justiz ist doch das beste Mittel, einen Mann zu zähmen!«

Ich habe trotz allem den Eindruck, daß ich diesen Scherz nicht weiter ausspinnen sollte!

1. März

Ich habe einen ganzen Haufen harmloser Tonbänder gekauft und sie überall in der Wohnung versteckt. Sobald ich den Rücken wende, begibt Christian sich auf eine fieberhafte Suche, und wenn er ein Band entdeckt, stürzt er sich darauf und vernichtet es, so wie man eine Schlange erwürgt ...

4. März

Beim Essen fand Christian eins dieser gefährlichen Bänder auf dem Grund der Suppenterrine ... Er hat seine Suche aufgegeben.

5. März

Christian hat eine resignierende, fatalistische Haltung angenommen, aus der ich nicht recht klug werde. Er spricht von einer Trennung im guten, davon, daß er in ein Hotel ziehen will – kurzum: er will mir entwischen. Madame Canovas Klugheit hat offenbar auf ihn abgefärbt.

Es wird Zeit, daß ich sie alle beide harpuniere. Dann will ich zusehen, wie sie zappeln und sich wehren, bis ihnen die Luft ausgeht ...

7. März

Gestern morgen nach dem Aufwachen sprachen wir von unserer Hochzeitsreise, von den rosafarbenen Häusern in Dubrovnik und den Plitwitzer Seen ... Gerührt holte ich beim Notar zwei Exemplare der Magnetophonbänder, gab sie Christian und schwor dabei, es seien die einzigen. Er hätte mir nur zu gern geglaubt, und einen Augenblick lang glaubte er mir auch und sah so glücklich und dankbar aus, daß ich mich sicher hätte erweichen lassen, wenn mein Herz überhaupt zu erweichen wäre.

8. März

Mit Claude Courant zu Mittag gegessen. Seit Jahren hatten wir uns nicht gesehen! Aus ein paar verlegenen Worten und einigen flüchtigen Andeutungen entnahm ich, daß er nicht mehr genau wußte, ob ich damals eigentlich mit ihm geschlafen habe oder nicht ... Wie die Zeit vergeht! Ich wagte ihn nicht daran zu erinnern, daß er einer meiner ersten Liebhaber war und mir einiges bedeutet hatte.

Seit einem Jahr hat Claude eine gynäkologische Praxis auf der Avenue Mozart (ich habe ihn zum Teil dieser Adresse wegen gewählt!). Er ist noch immer so elegant und großzügig wie früher und spricht über Geld mit der lässigen Überlegenheit eines Mannes von Welt. Aber er hat mir auch mit einer etwas erzwungenen Sorglosigkeit gestanden, daß die Einrichtung seiner Praxis ihn Unsummen gekostet hat und daß er bis zum Hals in Schulden steckt.

Genau das, was ich brauche!

9. März

Heute war ich zum vierten Mal mit Madame Canova zusammen. Wir sind in ihrem Rolls Royce in der Stadt umhergefahren, und in jedem Geschäft, das wir betraten, machte sie mir ein Geschenk. Mit einer seltsamen Bewegtheit sprach sie über ihren Wagen: »Als ich noch eine arme kleine Medizinstudentin in Moskau war, habe ich mir eines Tages geschworen, daß ich früher oder später einen Rolls Royce besitzen würde ... Wir erleben ein Märchen, meine Liebe!«

»Ich würde eher sagen, einen Kriminalroman.«

Sie lachte und erklärte, ich sei ein unpoetischer Mensch ...

9

Tagebuch der Madame Christian Magny
(Fortsetzung)

10. März

Gestern abend mit Claude gegessen. Er macht sich wenigstens keine Gedanken um die Gefährlichkeit meines Mannes, sondern schlug mir ohne weiteres vor, nach dem Theater noch auf einen Cocktail in seine Wohnung zu kommen ... Ich habe dort eine sehr angenehme Nacht verbracht – die erste seit langer Zeit!

Gegen Morgen habe ich das Thema, das mich beschäftigt, angeschnitten. Allerdings muß ich zugeben, daß er zuerst nicht recht anbeißen wollte ... Es half wenig, daß ich ihm erklärte, ich könne trotz meiner gelegentlichen Seitensprünge ohne meinen Mann nicht leben, der Gedanke an die Scheidung, die er verlange, bringe mich zur Verzweiflung, und das einzige Mittel, ihn fürs erste festzuhalten und dann mit der Zeit zurückzugewinnen, sei eine baldige schwere Krankheit, die mich plötzlich befallen müsse – er war nicht geneigt, eine falsche Diagnose zu stellen, selbst dann nicht, wenn es zu einem guten Zweck geschah ...

Endlich aber sprach ich von einer beträchtlichen Erbschaft, die ich kürzlich gemacht hätte und ließ dabei durchblicken, daß eine Gefälligkeit ja die andere wert sei, und daß es mir auf eine oder zwei Millionen nicht ankommen würde, wenn es um mein Glück ginge ... Sofort spürte ich, wie er zugänglicher wurde. Sein Gynäkologenblick, dieser gleichzeitig mißtrauische und illusionslose Blick eines therapeutischen Beichtvaters, gewann eine ganz neue Wärme ... Daraufhin stieg ich, verlockend wie die Wahrheit persönlich, aus dem Bett, nahm zweihunderttausend Francs aus meiner Handtasche und schob die Scheine lachend unter sein Kopfkissen. Er hat sich nur schwach gewehrt: wahrscheinlich bot ich ihm allzu viele Verlockungen auf einmal...

Zu Hause traf ich einen Christian an, der völlig außer sich war. In seiner Aufregung leistete er sich einen köstlichen Satz: »Wenn du mich betrügen willst, sag mir doch wenigstens vorher Bescheid, damit ich mich nicht beunruhige!«

11. März

Eine zweite Nacht mit Claude verbracht. Es ist tatsächlich ein ganz besonderes Vergnügen, von einem Mann neu entdeckt zu werden und selber Vergleiche zu ziehen, von denen er keine Ahnung hat...

Diesmal habe ich meinem Mann eine Andeutung gemacht, daß ich wohl über Nacht ausbleiben würde, obwohl er sicherlich ohnehin das Richtige vermutet und infolgedessen ruhig geschlafen hätte.

13. März

Christian weiß nicht mehr, wie er sich verhalten soll: er verlangt sehnlichst nach seiner Freiheit, aber er wagt trotzdem nicht, mich vor den Kopf zu stoßen, denn er fürchtet meine Rache.

Manchmal scheint er zu glauben, daß ich tatsächlich an ihm hänge und daß ich ihm nur Angst machen will, um ihn vermittels eines unzerstörbaren Gefühlsrestes an mich zu binden ... Dann wieder betrachtet er mich eine ganze Weile, als sähe er eine Furie, die sich an seine Fersen geheftet hat ... Ich lasse ihn in Ungewißheit, indem ich meine Taktik immer wieder wechsele.

Heute morgen gab er mit kläglicher Miene einige verworrene Erklärungen ab und bot mir sogar an, die Scheidungsklage zurückzuziehen, falls mir daran gelegen sein sollte – vorausgesetzt, ich lasse ihn in Frieden. Seine Angst muß schon recht tief sitzen, wenn es so weit mit ihm kommen kann! Aber er weiß auch genau, daß kein Schwur ihn hindern würde, sich aus dem Staube zu machen, sobald er nichts mehr zu fürchten hätte ... Und eigentlich müßte er auch ahnen, daß ich keineswegs aus purer Zärtlichkeit Wert auf seine Gegenwart lege ...

Zu Mittag habe ich kaum etwas gegessen und über Abgespanntheit geklagt.

15. März

Sechstes Zusammentreffen mit Madame Canova. Wir waren auf einer Modenschau, und sie schenkte mir mehrere Kleider. Ich komme mir allmählich vor wie eine ausgehaltene Frau!

17. März

Ich esse immer weniger. Nach den Mahlzeiten gehe ich ein bißchen an die Luft und stille bei dieser Gelegenheit meinen Hunger in irgendeinem Restaurant. Aber diese Spaziergänge erschöpfen meine Kräfte sichtlich. Den ganzen Tag über schleppe ich mich mühsam von einem Sessel zum anderen ... Christian fängt an, sich Sorgen zu machen!

19. März

Ich hatte einen Schwächeanfall. Danach bestand ich auf einer ärztlichen Untersuchung, aber Christian ließ sich nur schwer überreden, einen Arzt herzubitten. Wahrscheinlich fürchtete er, etwas Unangenehmes zu hören!

Ich hatte meine Lektion bei Claude gut gelernt und sagte sie einem braven Doktor so gewandt und natürlich auf, daß der gute Mann ganz erstaunte Augen machte.

»Wenn dieser Zustand anhält«, erklärte er schließlich, »müssen wir für alle Fälle eine Blutuntersuchung vornehmen ...«

20. März

Peinliche Szene bei Madame Canova. Sie hat seit einiger Zeit ein sehr hübsches Zimmermädchen, und die Kleine nahm sich schon sehr bald mir gegenüber gewisse stumme Unverschämtheiten heraus, wie man sie häufig bei Dienstboten beobachten kann, die die besondere Gunst der Herrschaft genießen.

Ich bat meine neue Freundin, das Mädchen zu entlassen, und nach einem kurzen, fast unmerklichen Zögern entsprach sie meinem Wunsch.

Noch bevor die Kleine an der Tür angelangt war, brach sie plötzlich in eine solche Flut von gröbsten Schimpfworten aus, daß Madame Canova vor Empörung leichenblaß wurde. Ich hatte bereits bei früheren Gelegenheiten beobachtet, daß sie derartige Entgleisungen nicht vertragen kann. Um ihre Selbstbeherrschung wiederzugewinnen, blieb sie vor einem Akt von Suzanne Valadon stehen, den sie kürzlich erworben hat. Sie sah das Bild lange an, wandte sich dann zu mir um und sagte mit traurigem Lächeln: »Das hier ist wenigstens einmal ein Körper, der mich nicht verraten wird.«

»Lassen Sie mich malen«, riet ich ihr.

Sie gab dem Gespräch rasch eine andere Wendung, indem sie sich nach der genauen Bedeutung gewisser derber Ausdrücke erkundigte, die das Mädchen gebraucht hatte. Als ich mich ihrer Ahnungslosigkeit wegen etwas erstaunt zeigte, erinnerte sie mich daran, daß sie ja von Geburt Ausländerin sei und unsere Sprache bei den Klassikern erlernt habe, die auch die heikelsten Dinge mit absolut wohlanständigen Ausdrücken zu präsentieren verstanden. Mir war bei Gesprächen mit ihr schon gelegentlich aufgefallen, daß sie gewisse Redewendungen aus dem achtzehnten Jahrhundert gebrauchte, und ich hatte die Angewohnheit immer sehr reizvoll gefunden. Ich machte ihr ein Kompliment darüber, das ihr zu schmeicheln schien.

»Ja, mit derartigen Redewendungen habe ich Paul verführt«, gestand sie lachend und ein klein wenig verlegen.

Wie bedauerlich, daß sie in ein paar Jahren wohl genauso sprechen wird wie wir alle – nämlich schlecht und unpräzise!

Bevor ich mich verabschiedete, drückte ich ihr noch mein Bedauern über den peinlichen Zwischenfall mit dem Stubenmädchen aus. Sie hat mich auf ihre reizende Art beruhigt: »Das Mädchen war mir bequem, meine Liebe«, sagte sie, »Sie hingegen sind mir sympathisch. Ich verliere also nichts, was sich nicht ersetzen ließe, wenn man bereit ist, den Preis dafür zu zahlen. Sie allein sind mir unersetzlich: mein Leben wie mein Vergnügen liegt in Ihrer Hand!«

21. März

Mein Befinden bessert sich nicht. Ich habe Christian vorgeschlagen, einen Spezialisten hinzuzuziehen, und zwar am besten einen Gynäkologen, selbst wenn es sich bei meiner Krankheit nicht um ein ausgesprochenes Frauenleiden handeln sollte. Er schlug das Ärzteverzeichnis auf, das er sich gestern abend besorgt hat, blätterte ein Weilchen darin herum und meinte schließlich: »Da gibt es einen gewissen Claude Courant, der kürzlich hier in der Nähe eine Praxis eröffnet hat ...«

»Der ist doch bestimmt noch schrecklich jung ...«

»Aber das wäre doch nur günstig, meine Liebe! Die jungen Ärzte sind mit den modernsten Methoden vertraut und kennen den letzten Stand der Forschungen ...«

»Also gut, dann laß ihn kommen!«

Das hat auf Anhieb geklappt!

22. März

Claude war hier. Er spielte seine Rolle ausgezeichnet und gab sich einerseits neutral und ein wenig gehetzt, andererseits liebenswürdig und beruhigend. ›Für alle Fälle‹ ordnete auch er eine Blutuntersuchung an.

»Für alle Fälle! Für alle Fälle!« knurrte Christian, als Claude gegangen war. »Alle gebrauchen sie diese alberne Redensart! Und dabei weiß man nie, was diese Burschen für Hintergedanken haben!«

Er wird bald genug dafür aufgeklärt werden.

25. März

Gestern große Szene. Claude erschien wieder, sprach mir mit ein paar belanglosen Worten Mut zu und verzog sich dann mit Christian ins Vorzimmer. Ich sprang aus dem Bett und preßte mein Ohr gegen die Tür.

»Also, Herr Doktor?«

»Ja ... die Nachricht, die ich für Sie habe, ist nicht sehr günstig. Ehrlich gesagt ... sie ist sogar ziemlich schlecht. Aber hoffnungslos ist der Fall deshalb noch lange nicht!«

»Ich muß klar sehen, Herr Doktor. Sie müssen mir rückhaltlos die Wahrheit sagen! Was fehlt meiner Frau?«

»Die Analyse hat eine auffallende und völlig abnorme Vermehrung der weißen Blutkörperchen gezeigt ...«

»Ja, und?«

»Und ... es sieht mir ganz aus wie eine akute Leukozythämie ...«

»Eine Leuko ...«

»Ein Blutkrebs, um mich deutlicher auszudrücken. Die Symptome weisen deutlich darauf hin. Ich habe übrigens noch einige zusätzliche Analysen verlangt ...«

»Aber das ist ja entsetzlich!«

»Es ist recht ernst.«

»Und ist diese Krankheit lebensgefährlich?«

»Nicht unmittelbar, aber immerhin ...«

»Was heißt das? Wieso nicht unmittelbar?«

»Ich habe Kranke gesehen, die den Ausbruch der Krankheit bis zu zwei oder drei Jahren überlebt haben ... Man hat auch schon von Fällen einer Genesung oder zumindest eines längeren Stillstandes der Krankheit gehört ... Ich war einige Zeit Assistenzarzt in Villejuif, und ...

Aber lassen Sie den Kopf nicht hängen, noch ist nichts verloren! Auf jeden Fall hat der seelische Zustand der Patientin den größten Einfluß auf den Verlauf der Krankheit. Man muß auch die leisesten Aufregungen von ihr fernhalten. Sie verstehen, ja? Auch die leisesten Aufregungen! Bemühen Sie sich um eine selbstverständliche Fröhlichkeit! Verschaffen Sie Ihrer Frau Ablenkungen, seien Sie aufmerksam und liebevoll zu ihr! Aber Sie dürfen auch nichts übertreiben, um ihren Argwohn nicht zu wecken. Sie darf auf keinen Fall etwas merken; die Chancen einer Heilung hängen zum großen Teil davon ab . . .

Ich werde sie an einen Spezialisten weiterempfehlen, und ich verspreche Ihnen, daß meine Kollegen und ich tun werden, was irgend in unseren Kräften steht. Sie müssen uns nur Ihrerseits helfen, indem Sie Ihre Frau glücklich machen . . . und zwar auf jede Weise! Wir verstehen uns, ja? Wenn ihr das Vergnügen bereitet . . . Die Gefühlslage spielt in diesen Dingen eine ungeheure Rolle . . . also schonen Sie sich nicht!«

Phantastisch, dieser Claude! Einen Augenblick später kam er wieder in mein Schlafzimmer, um sich zu verabschieden. Dabei neigte er sich zu mir herunter und flüsterte mir ins Ohr: »Du kannst ganz beruhigt sein, mein Schatz! Dein Mann liebt dich. In diesem Punkt kenne ich mich aus: ich habe noch nie einen so aufgeregten Ehemann gesehen!«

28. März

Christian macht verzweifelte Anstrengungen, um gleichmütig zu erscheinen, aber sowie er sich unbeobachtet glaubt, wird er ganz grau, und seine Züge verzerren sich. Außerdem blättert er dauernd in medizinischen Zeitschriften und holt sich daraus nur noch mehr Nahrung für seine Ängste . . .

Ich höre ihn noch zu seiner Komplizin sagen: »Da ich sie nur geheiratet habe, um sie zu opfern . . .«

Es ist zum Lachen!

Ab und zu macht er einen schüchternen Versuch, das

Thema anzuschneiden, das ihn so quält. Ich versichere ihm dann mit gleichgültiger Lässigkeit, daß er nichts zu fürchten brauche; aber ich sehe doch, daß er mir nicht glaubt. Wenn er dringlicher wird, inszeniere ich eine Nervenkrise und erkläre, daß er mich mit seinem Mißtrauen vollends krank machen werde ... Ich habe ihn fest in der Hand und halte ihn in Atem mit den absonderlichsten Launen, die er alle meinem Zustand zuschreibt.

2. April

Wir waren gestern in der Sprechstunde eines bekannten Hämatologen auf dem Boulevard Saint-Germain, für den Claude mir eine in sibyllinischen Ausdrücken abgefaßte Empfehlung gegeben hat, die Christian mit stockendem Atem durchlas. Nachdem dieser Erfolg erzielt war, vernichtete ich das Schreiben.

Der Spezialist hat mich bestimmt für eine jener eingebildeten Kranken gehalten, die den großen Ärzten ihre kostbare Zeit rauben.

Als ich ins Wartezimmer zurückkam, saß Christian dort mit der Miene eines zum Tode Verurteilten, dem noch eine Galgenfrist gewährt ist. Ich hatte zum erstenmal einen etwas geängstigten Ausdruck angenommen: »Diese Sache beunruhigt mich doch ein bißchen, mein Schatz. Jetzt soll ich mich einer Röntgenbehandlung unterziehen ... Was mag das wohl zu bedeuten haben?«

11. April

Ich gehe regelmäßig ins Sankt-Josephs-Hospital. Christian fällt die Krankenhausatmosphäre auf die Nerven, und so war es nicht schwer, ihn zu überreden, daß er im Wagen auf mich wartet. Ich gehe in den Garten, setze mich vor dem Röntgenpavillon auf eine Bank und lese ein paar Kapitel eines Romans. Wenn ich wieder herauskomme, sitzt Christian durchgefroren im Wagen und martert sich mit seiner fixen Idee.

Die Komödie beginnt mich allmählich zu langweilen, aber ich vertraue darauf, daß die beiden wohl bald die Nerven verlieren werden. Zuerst Christian, der schon am Rande seiner Kräfte ist, und dann Madame Canova ... Sie ist aus härterem Holz geschnitzt, aber ich werde sie doch ein menschliches Gefühl lehren: die Angst.

15. April

Ich habe in der letzten Zeit mehrere Einladungen Madame Canovas mit Rücksicht auf meinen Gesundheitszustand abgelehnt. Heute kam sie nun selbst mit einem riesigen Rosenstrauß, um sich nach meinem Befinden zu erkundigen ...

Es war gegen Mittag. Ich lag noch im Bett und hatte mir für diese Gelegenheit eine bleiche Maske mit dunklen Augenringen zurechtgeschminkt. Madame Canova schien mir etwas magerer geworden.

Als sie das Zimmer verlassen hatte, konnte ich durch die Tür ein paar verzweifelte Sätze von Christian hören: »Aber ich sage dir doch, ein ganzer Haufen von Ärzten hat sie untersucht! Ein praktischer Arzt, ein Gynäkologe, ein Hämatologe ... Sie stellen alle die gleiche Diagnose ... Kann man da noch zweifeln? Es ist doch ausgeschlossen, daß sie die gesamte medizinische Fakultät bestochen hat!

Das Leiden ist in siebenundneunzig Prozent der Fälle tödlich, weißt du das? Siebenundneunzig Prozent!«

Jetzt muß Madame Canova sich wohl sagen, daß sie keine Chance mehr hat.

19. April

Christian geht es nicht sehr gut. Er hat irgendeine Lebersache und sieht eigenartig gelb aus. Er hat sich für einen Monat von der Sorbonne beurlauben lassen.

23. April

Christians ständige Anwesenheit und seine unaufhörliche Besorgtheit stellen meine Geduld auf eine harte Probe. Es wird Zeit, daß ich ihm den Gnadenstoß gebe.

25. April

Heute vormittag kam ich völlig außer mir aus dem Krankenhaus. Ich stieg zu Christian in den Wagen und erklärte mit Grabesstimme: »Ich bin verloren ... ich ahnte es ja!«

Mit rührender Ungeschicklichkeit versuchte er mich zu beruhigen.

»Nein, da gibt es keinen Zweifel ... Ich habe gehört, wie eine Krankenschwester das Wort ›Leukämie‹ aussprach und dabei zu mir herübersah ... Jetzt verstehe ich alles ... ich werde bald sterben ...«

Und ich warf mich ihm schluchzend an den Hals. Kurz danach fuhr er einen Lastwagen an und ließ sich von dem Fahrer widerstandslos anbrüllen. Er war in einem Zustand, in dem er sich von jedem Menschen mit Füßen hätte treten lassen.

25. April

Ich weine den ganzen Tag. Christian hat in seiner Angst sämtliche medizinischen Zeitschriften aus der Wohnung verschwinden lassen. Diese Geste war nicht sehr geschickt; ich habe darin natürlich nur eine Bestätigung meiner dunklen Ahnungen gesehen, und meine Tränen flossen um so reichlicher. Ich spreche von Selbstmord. Christian schläft nicht mehr.

27. April

Besuch von Madame Canova. Diese Frau verfügt über eine anscheinend unbeugsame Energie, der wohl höchstens ich beikommen kann. Sie hat mich mit einfachen Worten getröstet, die mir, wenn ich wirklich krank wäre, bestimmt wohl getan hätten. Schließlich hat sie sich sogar bemüht, mich geistig und moralisch aufzurichten: »Hüten Sie sich vor der Bosheit, meine Liebe«, sagte sie. »Das ist die Waffe der Schwachen. Gewiß, für ein von der Vernunft erwähltes Ziel soll man rücksichtslos alle Hindernisse beiseite räumen; aber die Rache wird etwas Häßliches, wenn sie nur noch die Launen des Gefühls befriedigt, das sich in erster Linie dem Verstand unterwerfen sollte. Sie werden mir sagen, daß ich ein gewisses Interesse daran habe, so zu sprechen... Ich leugne es nicht. Aber Sie wissen auch, daß ich Sie schätze. Wenn Ihnen tatsächlich etwas zustoßen sollte, dann möchte ich doch, daß Sie so sterben, wie ich bisher gelebt habe: nämlich vollkommen in ihren eigenen Augen – den einzigen, die für Sie zählen dürfen. Anscheinend amüsiert es Sie, einen Mann zu terrorisieren, der vor seinem eigenen Schatten Angst hat; aber das ist ein kindischer Zeitvertreib, der Ihrer unwürdig ist und den Sie bald satt haben werden. Und daß Sie mir niemals Angst machen können, haben Sie wohl selbst gemerkt! Wenn es aber nun mit Ihnen zu Ende gehen sollte, ohne daß es Ihnen gelungen ist, mich zu demütigen und meinen Mut zu beugen, dann werden Sie mir ganz umsonst Böses angetan haben – und das ist die einzige Sünde, die die Elite dieser Welt verachtet und die Gott – falls er existieren sollte – niemals verzeihen kann. Früher einmal hätte Ihr Tod mir meine Ruhe gesichert; aber was würde Ihnen mein Tod einbringen?«

Sie ist wirklich eine unerhört begabte Frau und hat sogar Talent zum Kanzelredner! Trotzdem kann ich nicht glauben, daß sie so unerschütterlich ist. Manchmal habe ich fast Hemmungen, sie zu quälen, und es kommt mir so vor, als verunstalte ich ein Meisterwerk. Aber dann verspüre ich wieder diese bohrende Neugier, die schließlich den Sieg über alle Bedenken davonträgt...

28. April

Ich tue so, als habe ich wieder etwas mehr Mut geschöpft. Christian hat diese Nacht ein paar Stunden geschlafen.

Beim Zubettgehen sagte er: »Siehst du, der Einfluß, den diese Frau ausüben kann, ist wirklich erstaunlich . . .«

»In der Tat«, antwortete ich. »Sie tröstet die Kranken mit dem gleichen Erfolg wie sie Menschen zu Mördern macht oder Kinder ins Jenseits befördert.«

Der Hieb saß. Für gewöhnlich vermeiden wir es, allzu hart miteinander umzugehen. In unserer Hölle sind solche Maßnahmen sinnlos und überholt.

Als Christian seine Nachttischlampe ausknipste, fing er wieder an: »Wenn du wüßtest, wie sehr ich alles bereue! Ich habe das Gefühl, daß ich mich unentwegt taumelnd weiterbewege, bis ich schließlich zusammenbrechen muß . . . Manchmal schon habe ich gedacht, daß ich dich ganz einfach und ehrlich hätte lieben können, wenn wir uns zufällig begegnet wären . . . Warum sollte es jetzt zu spät sein? Erinnerst du dich an den kleinen Fischerjungen in Dubrovnik?«

Das war an einem Abend im alten Hafen gewesen. Der Kleine hatte neidisch auf den Fang eines glücklicheren Gefährten geblickt, und Christian hatte unterdessen im Schutze der Dunkelheit einen Hundertdinarschein auf seinen Angelhaken gespießt. Ich sehe noch immer die staunenden Augen des Jungen, als er seine Leine einzog . . .

Aber was sollte jetzt diese Erinnerung? Ich bin dazu verurteilt, kein Mitleid fühlen zu dürfen: das schulde ich mir ebenso wie Canova. Sein Tod wäre sinnlos, wenn ich nicht die letzten Konsequenzen daraus zöge . . .

Ein wenig später wollte Christian sich mir nähern, aber ich tat, als verstünde ich nicht. Schon seit langem ist meine Hingabe eine Art Racheakt, ja, zuweilen habe ich ihn sogar überfordert, wenn ich merkte, daß er müde war. Doch diesmal hatte ich einfach nicht die Kraft, ihn zu quälen oder ihm Vergnügen zu bereiten.

3. Mai

Gestern nachmittag bat ich Christian, ein paar Stunden spazieren zu gehen und mir einen Strauß Maiglöckchen mitzubringen. Ich ließ ihn fühlen, daß ich das Bedürfnis hatte, allein zu sein.

Sowie er gegangen war, schrieb ich die folgenden Zeilen, die ich auf sein Kopfkissen legte: ›Ich schlafe vorzeitig ein, aber die Gerechtigkeit selber wird meinen Schlummer behüten. Meine aufrichtigsten Wünsche gelten meinem Mann: ich bitte Gott, ihm das lebenslängliche Gefängnis zu einer Lehrzeit für die ewige Verdammnis werden zu lassen.‹

Dann nahm ich eine kräftige Dosis eines Schlafmittels, warf jedoch den größten Teil der Tabletten fort. Man sollte glauben, daß ich alles eingenommen habe.

Erst gestern morgen kam ich langsam wieder zu mir. Offenbar habe ich doch etwas falsch gemacht, denn ich fühle mich immer noch übel.

Christian hat den gefährlichen Zettel verschwinden lassen, aber er ist um zehn Jahre gealtert, und seine Hände zittern. Er spricht jetzt seinerseits von Selbstmord – aber dazu ist er viel zu feige!

4. Mai

Madame Canova erschien wieder mit einem großen Rosenstrauß. Ihr Blick war mir plötzlich unheimlich. Um ein Haar hätte ich wirklich einen hysterischen Anfall bekommen. Ich schrie sie wütend an: »Lassen Sie sich begraben mit Ihren Blumen! Dann können wir uns im Jenseits treffen!«

Sie wurde um einen Schein blasser. Als sie ging, sagte sie zu Christian, aber so, daß ich jedes Wort verstand: »Man merkt, daß die Kleine aus einem proletarischen Milieu kommt. Du könntest ihr eigentlich beibringen, daß man sich in einem solchen Fall bemühen sollte, seine Vergangenheit abzustreifen.«

Christian hat mit keinem Wort reagiert.

7. Mai

Es ist zwanzig Uhr ... Christian liegt matt und schwach vor mir im Bett. Seit Tagen ringt er mit dem Tod, sofern er überhaupt noch die Kraft hat, sich zu wehren. Aber allmählich scheint es ihm besser zu gehen, und er wird wohl noch einmal davonkommen.

Es war eine unglaubliche Sache, die mir in allen Einzelheiten noch immer nicht ganz klar ist. Am vergangenen Freitag hat sich Christian, nachdem Madame Canova gegangen war, in die Kirche begeben, in der wir getraut worden sind und sich dort in einen Beichtstuhl fallen lassen. Ein paar Augenblicke später fuhr der Priester, der seine Beichte anhörte, von seinem Sitz auf, stürzte in die Sakristei und rief nach einem Arzt, während Christian, der sich an seine Rockschöße klammerte, ihn anflehte: »Und meine Absolution? Ich will meine Absolution! Geben Sie mir die Absolution! Ich werde sterben ...«

Er war auf die Idee gekommen, ein starkes Gift zu nehmen und dann gleichzeitig seine Verbrechen und seinen Selbstmord zu beichten. Der typische Einfall eines Beamten! Zum Glück hat er nur dem Priester gebeichtet! Aber mir hat er damit doch einen rechten Schrecken eingejagt, und fast ist mir, als erwache ich jetzt zugleich mit ihm langsam wieder zum Leben. Ich hätte nie geglaubt, daß er so weit gehen würde ...

8. Mai

Christians Zustand bessert sich, aber sowie ich mich seinem Bett nähere, zuckt er instinktiv zurück. Das ist fast beschämend für mich.

Es ist erstaunlich, wie das Zusammenleben mit einem Menschen, den man verabscheut, einen doch durch geheime Fäden an ihn bindet. Wenn er gestorben wäre, ich glaube fast, ich hätte das Gefühl, etwas Wesentliches verloren zu haben, so etwas wie einen Teil meiner selbst, den ich nicht recht zu benennen wage ...

Man sollte sich beinahe fragen, ob unsere Ehe wirklich so nichtig und ungültig ist, wie wir annahmen!

10. Mai

Ich habe Christian angeboten, mein Testament zu vernichten, wenn er mir dafür schwören würde, Madame Canova kein Wort davon zu verraten. Aber er hat mir nicht geglaubt.

13. Mai

Er glaubt mir immer noch nicht. Diese Hartnäckigkeit ärgert mich allmählich. Gestern abend sagte er mit unendlich müder, kaum hörbarer Stimme: »Und wenn du mein ganzes Bett mit Tonbändern bedecken würdest, ich könnte doch kein Vertrauen zu dir haben. Du bist die Schlimmste von uns dreien.«

14. Mai

Ich habe den ganzen Tag über versucht, Christian in allen Tonarten zu erklären, daß ich viel gesünder bin als er: er hat mir nicht geglaubt. Ich weiß nicht mehr, wie ich es ihm beibringen soll.

15. Mai

Claude ist gekommen und hat ihm unser Täuschungsmanöver in allen Einzelheiten erklärt, aber Christian hat nur geseufzt: »Ihr gebt euch soviel Mühe mit mir ... Bin ich denn wirklich so krank?«

Beim Weggehen flüsterte Claude mir zu: »Sein Zustand ist nicht gerade glänzend, aber mir scheint, daß vor allem der Kopf angegriffen ist. Was mag er bloß erlebt haben?«

Ich ging zurück und setzte mich neben Christians Bett. Nach einer langen Pause des Schweigens warf er mir einen Blick zu, der mir einigermaßen klar und vernünftig vorkam, aber gleich darauf murmelte er: »Ich weiß genau, was du willst. Ich soll jetzt Hoffnung schöpfen, und dann willst du sie mir wieder nehmen ... Du läßt die Leine locker und dann ziehst du sie mit einem Ruck wieder an ... Dir ist nicht an meinem Tod gelegen, sondern an meiner Angst, und um dich daran weiden zu können, ist dir jedes Mittel recht – selbst dein eigener Tod. Ich hätte nie geglaubt, daß ich in einem Menschen einen derartigen Haß erwecken könnte. Wahrscheinlich habe ich doch eine größere Schuld auf mich geladen, als ich dachte ...«

Solange er in diesem Zustand ist, hat es keinen Sinn, ihm Vernunft zu predigen.

16. Mai

Heute nacht fror ich plötzlich. Das Fenster stand offen. Ich stand auf, um es zu schließen: er lag zerschmettert, mit ausgebreiteten Armen, tief unten im Hof. Ich bekam einen Weinkrampf.

10

Tagebuch der Madame Christian Magny (Fortsetzung)

21. Mai

Ich kann mich von dem Eindruck dieses traurigen Endes noch immer nicht erholen. Wenn ich wenigstens noch ein paar Tage Zeit gehabt hätte, um ihn zu beruhigen! Jetzt bin ich ganz allein. Diese leere Wohnung, in der wir doch nie vermocht haben, uns gleichzeitig zu lieben, kommt mir so traurig vor ... Ich war grausam wie ein Kind. Er hätte mich damals in Dubrovnik doch lieber ertrinken lassen sollen ...

23. Mai

Beileidsbesuch von Madame Canova. Sie ist wieder etwas dünner geworden. Ich mußte mich meinerseits nicht sehr verstellen, um krank zu erscheinen.

Diese Frau ist schuld an allem, und sie weiß es genau. Sie weiß auch, daß unser Zweikampf sich jetzt seinem Ende nähert und daß sie ihr Schicksal nicht mehr mit Phrasen beschwören kann.

Ich habe ihr zu verstehen gegeben, daß ich meinen Mann bis zur letzten Stunde gequält habe, und ich konnte bemerken, daß diese Hartnäckigkeit einen unangenehmen Eindruck auf sie machte. Sie schien erstaunt und fast verärgert, wie ein Psychologe, der eine falsche Diagnose gestellt hat: die Reaktionen dieses Geschöpfs, das sie doch so genau zu kennen glaubte, entsprachen nicht ihren Erwartungen. Nichts bringt einen Menschen so aus der Fassung, wie wenn er bei anderen eine Art Irrsinn wittert ...

Es entsprach ihrer Logik, daß sie nun versuchte, mich von dem Gedanken des Selbstmords abzubringen.

»Die Menschen, die Selbstmord begehen, bilden sich ein,

daß sie dann nicht mehr leiden«, sagte sie. »Das ist ein schwerer Irrtum. Um nicht mehr zu leiden, müßte man sich noch immer seines Zustands bewußt sein – man müßte fühlen können, daß man nicht mehr leidet. Nun ist es aber völlig ausgeschlossen, daß ein Mensch sein Nichtsein genießen kann. Eine immerhin verständliche Dummheit ist der Selbstmord nur bei jenen unverbesserlichen Schwärmern, die an ein vages Weiterleben nach dem Tode, an eine mythische Barmherzigkeit glauben ... Zu diesen Leuten gehören Sie jedoch bestimmt nicht. Sie wissen, daß auch noch der letzte Lebenstropfen seinen Wert hat: daß er einzig und unwiederholbar ist ...«

Diese Frau wird mir wenigstens nicht durch ein Fenster entwischen!

25. Mai

Ich werde demnächst eine große Reise unternehmen: Italien, Griechenland, Konstantinopel ... Unwillkürlich kommt mir ein schlechter Alexandriner ins Gedächtnis: »Wo leise raunend stirbt das Meer von Marmara ...«

Ich habe Madame Canova mitgeteilt, daß ich nach Amerika fahre, um mich dort in ärztliche Behandlung zu begeben.

29. Mai

Morgen fahre ich. Madame Canova hat mir einen Abschiedsbesuch gemacht. Ich habe ihr geschworen, daß ich nie Selbstmord begehen werde, und sie hat mir ohne sichtbaren Widerwillen weitere fünf Millionen gezahlt.

Liebevoller Abschied. Offensichtlich hat sie immer noch Hoffnung.

Mailand, 1. Juni 1949

Madame Christian Magny
an das Detektivbüro Angelo, Smith & Co., San Francisco/USA.

Sehr geehrte Herren,
hierdurch bitte ich Sie, mir bis zum 17. Juni an die Adresse des King George Hotels in Athen eine Anzahl Briefbögen und Umschläge mit dem Briefkopf eines Sanatoriums in San Francisco zu übersenden, in welchem Bluterkrankungen behandelt werden.

In den folgenden Monaten werde ich Ihnen von Zeit zu Zeit einen eingeschlossenen Brief zukommen lassen, den Sie bitte, mit dem dortigen Poststempel versehen, weiterleiten wollen.

Ich halte es für richtiger, Ihnen diese Briefe einzeln und nicht auf einmal zu übersenden, da ich befürchte, daß eine Untersuchung der Tinte mich sonst verraten könnte.

Sollte in dem Sanatorium, das Sie für mich aussuchen, irgendwelche Post für mich ankommen, so bitte ich Sie, diese an die Adresse der Auskunftei Dubreuil in Paris zu schicken, die sie dann an mich weiterleiten wird. Falls Sie zu diesem Zweck eine besondere Vollmacht benötigen sollten, erbitte ich eine diesbezügliche Benachrichtigung. Ich lege den größten Wert darauf, daß kein Brief an den Absender zurückgeht.

Ich nehme an, daß die Erfüllung meines Auftrags Ihnen keine besonderen Schwierigkeiten bereiten wird. Der Handelsattaché der amerikanischen Botschaft hat mir die besten Auskünfte über Ihre Firma erteilt.

Mit vorzüglicher Hochachtung …

P.S. Ich hätte gern noch nähere Angaben über das Sanatorium, in dem ich mich für die Adressatin meiner Briefe aufhalten werde.

San Francisco, 24. Juni 1949, Santa-Clara-Klinik
Madame Christian Magny
an Madame Paul Canova, Paris.

Meine liebe Freundin,
die Reise hat mich ziemlich angestrengt, aber der Aufenthalt hier ist sehr wohltuend und in gewisser Hinsicht sogar stärkend. Dr. Mac Gregor, der leitende Arzt des Hauses, hält meinen Fall nicht für so aussichtslos, wie ich in der letzten Zeit in Paris befürchten mußte. Er ist ein gut aussehender Mann, auf den ich immer noch Eindruck mache, obgleich ich in der letzten Zeit sehr abgemagert und nun noch schmaler im Gesicht bin als zuvor ... Aber das scheint ein übliches Symptom zu sein ...

Ich schreibe Ihnen diesen Brief von meinem Liegestuhl aus, der auf einer Terrasse über dem Golf steht. Vor mir das stille Meer, das mich an die ferne Adria jener Hochzeitsreise erinnert, die ich ja im Grunde Ihnen zu verdanken habe. Ich bemühe mich, meinen Erinnerungen die besten Seiten abzugewinnen: ich bin jung und habe nicht sehr viele ...

Ich vergesse auch nicht, daß ich die sorgsame Pflege, die mir hier zuteil wird, ebenfalls Ihrer Güte zu verdanken habe. Gewiß haben Sie mir früher einmal recht außergewöhnliche Aufregungen beschert, aber jetzt sind Sie es, die mir meinen Frieden sichert. Und wenngleich Sie sicherlich auch jetzt Ihren eigenen Vorteil im Auge haben, so wäre es doch nicht recht von mir, wenn ich nicht mit einer gewissen Dankbarkeit an Sie dächte. Die sanfte Wärme dieses schönen Nachmittags lädt zur Nachsicht ein und mildert die heftigeren Gefühle ...

Heißt es wohl Ihre Güte überfordern, wenn ich Sie bitte, mir ein paar Bücher aus Frankreich zu schicken? Und zwar am liebsten Werke religiösen Inhalts, auch wenn dieser Wunsch Ihnen ein Lächeln entlocken sollte ... Die Schwestern vom Auferstehungsorden, die mich hier pflegen, üben einen sehr besänftigenden Einfluß auf ihre Patienten aus: auf mütterliche Weise wecken sie Befürchtungen wieder zum Leben, die in den Jahren des Heranwachsens verlorengegangen waren ...

Mit herzlichen Grüßen ...

Paris, 7. Juli 1949

Madame Paul Canova
an Madame Christian Magny, San Francisco.

Meine Liebe,
mit gleicher Post gehen die erbetenen Bücher an Sie ab. Ich habe mich bei der Auswahl bestens beraten lassen und hoffe, daß Ihnen die Lektüre guttun wird.

Ich sehe, daß Sie sich der Religion zuwenden: sie gewährt eine Hilfe, die ich für andere ohne Überprüfung des jeweiligen Falles niemals abgelehnt oder verachtet habe. Gewisse Menschen und Organisationen, denen die Schrecken dieser Welt nicht genügen, verlangen nach anderen Anlässen zum Erschauern, deren sie sich dann rühmen können ... Ich muß dann immer an die alten schottischen Schlösser denken, die von Gespenstern bevölkert sind ...

Was Sie betrifft, meine Liebe, so ist es die Hauptsache, daß die Religion Ihnen Vergnügen gewährt, Ihr Wohlbefinden steigert und Ihnen die Augen über die wahre Natur meiner Freundschaft öffnet. Es würde Ihnen jetzt vielleicht seltsam vorkommen, wenn ich Ihnen beteuern wollte, daß Sie sich im Irrtum befinden. Ich habe stets so gehandelt, wie ich es für richtig hielt. Und trotzdem habe ich schon manchen Fehler begangen ...

Möglicherweise irre ich mich auch, was die Existenz Gottes betrifft. Aber das ist eine Vermutung, die mich im übrigen gleichgültig läßt. Sollte uns wirklich im Jenseits ein Gericht erwarten, so wird sein Spruch gewiß nicht irgendwelche transzendenten Wahrheiten in Betracht ziehen, sondern lediglich den Zustand des einzelnen Gewissens, und ich habe gottlob ein gutes Gewissen!

Paul hat eines Tages zu mir gesagt: »Ich habe noch nie zwei Anhänger eines Glaubens getroffen, die über das Dogma der gleichen Ansicht waren. Auch unsere Kirchen selbst unternehmen ständig geheime Anstrengungen, um diese Frage zu entwerten und sie noch mehr zu verwirren. Uns bleibt in diesem stürmischen Meer nur eine rettende Planke, an die wir uns klammern können: die persönliche Bemühung, ein rechtschaffener Mensch zu werden, der sich, die Bibel in der Hand, in gutem Glauben seine eigenen Prinzipien zurechtlegt und den Mut aufbringt, sie durch die Barmherzigkeit der Umstände befolgen zu können. Wenn Gott wirklich so hart ist, uns nicht allein danach zu beurteilen, sind wir fast alle verdammt und auch nicht mehr wert als die große Herde der Papisten.«

Wie Sie sehen, hat Paul mir im voraus die Absolution erteilt, und dieses Bewußtsein hat mich von vielen Skrupeln befreit. Es ist nicht mein Fehler, wenn ich mit Hilfe des Heiligen Geistes und in rechtlichem Bestreben ein anderes Buch studiert habe als das seine ...

Ich sage Ihnen das, meine Liebe, weil ich meine, daß es nur zu Ihrem Guten sein kann, wenn Sie sich jetzt an den Gedanken, die in Ihrem reizenden Köpfchen wiedererwacht sind, erwärmen können und Zufriedenheit daraus schöpfen.

Was jedoch mich betrifft, so sollen mir, mit Ihrer gütigen Unterstützung, die Aussichten auf dieser Erde genügen, um mich ans Leben zu fesseln.

Wenn ich Ihnen irgendwie behilflich sein kann, so zögern Sie nicht, sich an mich zu wenden: mein Bankkonto und meine Zeit stehen stets zu Ihrer Verfügung!

Ich bitte meinen guten Stern, Sie zu beschützen und Ihnen die Gesundheit wiederzugeben!

Mit den herzlichsten Grüßen ...

San Francisco, 20. Juli 1949, Santa-Clara-Klinik
Madame Christian Magny
an Madame Paul Canova, Paris.

Meine liebe Freundin,
Ihre Bücher machen mir viel Freude, und zwar mehr ihrer literarischen Qualität wegen als um der Tröstungen willen, die sie mir gewähren können. Ich habe nämlich seit einiger Zeit den Eindruck, daß es mir besser geht, und wir sind nun einmal so beschaffen, daß die kleinste Hoffnung auf ein Weiterleben uns wie durch einen Zauber von den ewigen Wahrheiten abrücken läßt und uns undankbar macht.

Ich habe kürzlich ein paar Spazierfahrten durch die Stadt und sogar in die nähere Umgebung unternommen ... Der lebhafte Verkehr auf den Straßen und Landstraßen war für mich so überraschend, daß mir der Kopf wirbelte. Ich mußte an Paris denken, an Sie und an jene beglückenden Stunden, die wir im Banne unserer verführerischen Gedanken gemeinsam verbracht haben ... Die äußere Haltung, die ein Mensch einnimmt, gewinnt, so glaube ich, mit der Zeit einen gewissen Einfluß auf sein Herz, und wenn man einem anderen ständig Liebe und Zuneigung vorspielt, so bleibt schließlich doch etwas davon hängen. Aber sollte dies wirklich auf Gegenseitigkeit beruhen? Was würde ich nicht für Sie tun, wenn ich von der Aufrichtigkeit Ihrer Gefühle überzeugt sein könnte!

Ich stieß vor einigen Tagen auf ein altes Lied aus dem Westen, das mich ganz seltsam berührte und tröstete. Es schien mir wie eigens für mich geschrieben. Ich lege Ihnen eine recht ungeschickte, improvisierte Übersetzung bei, denn ich habe den Eindruck, daß es auch auf Ihre Lage zutrifft. Die Intonierung überlasse ich Ihrer Phantasie.

1
Hört das bittre Ungemach
Eines Manns, der ohn' Ermatten
Floh vor seinem eignen Schatten
Und dem jüngst das Auge brach. *(bis)*

Refrain:
Ach! Ach! Ach! Ach! Ach! Ach!
Sei getrost, mein lieber Sohn:
Deine Rechnung steht zu Buch,
Und du hörst den Richterspruch
Bei des Liedes letztem Ton. *(bis)*

2
In der Wiege klein und schwach
Lag voll Zittern er und Beben,
Meint', würd' er die Stimme heben,
Wär es gleich sein letzter Tag. *(bis)*
Ach! Ach! Ach! usw.

3
In der Scheune lag er flach
Auf dem Bauch vor einer Ratte,
Eh er sich's versehen hatte,
Schlich ihm schon die Katze nach. *(bis)*
Ach! Ach! Ach! usw.

4
Unter einem Zirkusdach
Wollt' er vor 'ner Frau sich retten,
Als ein Affe sprengt die Ketten
Und ihm gleich drei Rippen brach. *(bis)*
Ach! Ach! Ach! usw.

5
Und zu Hause, welche Schmach!
Seine Frau, die sanfte, kleine,
Blieb nun mal nicht gern alleine:
Mit dem Liebsten gab es Krach. *(bis)*
Ach! Ach! Ach! usw.

6
Wasser trank er aus dem Bach,
Weil er nüchtern wollte bleiben.
Wer kann seinen Schrecken beschreiben,
Als die Cholera ihn stach! *(bis)*
Ach! Ach! Ach! usw.

7
Da man ihm das Urteil sprach,
Hatt' er Feuerholz gestohlen;
Als der Henker ihn wollt' holen,
War er grad erfroren – Ach! *(bis)*
Ach! Ach! Ach! usw.

Aber nun bin ich ein wenig erschöpft – ich bin derartige Anstrengungen nicht mehr gewöhnt ... Und wenn es nicht um Sie ginge – für einen anderen Menschen hätte ich bestimmt nicht soviel Zeit und Mühe aufgewendet. Jetzt wünsche ich Ihnen nur noch, daß diese einfachen Verschen Ihren Besorgnissen ein wenig Humor beimischen möchten: sie würden Ihnen dadurch erträglicher ...

Ihre Freundin ...

Paris, 5. August 1949

Madame Paul Canova
an Madame Christian Magny, San Francisco.

Meine Liebe,
Ihr kleines Lied hat mich wirklich entzückt, und es ist so gut übersetzt, daß ich Sie eigentlich im Verdacht habe, selbst die Verfasserin zu sein.

Zum Glück mußte ich nicht Ihre Anregung abwarten, um ein wenig Humor in mein Dasein zu bringen. Der Humor ist wohl die Eigenschaft, die ich am höchsten schätze, diejenige, die allen anderen erst ihren Wert verleiht ... Ist Ihnen nicht auch schon aufgefallen, daß es gerade denen, die so feierlich im Absoluten herumtappen, den Richtern, den Polizeibeamten und den Priestern, im allgemeinen an Esprit mangelt?

Nach diesen Ausführungen fällt es mir leichter, Ihnen zu sagen, daß Ihr Humor ein gewisses Taktgefühl vermissen läßt. Wenn Sie wirklich Wert auf unseren Briefwechsel legen, dann überlassen Sie doch die Mühe, mein Leben von der heiteren Seite anzusehen, in Zukunft mir: das ist meine Aufgabe und nicht die Ihre. Ihre Handlungsweise hat mich um so mehr verletzt, als ich Sie wirklich schätze. Das Land der wilden Völkerstämme, in das Sie sich da zurückgezogen haben, dieses Land, das leider noch keine tausendjährige Geschichte aufweisen kann, hat offenbar schon ein bißchen auf Sie abgefärbt ... Gute Sitten vergessen sich leicht ...

Doch auch wenn sich die äußeren Formen verlieren, sollte das Herz wenigstens unveränderlich sein. Das meine schlägt nur für Ihre Genesung.

Mit aller Zärtlichkeit ...

San Francisco, 18. August 1949, Santa-Clara-Klinik
Madame Christian Magny
an Madame Paul Canova, Paris.

Meine liebste Freundin,
ich bitte Sie tausendmal um Verzeihung, und dies um so aufrichtiger, als es mit meiner Gesundheit nicht zum besten steht. Die Lust an Scherz und Neckerei, die mich für kurze Zeit über meinen Zustand hinwegtäuschte, ist mir nun wohl für immer vergangen.

Aber sprechen wir von anderen Dingen ... oder vielmehr: sprechen Sie davon, die Sie noch mitten in diesem Leben stehen, dem ich allmählich entschwinde ...

In meiner Schwäche stelle ich mir Ihretwegen tausend Fragen ... Wie bringen Sie es nur fertig, noch immer so mutig zu sein und mir Lehren zu erteilen, die Ihrem eigenen Interesse so abträglich sind – Lehren im Namen der guten Sitten, an denen Ihnen erstaunlicherweise so viel zu liegen scheint?

Ich bin gespannt auf Ihren nächsten Brief und hoffe sehr, daß ich ihn mit freudigen Gefühlen lesen kann.

Ihre Freundin ...

Paris, 8. September 1949
Madame Paul Canova
an Madame Christian Magny, San Francisco.

Meine Liebe,
wenn Ihre Gesundheit in direktem Zusammenhang mit Ihrem Esprit steht, so kann ich nur wünschen, daß Sie mir noch recht viele Sottisen schreiben mögen!

Aber ich hoffe, Sie werden bald Gelegenheit haben, sie mir mündlich zu sagen: ich gedenke demnächst ein paar Wochen in Mexiko zu verbringen, und wenn das Wetter günstig ist, mache ich noch einen kleinen Abstecher und besuche Sie.

Im übrigen stelle ich fest, daß Sie recht neugierig sind! Aber in Ihrer Lage ist die Neugier verzeihlich: sie ist eine der wenigen Freuden, die Ihnen geblieben sind, und ich will versuchen, sie mit kurzen und präzisen Angaben zu befriedigen.

Das Rezept für meinen ›Mut‹ ist in wenigen Worten mitgeteilt: sich nur um die Dinge kümmern, die von einem selber abhängen und jede Freude so genießen, als sei sie die einzige.

Der erste Vorsatz ist nicht sehr originell, aber seine Ausführung erfordert ein hohes Maß von Selbstdisziplin.

Auch der zweite Vorsatz ist nichts Außergewöhnliches; doch um ihn zu befolgen, benötigt man eine besondere Einstellung zum Genuß: eine Konzentrationsfähigkeit, wie sie nicht jedem gegeben ist.

Sie glauben gar nicht, wie sehr Sie mir in dieser Hinsicht helfen! Seit mein Glück bedroht ist, bedeutet mir schon die kleinste Freude unendlich viel, und ich koste sie aus, als sei es die letzte. Selbst die Luft, die ich atme, scheint eine außergewöhnliche Dichte angenommen zu haben!

Ich danke Ihnen! Und bleiben Sie trotzdem den guten Sitten treu. Sie sind das einzige Gut, das den Menschen die Möglichkeit eines einträchtigen Zusammenlebens gewährt, wenn alles andere versagt hat, das einzige, das auch dem Vereinsamten das Gefühl eines Zusammenhangs mit dem Ganzen gibt.

Auf bald, so hoffe ich! Mit den herzlichsten Grüßen ...

San Francisco, 21. September 1949, Santa-Clara-Klinik
Madame Christian Magny
an Madame Paul Canova, Paris.

Meine liebe Freundin,
ich könnte Ihnen sagen, daß man mir alle Besuche und jede Aufregung untersagt hat, aber wozu einen Vorwand erfinden? Ich bin nur noch ein Schatten meiner selbst, und der

Gedanke, Sie in diesem Zustand empfangen zu sollen, ist mir unerträglich. Sie würden mir einen Beweis Ihrer Freundschaft geben, wenn Sie auf Ihren Plan verzichteten. Meine Bitte entspringt bestimmt keiner dummen Koketterie; aber Sie haben mich gekannt, als ich hübsch war, und Sie hatten die Güte, mir auf tausendfache Weise den Wert meiner Reize zu bestätigen ... Welchen Anblick würde ich Ihnen heute bieten! Mir liegt daran, daß Sie mich so in Erinnerung behalten, wie ich einmal war.

Mit meiner Gesundheit geht es immer mehr bergab, und alle Bemühungen meiner Umgebung können mich nicht über diese Wahrheit hinwegtäuschen. Ich habe zu nichts mehr Lust, und jede kleine Anstrengung ermüdet mich. Meine einzige Hoffnung ist die, einen guten Tod zu sterben ... Und dabei hatte man mir noch mindestens zwei Jahre versprochen ...

Aber es ist wohl grausam von mir, einem so aktiven und energischen Menschen wie Ihnen mit diesen Dingen zu kommen ... Um so grausamer, als der Gedanke an meinen Tod für Sie eine gewisse Beunruhigung bedeuten kann. Wie weit ist das alles von mir abgerückt! Ich bewege mich mühsam in einer künstlichen Welt, in der die Zeit sich selbst aufhebt und auch der Eindruck der jüngsten Ereignisse sich rasch verwischt ...

Teilen Sie mir doch bitte mit, was ich unternehmen kann, damit Sie sich mein Testament aushändigen lassen können. Vielleicht genügt da eine Vollmacht? Ich bin so matt, daß es mir keine Freude mehr machen kann, Sie zu quälen ...

Pater Finlay sagte mir kürzlich, daß man soviel Gutes wie möglich tun müsse, bevor man diese Erde verläßt ... Nun ist es mir aber nur mit Ihrer großzügigen Hilfe möglich, Gutes zu tun. Es würde mir bestimmt viel leichter fallen, meine Leiden zu ertragen, wenn Sie ebensoviel Interesse für wohltätige Werke aufbringen könnten wie ich ... Würde es Ihnen zum Beispiel Freude machen, den Waisen von Auteuil ein wenig zu helfen? Ein Scheck über zwanzig Millionen wäre doch kein großes Opfer für Sie ... Und für mich wäre es eine ungeheure Beruhigung, die Empfangsbescheinigung sehen zu dürfen, bevor es zu spät ist ...

Meine Hand wird müde. Die letzte Bluttransfusion hat mich doch sehr geschwächt ...

Ihre Freundin ...

P.S. Mein Testament ist bei dem Notar Chardois in Paris hinterlegt.

Paris, 4. Oktober 1949

Madame Paul Canova
an Madame Christian Magny, San Francisco.

Meine Liebe,
der Inhalt Ihres letzten Briefes war sehr schmerzlich für mich. Ich hoffe von ganzem Herzen, daß es Ihnen jetzt etwas besser geht.

Aber ich will Sie nicht mit langen Ausführungen ermüden, sondern Ihnen gleich eine gute Nachricht verkünden: Ihre kleinen Waisenkinder sind beschenkt worden, wie Sie aus den einliegenden Papieren ersehen können. Mir hat diese Stiftung eine erstaunliche Freude bereitet. Sie hat mich geradezu verjüngt, und dafür muß ich Ihnen danken.

Ich habe mir erlaubt, diesem Brief den Vordruck einer Vollmacht beizufügen, um den Sie mich freundlicherweise baten. Senden Sie ihn mir rasch, mit Ihrer Unterschrift versehen, zurück. Ich umarme Sie für diesen Liebesbeweis! Aber vergessen Sie nicht, mir das Dokument zu schicken.

Recht gute Besserung, meine Liebe!

Ihre Ihnen herzlich ergebene ...

San Francisco, 19. Oktober 1949, Santa-Clara-Klinik
Madame Christian Magny
an Madame Paul Canova, Paris.

Meine liebe Freundin,
Dank für Ihre großzügige Tat! Ich habe es nicht anders von Ihnen erwartet, und ich hoffe, daß sie Ihnen Glück bringen wird.

Ich fühle mich immer schwächer und verliere zuweilen das Bewußtsein ... Auch das Schreiben fällt mir sehr schwer ...

Warum haben Sie eigentlich diesen Vordruck geschickt?

Herzlichst Ihre ...

Paris, 31. Oktober 1949
Madame Paul Canova
an Madame Christian Magny, San Francisco.

Meine Liebe,
ich flehe Sie an, die von mir erbetene Vollmacht zu unterzeichnen und mir zurückzuschicken. Ich habe nicht die Zeit, Ihnen die Gründe auseinanderzusetzen und würde Sie damit auch nur ermüden; aber glauben Sie mir, es ist wichtig! Mein Leben hängt daran! Machen Sie sich diese kleine Mühe, meine Liebe, der Himmel wird Sie dafür belohnen ...

Ihre Vera, die voller Ungeduld Ihre Antwort erwartet.

San Francisco, 15. November 1949, Santa-Clara-Klinik
Madame Christian Magny
an Madame Paul Canova, Paris.

Meine liebe Freundin,
ich muß diese Zeilen einer Krankenschwester diktieren. Wie gern würde ich Ihnen einen Gefallen tun, aber ich habe nicht

mehr die Kraft, selbst die Feder zu halten ... Man müßte mir die Hand führen ... Pater Finlay meinte, daß dies nicht den Vorschriften entspräche, und darum habe ich Bedenken. Sobald es mir wieder besser geht, werde ich Ihrem Wunsch nachkommen ...

Ihre Freundin ...

Paris, 22. November 1949

Madame Paul Canova
an Madame Christian Magny, San Francisco.

Ich flehe Sie noch einmal an, meine Liebe! Ich bin selber krank ... Lassen Sie sich die Hand führen, wenn es nicht anders geht; Ihre Skrupel will ich Ihnen gerne abnehmen! Ich flehe Sie an! Beeilen Sie sich! Mein Leben steht auf dem Spiel!

Mit innigen Grüßen ...

San Francisco, 5. Dezember 1949, Santa-Clara-Klinik

Madame Christian Magny
an Madame Paul Canova, Paris.

Meine liebe Freundin,
auch heute muß ich Ihnen wieder durch meine Pflegerin schreiben. Ich werde bald die Sterbesakramente empfangen. Wie lange dauert so ein Tod! Leben Sie wohl! Vergessen Sie nicht, mich in Ihre Gebete einzuschließen ...

Ich umarme Sie.

P.S. Man sagte mir, daß Sie versucht haben, mich telefonisch zu erreichen ... Das war leider vergebliche Mühe, ich habe keinen Apparat in meinem Zimmer.

Das Mädchen hat eine Flasche mit Jodtinktur auf den

Vordruck der Vollmacht fallen lassen. Schade. War diese Sache wirklich so wichtig?

Schicken Sie mir doch bitte rasch ein zweites Exemplar ...

Kitzbühel, 3. Dezember 1949

Madame Christian Magny
an Maître Chardois, Notar, Paris.

Sehr geehrter Maître Chardois,
Sie werden demnächst in einigen Pariser Zeitungen meine Todesanzeige lesen. Selbstverständlich wird diese Mitteilung nicht der Wahrheit entsprechen. Ich möchte nur ein paar guten Freunden, die sich über diese Nachricht freuen würden, einen liebevollen Streich spielen.

Sie werden in Ihrem Beruf sicherlich schon grausamere Scherze erlebt haben. Ich wäre Ihnen jedenfalls unendlich dankbar, wenn Sie das Geheimnis bis auf weiteres bewahren würden.

Mit bestem Dank im voraus und vielen freundlichen Empfehlungen ...

11

Auszug aus der Dépêche vom 17. Dezember 1949

Todesfälle
Entsprechend dem letzten Wunsch der Entschlafenen geben wir hiermit bekannt, daß Madame Christian Magny nach langem, schwerem Leiden, versehen mit den heiligen Sterbesakramenten, am 13. Dezember in San Francisco gestorben ist.

Paris, 20. Dezember 1949
Der Leiter der Todesfall-Abteilung der Versicherungsgesellschaft La Familiale
an den Leiter der Todesfall-Abteilung der Versicherungsgesellschaft La Salvatrice, Lausanne.

Betrifft: Fall Canova.

Sehr geehrter Herr Direktor,
anliegend übersende ich Ihnen die Abschrift eines sechsten von Inspektor André Béluin unterzeichneten Berichts. Wie Sie wissen, hatte die Untersuchung des Falls bisher zu keinem Ergebnis geführt; Sie werden aus dem Bericht entnehmen, daß wir unsere Bemühungen nunmehr wohl als endgültig gescheitert ansehen müssen.

Paris, 19. Dezember 1949
Auf die Nachricht hin, daß Madame Canova den Wunsch geäußert habe, den mit der Untersuchung des Falls betrauten Inspektor am Abend zu sprechen, begab ich mich am 18. Dezember gegen zweiundzwanzig Uhr in die Wohnung dieser Dame auf der Avenue de l'Observatoire.

Madame Canova, die ich in ihrem Arbeitszimmer antraf,

war bei meiner Ankunft damit beschäftigt, in ihrem Kamin die letzten Banknotenbündel ihres Vermögens zu verbrennen, das sie sich in den vorhergehenden Tagen von den Banken in bar hatte auszahlen lassen (etwa einhundertfünfundvierzig Millionen Francs).

Obwohl Madame Canova leidend aussah, empfing sie mich sehr liebenswürdig. Ich fragte sie nach den Gründen ihrer erstaunlichen Handlungsweise, und sie erwiderte lächelnd: »Ich habe Ihnen bis heute abend viel Ärger gemacht, Herr Inspektor, und ich bitte Sie dafür um Entschuldigung. Ich habe Sie nicht etwa hergebeten, um mich in irgendeiner Weise über Sie lustig zu machen: wenn ich dieses Geld verbrenne, so deshalb, weil es mir gehört, weil ich viel Mühe darauf verwandt habe, es zu bekommen, weil ich niemanden habe, dem ich es hinterlassen könnte, und weil ich bald sterben werde ... Nehmen Sie keinen Anstoß an diesem Feuer; es brennt nicht um Ihretwillen, und Sie erleiden dadurch keinen persönlichen Verlust. Dieses Vermögen hat keinem Menschen Glück gebracht; es ist darum nur recht und billig, wenn es jetzt in Flammen aufgeht ...

Aber ich habe auch eine gute Nachricht für Sie: der Fall Canova wird demnächst aufgeklärt werden – übrigens ohne daß ich das mindeste dazu beitrage ... Diese Aufklärung wird für Sie eine berufliche Genugtuung bedeuten, denn Sie werden feststellen können, daß Sie auf der richtigen Spur waren, und daß es bestimmt nicht ein Versagen Ihrerseits war, wenn Sie diese Spur nicht bis zu Ende verfolgen konnten ...«

Als ich Madame Canova bat, sich etwas deutlicher auszudrücken, lenkte sie vom Thema ab; aber ich konnte ihren Worten entnehmen, daß sie die Absicht hatte, ihrem Leben ein Ende zu machen ...

Wir haben dann bei einem Glas Portwein über allerlei andere Dinge gesprochen, während sie mit einem Schürhaken in der Asche stocherte.

Als ich ihr im Verlauf unserer Unterhaltung erzählte, daß

Madame Magny sich zur Zeit in Kitzbühel aufhält und demnächst einen Bergführer heiraten wird, richtete sie plötzlich einen entsetzten Blick auf mich und fiel in Ohnmacht.

Es war nicht ganz einfach, sie wieder zu sich zu bringen. Als sie das Bewußtsein wiedererlangt hatte, sagte sie unter Schluchzen und nervösem Lachen mehrere Male: »Mein Gott! Mein Gott! Wie dumm war ich!«

Dann jedoch schien sie sich erstaunlich schnell von diesem Anfall zu erholen.

Als sie mich zur Tür begleitete, meinte sie fast scherzend: »Ja, Herr Inspektor, mir scheint, ich habe Sie nur hergebeten, um Ihnen einen Unglücksfall vorzuführen. Seien Sie mir bitte deshalb nicht böse und beruhigen Sie sich: ich werde noch lange leben, denn ich muß noch einmal ganz von vorn anfangen! Und was das Geheimnis des Falls Canova betrifft, so dürfte seine Aufklärung vorerst hinausgeschoben sein: überlassen wir sie unseren Enkeln!«

Trotz der Komplimente, die Madame Canova mir wegen meines Spürsinns gemacht hat, fällt es mir doch schwer, für diese Zusammenhänge eine befriedigende Erklärung zu finden ... Da sich jedoch der Betrag der Versicherungssumme in Rauch aufgelöst hat, ist es wohl überflüssig, jetzt noch nach Erklärungen zu suchen.

Immerhin möchte ich mir die Bemerkung erlauben, daß Madame Canova wohl besser ohne uns ›noch einmal von vorn anfangen‹ sollte!

Kitzbühel, 20. Januar 1950

Madame Christian Magny
an Madame Paul Canova, Paris.

Liebe Madame Canova,
hierdurch möchte ich Ihnen meine bevorstehende Vermählung mit einem braven Burschen aus diesem reizenden klei-

nen Ort bekanntgeben, in dem ich mich nun nach langen Irrfahrten niedergelassen habe. Mein zukünftiger Mann ist nicht sehr intelligent, aber dafür besitzt er viele andere gute Eigenschaften und, was das Wichtigste und Erstaunlichste ist: ich liebe ihn. Es ist das erstemal in meinem Leben, daß ich einen Mann wirklich liebe. Die ganze Welt erscheint mir neu, und meine Vergangenheit kommt mir immer fremder vor; es ist, als wolle sie sich endgültig und für alle Zeiten von mir ablösen.

Im Frühjahr wollen wir nach Paris kommen, und dort werde ich dann das verhängnisvolle Testament vernichten. Ich tue es für Sie, die nun wohl genug unter meinen Kindereien gelitten hat, und ich tue es vor allem für meinen Mann. Wenn ich plötzlich sterben sollte – wie lange spreche ich schon davon! –, so möchte ich um jeden Preis vermeiden, daß seine Familie in einen Skandal verwickelt wird. Diese österreichischen Bauern sind nun einmal nicht in der Lage, derartige Enthüllungen ohne schwere Erschütterungen hinzunehmen.

Ich versichere Ihnen, daß es mir mit diesem Versprechen wirklich ernst ist. Jede Komödie hat einen letzten Akt, und auch diese wird keine Ausnahme von der Regel machen: sie bringt ein happy end!

Jetzt bleibt mir nur noch die Aufgabe, Sie um Verzeihung zu bitten. Ich tue es, um mein Gewissen zu erleichtern, obwohl ich befürchten muß, daß Sie mir Ihre Verzeihung nicht gewähren und ich im übrigen weiß, daß ich sie nicht verdiene.

Aber vielleicht würden Sie mich weniger hassen, wenn Sie wüßten, wieviel Überwindung es mich oft gekostet hat, Sie zu quälen. Diese mühsame Ausführung meiner seit langem bis ins einzelne ausgearbeiteten Pläne muß wohl eine Art kindlichen Gerechtigkeitsdrang in mir befriedigt haben ... Jedenfalls versuche ich es mir so zu erklären, denn, ehrlich gesagt, ich verstehe das alles nicht mehr ...

Heute verstehe ich nur noch, daß man nicht umhin kann,

Sie zu lieben und zu bewundern. Sie sind faszinierend wie ein Vorbild, dem man nacheifern möchte, um dann doch aus Scham oder Schwäche diesen Versuch aufgeben zu müssen. Schließlich träumt man davon, dieses Vorbild zu vernichten, um sich damit gewissermaßen von einem stummen Vorwurf zu befreien ...

Im letzten Juni saß ich einmal beim Abendessen auf der Terrasse des King George Hotels in Athen, von der man ein einzigartiges Schauspiel genießt: ganz unten ein buntes Gewimmel von Lichtreklamen, ein wenig höher das breite dunkle Band des Himmels und darüber, in einem sanften Licht, das Parthenon, das gleichsam in der Nacht zu hängen scheint ...

Dieser Kontrast, ein Symbol des Griechenland von heute, fesselte mich jedoch nicht so sehr wie der Anblick des Tempels, der als Inbegriff des Griechentums gilt. Ich mußte daran denken, wie diese Stadt einst die Welt eine Demokratie lehren wollte und wie die Welt – zum Glück für die Entwicklung der Kunst! – diese Lehre mehr als zweitausend Jahre lang abgelehnt hat. Und es berührte mich eigenartig, daß von diesem Stadtstaat par excellence heute nur noch ein Meisterwerk erhalten ist, ein Meisterwerk, das durch eine rein kolonisatorische Ausbeutung der Verbündeten Athens zustandekam ...

Wieviel an Raub, Tränen und Verachtung birgt doch der kleinste Stein dieses Wunderbaus! Und wie richtig ist es doch, die Theorie beseite zu lassen, wenn die Schönheit durch die Befolgung der Theorie Einbuße erlitte!

Aber mir wurde bei diesem Anblick auch bewußt, wie unsinnig es von mir war, Ihnen soviel Angst zu machen ... Warum habe ich nicht schon früher die Lehren des Perikles befolgt?

Ich wünsche Ihnen ein gutes neues Jahr, Madame. Morden Sie nicht zu oft: selbst wenn es den ›guten Sitten‹ entsprechen sollte, müßte ich Sie darum weniger lieben.

Ihre getreue ...

Paris, 2. Februar 1950

Madame Paul Canova
an Madame Christian Magny, Kitzbühel/Österreich.

Liebe Madame Magny,
Ihnen war im voraus verziehen: damit sei Ihnen gesagt, daß ich stets gern davon Abstand genommen habe, Ihnen Schaden zuzufügen, wenn ich mir keinen Vorteil davon versprechen konnte.

Den Fortschritt Ihrer Entwicklung, die mir nun fast vollendet scheint, nahm ich mit Freude zur Kenntnis. Es war also die Liebe, die Ihnen die Augen geöffnet hat! Verläßlicher wäre mir allerdings die Vernunft erschienen ...

Doch lassen wir das; Sie sind eine echte Frau! Und diesmal wäre ich wirklich undankbar, wenn ich mich darüber beklagen wollte ...

Mit meinen besten Grüßen, liebe Madame Magny ...

Auszug aus der Dépêche vom 23. März 1950

Dramatisches Bergunglück bei Kitzbühel
Eine Frühjahrslawine hat im österreichischen Teil Tirols eine Gruppe von Skiläufern unter sich begraben. Vier Personen werden als vermißt gemeldet: Herr und Frau Richter aus Kitzbühel sowie ein englisches Touristenehepaar, dessen Namen uns noch nicht übermittelt wurden.

Da die Bergverhältnisse zu dieser Jahreszeit zu unsicher sind, mußten die Nachforschungen nach den Vermißten abgebrochen werden. Mit einer Wiederaufnahme ist erst nach Eintreten der Schneeschmelze zu rechnen.

Herr Richter war ein beliebter Bergführer, dessen Tod allerseits als Verlust empfunden wird. Der Name seiner Frau, der früheren Madame Magny, wurde seinerzeit anläßlich der Affäre Canova in allen Zeitungen genannt.

Paris, 24. März 1950

Madame Paul Canova
an Maître Chardois, Notar, Paris.

Sehr geehrter Herr Notar,
hierdurch bitte ich Sie, mir freundlichst mitteilen zu wollen, für welchen Zeitpunkt die Eröffnung des Testaments Ihrer Klientin, Madame Richter, vorgesehen ist, die kürzlich anläßlich eines Bergunglücks als vermißt gemeldet wurde. Ich nehme doch an, daß diese Formalität keine Verzögerung erfahren wird, obgleich der Umstände halber keine offizielle Beisetzung stattfinden kann.

Mit dem Ausdruck vorzüglicher Hochachtung und dem besten Dank für Ihre Bemühungen im voraus ...

Paris, 26. März 1950

Maître Chardois, Notar,
an Madame Paul Canova, Paris.

Sehr geehrte gnädige Frau,
hinsichtlich der Testamentseröffnung von Madame Richter teile ich Ihnen mit, daß hierfür zunächst die Auffindung der Leiche abgewartet werden muß, auch auf die Gefahr hin, daß dadurch eine ungewöhnliche Verzögerung der legalen Formalitäten eintritt. In einem solchen Fall kann das Gericht sich nicht mit Vermutungen begnügen.

Sie werden sich also, sehr geehrte gnädige Frau, bis zur Schneeschmelze gedulden müssen, die uns dann hoffentlich die erforderliche Gewißheit verschaffen wird.

Mit den besten Empfehlungen ...

Paris, 18. April 1950

Madame Paul Canova
an das Fremdenverkehrsbüro Kitzbühel/Österreich.

Sehr geehrte Herren,
da ich die landschaftlichen Schönheiten, die Tirol zu bieten hat, ganz besonders schätze, bitte ich Sie hiermit um die freundliche Mitteilung, in welchem Monat die klimatischen Verhältnisse in Ihrer Gegend es frühestens gestatten, größere Bergtouren zu unternehmen. Verfügen Sie wohl über gewisse Hinweise, aus denen sich mit einiger Sicherheit der diesjährige Termin der Schneeschmelze voraussagen läßt?

Mit bestem Dank für Ihre Bemühungen im voraus und verbindlichen Grüßen

Ihre . . .

Auszug aus der Dépêche vom 29. Mai 1950

Aus Kitzbühel
Aus Kitzbühel wird die Auffindung der Leichen von Herrn Richter und Mr. und Mrs. Nicolson gemeldet, die, wie wir bereits in unserer Nummer vom 23. März berichteten, von einer Lawine verschüttet worden waren. Obgleich die Schneeschmelze fast beendet ist, wurde von Frau Richter bisher keine Spur entdeckt. Über die Gründe ihres Verschwindens sind die verschiedensten Vermutungen laut geworden.

Auszug aus der Dépêche vom 5. Juli 1950

Aus Kitzbühel: Neues über das Geheimnis im Fall Richter
Ein Hirt aus der Gegend hat etwa achthundert Meter vom Unfallort entfernt den Körper einer toten Frau entdeckt. Man nimmt an, daß es sich hierbei um Frau Richter handelt.

Der junge Mann war auf einen Fliegenschwarm aufmerksam geworden, der ständig über einer Vertiefung im Felsen schwebte. Als er die Stelle untersuchte, fand er zu seinem Erstaunen eine Frauenleiche, die fast vollständig durch Geröll verdeckt war.

Die österreichische Polizei bemüht sich zur Zeit um die Aufklärung der Frage, wer der Verstorbenen so voreilig diesen letzten Dienst erwiesen hat. Vor allem erscheint es rätselhaft, warum sämtliche Gegenstände, die zu einer raschen Identifizierung der Leiche führen könnten, verschwunden sind.

Eine wissenschaftliche Untersuchung des Gebisses, die zur Zeit vorgenommen wird, dürfte jedoch in Kürze Gewißheit über diesen Fall bringen.

Schriftliche Erklärung, welche die Polizei am 7. Juli 1950 in der Wohnung von Madame Canova vorfand

Im Oktober 1939 wurde ich als Assistentin der orthopädischen Abteilung für Kinder am Moskauer Zentralkrankenhaus zugeteilt. Jetzt, da ich nur noch wenige Stunden zu leben habe, sehe ich wieder folgendes Bild vor mir: lange Reihen von Betten mit kleinen deformierten, von Schmerzen gequälten Körpern ... Zu jeder Tages- und Nachtstunde ertönte ein wahres Konzert von Jammerlauten aus diesen Betten. Einige Kinder stöhnten leise vor sich hin, andere stießen ab und zu scharfe Schreie aus und wieder andere wimmerten ununterbrochen, daß es einem das Herz zerreißen konnte ... Viele waren so erschöpft, daß sie schwiegen; es sah aus, als dächten sie nach. Das waren die bedauernswertesten: sie hingen an unseren Blicken mit den Augen eines verwundeten Tieres, das nicht verstehen kann, was ihm geschehen ist.

Eines Abends fragte ich den Oberarzt: »Wie kann Gott so etwas zulassen?«

Der Oberarzt war ein alter Mann, der die Zarenzeit, die Revolution, die NEP und die Diktatur gesehen hatte ... Er hatte das alles überlebt, warum, wußte keiner zu sagen – vielleicht hatte seine Gleichgültigkeit ihn beschützt. Er galt als eifriger Kirchgänger.

Meine Frage überraschte ihn. Er musterte mich prüfend, und als er sah, daß es mir ernst damit war, sah er sich vorsichtig um und antwortete dann: »Sie werden diesen Winter Gott im Schrei eines Kindes verlieren ... Sie werden ihn in einer Blume unseres russischen Frühlings wiederfinden.«

Ich habe diese Blume nie zu Gesicht bekommen.

Trotzdem mußte ich mir meine Grundsätze noch einmal sehr eindringlich ins Bewußtsein rufen, bevor ich imstande war, Glassplitter unter das Pulver in einer Medizinkapsel zu mischen; ich hatte geglaubt, daß ein Kinderweinen mir nichts mehr anhaben könne ... Alles andere war einfach.

Es kann sein, daß ich geirrt habe ... In diesem Fall bitte ich die Jungfrau von Kazan, für mich einzutreten. Ihr Sohn muß die Frauen lieben, die guten Willens sind und ihrer Religion treubleiben, selbst wenn es die falsche Religion sein sollte. Vielleicht wird es doch noch eine unverwelkliche Rose für mich geben, an deren Duft ich mich erquicken kann, wenn die Engel sich einmal abwenden ...

Die Polizei kann jeden Augenblick hier sein. Es ist Zeit, daß ich in die Garage gehe, den Motor meines Rolls Royce anlasse und mich hineinlege: in einen Sarg, der meinem Staub angemessen ist.

12

Tours, 28. September 1950

Pater Daniel, S. J.
an Madame Alexandre Magny, Vincennes.

Sehr verehrte gnädige Frau,
ich habe gewartet, daß die traurigen Ereignisse aus dem unmittelbaren Bewußtsein der Öffentlichkeit verschwinden möchten, bevor ich Ihnen das Beileid unserer Patres und zugleich mein eigenes ausdrücken wollte.

Wir erinnern uns hier eines sanften Kindes mit blauen Augen, und dieses Bild ist die einzige Erinnerung, die wir uns bewahren wollen ... Warum mußte der kleine Knabe zum Mann werden?

Und doch trifft ihn nicht die größte Schuld: die Ängste, die er ausgestanden hat, werden vor Gott sein Verbrechen aufgewogen haben. Was aber soll man über die anderen sagen? Wie angesichts eines Geheimnisses gebricht es uns hier an Worten ...

In dieser ganzen Angelegenheit ist etwas, das mit menschlichen Maßstäben kaum mehr zu messen ist und das den Christen in übernatürlichem Entsetzen erbeben läßt: die rücksichtslose Verwendung alles dessen, was es in der Welt an Geheiligtem und Unantastbarem gibt, und das zu niedrigen Zwecken.

Die Vaterliebe, die Unverbrüchlichkeit der Verträge, das Glück des Brautstandes, die Hoffnungen der Mutterschaft, die Heiligkeit der Sakramente, die Freuden der Ehe, die Vorrechte des Gatten, die Gewissenhaftigkeit des Anwalts, die Würde des Gerichts, die Qual der Gewissensbisse, die Angst vor dem Jenseits, die erhabene Tragik der Reue und sogar die Schrecken der Krankheit ... alles das ist auf eine so satanische Weise mit Füßen getreten worden, daß man fast meinen könnte, der Böse habe ein paar Menschen eigens dazu ausgesucht, diese Schöpfung, deren Besitz ihm entwunden ist, mit pathetischem Hohn zu überschütten.

Aber wo sind sie jetzt, diese armseligen Werkzeuge des Bösen, die sich gegenseitig zerstörten, bevor sie sich selber vernichteten?

Eine langjährige Erfahrung in der Seelsorge hat mich erkennen gelehrt, wie unzulänglich, ja fast nichtig alle unsere Bemühungen sind. Gewiß läßt die Erziehung Tugenden aufkeimen, so wie die Erde das Korn; aber damit sie wachsen und gedeihen, bedarf es des Wassers vom Himmel, das zuweilen ausbleibt, wenn man nicht auf die rechte Art darum bittet . . .

Hierin, Madame, liegt das erschreckendste aller Geheimnisse: wir können nichts tun, als in der Stille unserer Herzen beten, und ich bitte Sie, dies mit uns zu tun.

Nein, Madame, Ihr Sohn war keinesfalls das Ungeheuer, als das eine sensationslüsterne Presse ihn hat hinstellen wollen. Für den Schöpfer wie für den Gläubigen gibt es keine Ungeheuer: es gibt nur unglückliche Menschen, die uns nach Maßgabe unserer Unwissenheit erschrecken können.

Richten kann sie allein der, der sie erschaffen hat, der Tag um Tag ihren Lebensweg verfolgt hat, der des Nachts über ihnen wachte und weiß, was sie erlitten haben und an was es ihnen fehlte, so daß sie nicht werden konnten wie wir anderen.*

Es ist ein magerer Trost, den ich Ihnen biete, Madame, und vermutlich wird er die schmerzende Wunde nur von neuem aufreißen.

Ich weiß es: um Ihnen zu helfen, muß man geschickter sein als ich; doch dem Heiland, dessen Mutter Ihre Leiden selbst erfahren mußte, wird es gelingen . . .

* Anmerkung des Bearbeiters: Es scheint, daß Pater Daniel an dieser Stelle einen Gedanken von Charles Baudelaire ein wenig ausschmückt und erläutert.

Für heute seien Sie versichert, daß unser Orden, dem Sie einst Ihr Vertrauen schenkten, Ihren Kummer teilt und Ihnen hiermit den Ausdruck seiner Anhänglichkeit und Achtung übermitteln möchte.

Ihr in Christo ergebener . . .

(Der Brief wurde dem Absender wieder zugeleitet, da die Adressatin inzwischen verstorben war.)

HUBERT MONTEILHET

Der Asche entstiegen

PROLOG

Paris, 1. November 1945

Benjamin Dalsace, Untersuchungsrichter
an Mademoiselle Fabienne Wolf, Hier

Sehr geehrte Mademoiselle Wolf!
Drei Tage nach dem plötzlichen Tod Ihrer Frau Mutter habe ich die Ehre, Ihnen zu versichern, daß ich nicht das geringste Beweismaterial habe, das mir erlaubte, auf Mord, Selbstmord oder Unfall zu schließen. Und im Hinblick auf die besondere Art dieser Angelegenheit scheint es sehr unwahrscheinlich, daß etwa eine spätere Zeit mir diesen Beweis erbringen könnte: entweichendes Gas ist verschwiegen . . .

Meine Leute haben jedoch ein Tagebuch beschlagnahmt, das Ihre Mutter seit ihrer Rückkehr führte – ein Tagebuch! – dieser gewöhnlich sehr seltene Glücksfall für uns Untersuchungsrichter . . . Das Dokument scheint mir die Hypothese des Mordes als die bei weitem überzeugendste zu untermauern, da sowohl Ihr Stiefvater als auch Sie selbst die einleuchtendsten Gründe gehabt haben, zu diesem äußersten Mittel zu greifen. Was die Gelegenheit anbetrifft, so wissen Sie selbst, daß es kaum schwieriger ist, inkognito aus Versailles zurückzukommen, als auf Zehenspitzen in ein unteres Stockwerk zu gelangen, um den Gashahn zu öffnen . . .

Zweifellos werden Sie mir entgegenhalten, daß besagtes Tagebuch mitnichten einen Schuldbeweis darstellt, den eine Jury, die diesen Namen verdient, gegen Sie oder Ihren Stiefvater aufrechterhalten könnte. Ich muß Ihnen recht geben. Aber ich bedauere das nicht. Ich werde es allmählich müde, mit Beweismaterial zu jonglieren, das eines Abends nach endlosen Verhören die Angeklagten zu Geständnissen veranlaßt, die sie am nächsten Morgen widerrufen. Am Ende eines Berufslebens fühlt man sich als Künstler, man bekommt plötzlich Lust, behutsam vorzugehen, und ich werde diese traurige Angelegenheit entwirren, ohne von meinem Schreibtisch aufzustehen, durch Korrespondenz. Ein Triumph der Technik in einem aller Gefühle entkleideten Stil!

Ihren Stiefvater lasse ich zunächst aus dem Spiel. Ich habe ihn heute nachmittag aus Gründen, die mit dem letzten Akt der Tragödie, die uns beschäftigt, nichts zu tun haben, einsperren lassen. Das Gefängnis bekommt ihm nicht: ein stummer Schrecken hat ihn befallen, aus ihm ist nichts herauszubekommen.

So wende ich mich dem leichteren Ende zu: ich schreibe an Sie, die Sie der Sprache noch mächtig sind. Sie werden in dem beigefügten Tagebuch – von dem ich nicht einmal eine Fotokopie zurückbehalten habe – einen fortlaufenden Bericht über die Tage finden, die dem Trauerfall vorausgingen. Es wird Ihnen das langsame, unterirdische Vorrücken der Katastrophe deutlicher machen. Im Laufe der Lektüre werden Sie auf zwei in Frage kommende Mörder stoßen, und Sie werden mir morgen früh sagen, welcher der richtige ist. Ich weiß, daß Sie mir die Wahrheit sagen werden: Sie sind jung, noch eindrucksfähig . . . Tränen sind das Privileg Ihres Alters, und ich wage zu hoffen, daß Sie sie vor mir nicht zurückhalten werden.

Nur Sie allein können mir helfen. Wenn Sie das nicht tun, wird dieser Mord sein, was Sie bestimmen: ein Selbstmord, ein Unfall . . . das ist dann nicht mehr wichtig. Sie sehen, ich mache mich ganz klein, ich liefere mich Ihnen aus, und ich biete Ihnen schließlich noch gute Rückzugsmöglichkeiten an, wenn es sich als nötig erweisen sollte. Ich verrichte meine Arbeit gewissenhaft, aber ich bin kein Menschenfresser.

Mein Bote hat Ihnen das Päckchen wohl gegen 20 Uhr übergeben . . . Ich stelle Sie mir nun vor, bequem hineingeschmiegt in einen der roten Ledersessel des Salons, der Lichtschein fällt von links auf Ihr Profil, damit Ihre schöne Hand keinen Schatten auf diesen Text wirft, der miterlebt hat . . .

Ich wünsche Ihnen eine gute Lektüre . . .

1

29. Juni 1945

Gestern abend an der Gare de l'Est angekommen. Unterwegs mußte ich an die Fahrt denken, die ich damals in entgegengesetzter Richtung in einem Viehwagen machte. Ich hatte mir fest vorgenommen, meine Phantasie in Zaum zu halten, die jüngste Vergangenheit aus meinen Gedanken zu verbannen. Aber wie soll man nicht an etwas denken, wenn man doch die ganze Zeit nur nachgrübelt, wie man es anstellen soll, nicht daran zu denken?

Habe recht und schlecht im Rückkehrerheim geschlafen.

Gleich nach dem Aufwachen bin ich trotz aller Müdigkeit in Paris herumgelaufen. Erinnerungen drohten mich manchmal zu überwältigen, ich konnte der Rührung kaum Herr werden, die mir die Brust zusammenschnürte; aber plötzlich ließ die Erschütterung nach, und ich wurde apathisch, ich konnte einfach nichts mehr empfinden.

Ein seltsames Ereignis im Zug fällt mir wieder ein. In meinem Abteil saßen zwei elsässische Kinder mit ihrer Mutter nahe am offenen Fenster. Der Jüngste, wohl nicht älter als ein Jahr, brüllte, was die Lungen hergaben. Da ich ihm böse Blicke zuwarf in der Hoffnung, ihn dadurch zum Schweigen zu bringen, sagte ihm die Frau, auch ihrerseits mit strengen Augen: »Wenn du nicht aufhörst, werfe ich dich aus dem Fenster, und dann wird dich der Wolf fressen.« Einen Augenblick später ging sie hinaus. Das Baby brüllte lauter als zuvor. Seine kleine Schwester meinte, das Richtige zu tun, ergiff es und warf es zum Fenster hinaus. Der Wolf wartete zwar nicht, aber unser Zug rollte gerade langsam über ein Viadukt, an dem gebaut wurde . . . Und das Ereignis erschütterte mich nicht einmal übermäßig. Wieder ein überflüssiger Mord, war alles, was ich mir damals sagte, und ich ging hinaus auf den Gang, um Ruhe zu haben. Ich muß mich ausruhen.

Heute nachmittag Besuch bei Maître Hardouin. Wenn man jahrelang nur Umgang mit Ungebildeten gehabt hat, ist es angenehm, sich wieder mit einem kultivierten Mann zu unterhalten. Ich wurde fast sofort vorgelassen, man beglückwünschte mich sehr korrekt, daß ich alles überstanden hatte, tat so, als merke man nicht, daß ich sehr verändert war; man fragte nicht zu direkt, was ich alles durchgemacht hatte, aus Sorge, daß ich ihre Neugier als schlechten Geschmack empfinden könnte.

In vertraulichem Ton, der sowohl geschäftlich wie mitfühlend klang, erwähnte Maître Hardouin eine Fülle von Todesfällen: Großeltern, Onkel, Tanten, Vettern, Freunde ... alle waren umgekommen oder doch beinahe alle. Es gab da die amtlichen Todesfälle, die bereits katalogisiert waren, die nur vermuteten, die zahlreichen Vermißten, ohne Hoffnung einer Rückkehr. Dachau, Bergen-Belsen, Strutthof, Buchenwald, Dora, Oranienburg ... eine perfekte Organisation war nötig gewesen, um das zu erreichen. Gewiß war ich auf schlechte Nachrichten gefaßt, aber doch nicht auf so viele. Ich war erschüttert.

Hardouin sagte erstaunt: »Ich dachte, Sie wüßten das schon. Ihre Tochter, Ihr Mann und ich haben neulich die juristische Seite dieser Sintflut besprochen ....«

Sie lebten! Ich hätte ihm um den Hals fallen können. Seit Beginn unserer Unterredung hatte ich in einer Art abergläubischer Furcht mit großer Anstrengung vermieden, ihm die einzige Frage zu stellen, die mir wirklich am Herzen lag, und versucht, die Wahrheit aus seinen unbewegten Zügen zu lesen.

Ich erklärte ihm, daß ich erst am Abend zuvor aus einem Sanatorium im Schwarzwald zurückgekommen sei und daß mein erster Besuch ihm gegolten habe. Er schien mir eher beunruhigt als geschmeichelt zu sein.

»Sie ... Sie haben sich entzweit?« fragte er zögernd.

»Im Gegenteil, ich liebe sie zu sehr!«

Er war noch erstaunter als zuvor, und so klärte ich ihn kurz auf: »Ich brauche einige Wochen, um mein Gleichgewicht wiederzufinden, mich wieder schön zu machen, damit ich ihnen ungefähr so vor Augen treten kann, wie sie mich gekannt haben. Ich bin wie Lazarus, der aus dem Grab aufersteht: man kann von einer Frau nicht verlangen, daß sie in diesem Zustand anziehend ist. Der Verwesungsgeruch muß erst verwehen.«

Hardouin konnte sich von meinen tiefliegenden Augen und weiß gewordenen Haaren überzeugen. Er senkte den Kopf, rieb sich etwas geniert die Nase, als ob er tatsächlich etwas rieche ... »Ich verstehe ... ja, ich verstehe«, murmelte er schließlich. »Sie können auf meine Verschwiegenheit zählen. Ich wünsche Ihnen, daß Sie glücklich wieder auferstehen. Ihr Vermögen wird Ihnen dabei helfen.«

»Mein Vermögen?«

Erleichtert stürzte er sich dann in die verschiedensten Berechnungen. Allem Anschein nach hat mich das Massaker reich gemacht: ich erbe, daß es mir den Atem verschlägt. Während die Opfer ihr Leben aushauchten, wuchs und gedieh der größte Teil ihres Kapitals – in alle vier Winde verstreut – in fachmännischen Händen.

Ich unterbrach ihn, um nach meiner Wohnung, meinem Landhaus und allem, was ich besaß, zu fragen. Er beruhigte mich: »Einige Zeit nach Ihrer Festnahme wurde das alles unter Zwangsverwaltung gestellt, und zwar durch die Oberste Behörde für Jüdische Angelegenheiten. Natürlich wurde die Zwangsverwaltung nach der Befreiung wieder aufgehoben. Ihr Mann wohnt in Ihrer Wohnung.«

Mehr habe ich nicht gefragt und verabschiedete mich, nachdem er mir Geld vorgeschossen hatte. Ich ließ den guten Hardouin gewissermaßen angefüllt mit Millionen zurück ...

Ich war eine ziemlich bekannte Ärztin, und ich möchte mich bald wieder an die Arbeit machen. Was habe ich mit diesem Geld zu tun?

Neun Uhr abends. Es ist Zeit, ins Bett zu gehen. Plötzlich frage ich mich, was wohl Stan machen wird, ob er diese Nacht allein schläft ... schließlich ist Einsamkeit nicht gerade sein Fall, und ich bin immer noch ein bißchen tot.

Ich habe den Eindruck, daß es mir gut tut, diese Tatsachen, meine Überlegungen und Handlungen aufzuschreiben. Mit zweiundvierzig Jahren bin ich zwar über das Alter eines intimen Tagebuches hinaus, aber ich muß mich so schnell wie möglich wieder eingewöhnen, und dazu brauche ich einfach Anhaltspunkte, und sei es nur, um mir selbst zu beweisen, daß ich noch existiere.

30. Juni

Habe mich heute morgen von Le Bigan untersuchen lassen. Ich mußte über eine Stunde warten, und neben mir saß ein aufdringliches Kind, das zur Verzweiflung seiner Mutter um jeden Preis wissen wollte, warum ich auf dem Unterarm Zahlen tätowiert habe.

Ich habe mich unter meinem Mädchennamen anmelden lassen, aber im ersten Augenblick erkannte mich Pierre nicht wieder. Sicher gibt es viele Wolfs, oder wenigstens gab es sie. Aber ich erinnerte ihn an eine Episode unseres alten Flirts während unserer Studienzeit im Quartier Latin, und darauf küßte er mich auf beide Wangen mit einer zu Herzen gehenden Freude, mich gesund wiederzusehen.

Als er das Rezept aufschrieb, fragte er ganz beiläufig: »Hat dir Stan das vermacht?«

Über diese Frage mußte ich lächeln: er konnte meinen Mann nie leiden und traute ihm die schlimmsten Übeltaten zu. Ich antwortete ihm, daß Stan nichts dafür könne, weil ich ihn überhaupt noch nicht wiedergesehen habe und daß ich ihm sogar sehr dankbar wäre, wenn er kein Wörtchen über mein Hiersein verlauten ließe.

Pierre merkte, daß er eine Dummheit gesagt hatte, und zog

sich mit einem Scherz aus der Affäre: »Geh schnell zu ihm und behandle ihn liebevoll! Er verdient es nicht besser!«

Ich sagte ihm, daß ich mich im Lager angesteckt habe, was eine Fülle von Überlegungen bei ihm auslöste: »War es ein gemischtes Lager?«

»Ja und nein ... die Männer bewohnten die eine Seite, die Frauen die andere ...«

»Na, und?«

»Es gab ein Durchgangshaus zwischen den beiden. Wir lebten in einer richtigen Stadt, die in sozialer Hinsicht über alle Einrichtungen verfügte.«

Pierre war starr.

»Und dort haben sie dich eingesperrt?«

»Ich habe mich im Herbst 1944 freiwillig gemeldet.«

»Du willst doch nicht sagen ...«

»Ich will sagen, daß die Frauen in diesem Haus nahezu satt zu essen hatten und daß ich Stan wiedersehen wollte. Wenn ich ihn nicht so geliebt hätte, hätte ich das nicht auf mich genommen und wäre vor Entkräftung gestorben.«

Pierre nahm ein Stück Papier, das auf seinem Schreibtisch herumlag, zerknüllte es mit entschlossenem Blick, wie früher, wenn er in Wut geriet und nicht wußte, an wem er sie auslassen sollte. Als er sich beruhigt hatte, murmelte er: »Dann hätte dein Stan Liebesbeweise erhalten wie vor ihm noch kein Ehemann auf Gottes Erdboden.«

»Ich hoffe, daß er das erst im Himmel erfährt.«

Wir lachten beide. Was hätten wir auch anderes tun sollen?

2. Juli

Ich habe Hardouins Scheck eingelöst. Bin in ein erstklassiges, schalldichtes Hotel gezogen, in ein wahres Sanatorium. Ich kann in meinem Appartement bleiben, soviel und solange ich will, man bringt mir alles, was ich wünsche. Gründe habe ich genug, um meine offizielle Rückkehr noch hinauszuschieben.

Außerdem ist mir völlig klar, daß ich in meinem Zustand diese Ruhe jetzt unbedingt brauche. Jegliche Unterhaltung regt mich auf, Lärm geht mir auf die Nerven. Und weiß Gott, Paris ist laut! Ein ganzes Volk, in dem es von Soldaten wimmelt, vibrierend vor Erregung!

Ich habe eine Reihe raffinierter Genüsse wiederentdeckt, die ich fast vergessen hatte: weiche Bettwäsche, taubeperlte Butter zum Frühstück, heiße Bäder, seidene Wäsche, wohlschmeckende Mahlzeiten, Espresso-Kaffee, helle Zigaretten nach Wahl, ein entgegenkommendes Lächeln auf den Gesichtern, wie es nur Geld hervorzurufen vermag. Aber es ist seltsam, ich genieße alles nicht so, wie ich es erwartet hätte; es scheint, daß der Wohlgeschmack der vertrauten Dinge nicht so lange anhält, daß der Schauer des Genusses schneller vergeht als früher . . . Das muß die Erschöpfung sein.

5. Juli

Es geht mir ein bißchen besser. Ich kann jetzt schon, auf mein Balkongitter gestützt, dem Verkehr auf der avenue Pierre Ier de Serbie zusehen, ohne daß mir in dieser Haltung schwindlig wird wie in den ersten Tagen.

Ich bin nun nach der neuesten Mode angezogen, einer sehr schwungvollen Mode mit kurzen Röcken, die das sehen lassen, was sich bei mir gerade noch zu sehen lohnt.

Vorgestern hatte ich eine lange Sitzung beim Friseur des Hotels und bin als eine andere zurückgekommen: als ich hineinging, hatte ich kein Alter mehr; danach war ich eine Frau, die auf die Fünfzig zugeht. Wie schwer war es, die Nuance meiner Haarfarbe von vor dem Krieg herauszufinden! Schließlich entschieden wir uns für ein recht natürliches Aschblond. Stan muß damit zufrieden sein.

11. Juli

Ich habe mir wieder einige Bücher angeschafft, die mir richtig fehlten, und mein Blutdruck ist bereits weniger schlecht. Meine Brüste werden schon fester. Morgen beginne ich eine Behandlung in einem der besten Kosmetiksalons. Bei all dieser Pflege werde ich vielleicht schließlich wie zweiundvierzig aussehen . . . und warum eigentlich nicht jünger?

14. Juli

Diese Behandlung erscheint mir wirklich durchdacht und intelligent aufgebaut. Sie verbindet verschiedene Methoden miteinander, wirkt äußerlich und auch in die Tiefe. Die Spiegel, an denen ich zuerst vorbeieilte, sind mir nun wieder besser gesonnen, und die früher von mir verschmähte Kunst des Schminkens vermag sicher viel. Ich habe mir auch vorn einen Zahn ersetzen lassen, was die Täuschung noch vollkommener macht.

Aber diese Rückkehr zur Normalität hat etwas Künstliches an sich, was mich beunruhigt.

Die Koketterie war früher nicht meine starke Seite. Die Arbeit nahm mich völlig in Anspruch, und es war nicht so sehr das Gefühl beteiligt als ein Bewußtsein der Hygiene, wenn meine Liebhaber mir an den Wochenenden Augenblicke der Befriedigung und Entspannung verschafften. Sogar bei Stan: ich kann nicht behaupten, daß ich mich am Anfang in große Unkosten gestürzt hätte. Als die Liebe mit der Zeit größer, die Bindung fester wurde, dachte ich erst daran, meinen Reizen nachzuhelfen. Und auch dann noch machte ich mich ohne allzu großen Eifer daran.

Ich beginne, mich zu fragen, ob meine Art zu lieben – damals, als ich frei war – eigentlich sehr weiblich war. Als Arzt spürt man nichts mehr von dem Geheimnis, das den Körper umgibt, und vielleicht unbewußt, auch nichts mehr von seiner Würde. Ich benahm mich zu ungeniert bei diesen

Gelegenheiten, um mich wirklich als Frau hingeben zu können. Und nun, da ich nichts anderes zu tun habe, als eine äußere Schönheit wiederzuerlangen, die der Wahnwitz zerstörte, fühle ich mich mehr als Frau denn je zuvor. Die Umstände zwingen mir das Hauptanliegen meines Geschlechtes auf. Das Leben ist verwirrend.

Nach dem Abendessen bin ich ausgegangen. Unterwegs stieß ich auf tanzende Paare. Einige hatten in ihrem Blick eine jugendliche Unbekümmertheit, die mir gefiel.

15. Juli

Besuch bei Reverdi meiner Nase wegen, an der mich die Narbe stört. Das ist leicht in Ordnung zu bringen. Einige Tage Klinikaufenthalt werden genügen.

Aber dieser gewinnsüchtige Reverdi versuchte, mich zu lohnenderen Unternehmungen zu verführen. Er ließ eine ganze Galerie Nasenformen vor mir Revue passieren, alte und neue friedlich nebeneinander. Die Wirkung war nicht zu leugnen, der Kommentar vielversprechend: »Sie sehen hier, liebe Kollegin, die augenblicklichen Möglichkeiten der Schönheitschirurgie. Die Folgen eines barbarischen Kolbenhiebes zu beseitigen ist nicht schlecht; eine Nase nach den Wünschen des Kunden zu formen, eine Nase nach Maß gewissermaßen, ist besser.

Ihre Züge sind regelmäßig. Ihre Nase völlig gerade: ich würde mich nicht unterfangen, diese Art Schönheit zu kritisieren, seit dem Altertum wird ihr Loblied gesungen. Mein berufliches Gewissen jedoch hält mich an, Ihnen nicht zu verschweigen, daß die griechische Nase passé ist. Die heutige Mode liebt die originelle, persönliche, leicht schelmische Nase. In einer allmählich langweilig werdenden Welt soll die weibliche Nase durch ihre ganz besondere Anmut Aufmerksamkeit erregen. Was hielten Sie von einer wirklich pariserischen Nase?«

Ich verzog den Mund.

»Hätten Sie vielleicht eine jüdische Nase?« fragte ich, ohne zu lächeln.

Der gewissenhafte Reverdi war fassungslos. »Äh ... wenn es sein muß ... alles ist möglich ... obgleich ich eigentlich mehr Übung in der umgekehrten Operation habe.«

»Es gibt viele Arten sogenannter Judennasen«, fuhr ich fort. »Wenn ich alles bedenke, möchte ich eigentlich, daß Sie mir mit einem leichten Schwung die äußerste Spitze hier etwas abwärts drücken. Oh, wenig, ganz leicht nur. Aber es gibt viele nichtjüdische Wolfs. Ich möchte gern, daß selbst der größte Dummkopf auf den ersten Blick erkennt: ›Kein Zweifel, sie ist gezeichnet, sie ist eine.‹«

Mein Reverdi trat von einem Bein aufs andere. Seine Verlegenheit war komisch. Nach ungläubigem Zögern konnte er die Bemerkung nicht zurückhalten: »Also, wenn ich recht verstehe, möchten Sie unbedingt jüdisch aussehen.«

»Ich hatte ein wenig vergessen, daß ich es bin. Auf sehr harte Weise wurde ich daran erinnert. Dem will ich mich nicht mehr entziehen.«

Reverdi ist intelligent. Er sah mich mit einer Bewunderung an, die mich freute, und sagte schließlich lächelnd: »Ihr werdet nicht so schnell aussterben, ihr Juden!«

»Wenn wir Lust dazu bekommen sollten«, gab ich zurück, »würde man es uns nicht erlauben.«

»Also gut, abgemacht!« schloß Reverdi. »Ich werde Ihnen eine jüdische Nase machen, die die Zeiten überdauert.«

Morgen gehe ich in die Klinik.

•

19. Juli

Ich bringe Stunden damit zu, mir auszudenken, wie es mir jetzt ginge, wenn ich in Stans Armen geblieben wäre, anstatt Ferien zu machen. Das sind so Überlegungen, die zu nichts führen.

Wieder einmal war ich nahe daran, ihm zu schreiben, und tat es dann doch nicht. Was sollte ich ihm sagen? Eine Krankheit ist im Grunde keine Ausrede für das Nichterscheinen, für die Weigerung, sich ansprechen zu lassen. Und wie könnte ich ihm gestehen, daß ich Zeit brauche, um wieder begehrenswert zu werden? Wenn ich ihn wiedersehe, ist es immer noch Zeit, mir eine Lüge einfallen zu lassen . . .

21. Juli

Ging heute abend in die Salle Pleyel, um Mozart zu hören. Früher war ich nicht sehr musikbeflissen. Und doch habe ich heute diese Musik aus tiefstem Herzen genossen. Ihr entströmte ein solcher Glaube an das Leben, ein solcher Optimismus, dieser höhere Optimismus derer, die mit ihrer Liebe trotz allem alles umfangen wollen. Danke, Mozart!

Am Schluß des Programms wagte sich das Orchester an ein kurzes Stück Zwölftonmusik. Es war aufregend! Neben mir geriet ein sehr modischer Herr in Ekstase. Er konnte nicht mehr an sich halten und sagte, sich zu mir neigend: »Was für eine Technik, nicht wahr?«

»Ja«, antwortete ich, »schön wie ein Rädchen beim Zahnarzt.«

Damit war die Unterhaltung beendet.

Beim Hinausgehen folgte mir ein amerikanischer Unteroffizier. Wenn es auch ein riesiger Neger war, so ist die Tatsache an sich doch ermutigend.

24. Juli

Ich kann nicht damit rechnen, daß ich auf unbegrenzte Zeit jeden Tag schöner werde. Jede Technik hat eine Grenze, die man nicht ohne Nachteile überschreitet. Ich muß aufpassen, daß ich mir keinen Zwölftonkopf zurechtzimmern lasse.

Der Gedanke, ich könnte Stan enttäuschen, quälte mich

ständig. Er wird mich etwas magerer finden, aber diese Magerkeit entwickelt sich zur Schlankheit, die durchaus anziehend wirkt. Es ist nicht zu leugnen, daß Stan mich zu dick gekannt hat. Mein Gesicht ist es, was mich beunruhigt. Man könnte nicht einmal behaupten, daß es viel häßlicher geworden sei, aber die Züge sind verändert, sind härter geworden, und ich sehe nur zu gut, daß es die Schminke ist, die sie weicher erscheinen läßt.

Meine Augen, das stimmt, sind so blau wie früher ... Ich denke daran, wie Stan mir eines Abends gesagt hat: »Man soll eine Frau mit schönen Augen heiraten. Dann wird immer, was auch kommen mag, etwas zu lieben übrigbleiben.«

Aber als ich ihn nahm, so wie er damals war, machte er mir auch mit der Schamlosigkeit, die ihm so gut stand, eine schreckliche Eröffnung: »Ich habe manchmal mit einer Frau für Geld geschlafen; ich habe noch nie mit einer Frau geschlafen, die mir nicht gefiel. Da hatte ich meinen Stolz!«

Muß ich wünschen, daß er seinen Stolz runtergeschraubt hat?

2

28. Juli

Der Augenblick der Rückkehr naht. Ungefähr in vierzehn Tagen werde ich wahrscheinlich vorzeigbar sein und außerdem völlig geheilt.

Und trotz allem habe ich Angst... Wie wird er mich empfangen? Wenn ich ihm nicht mehr gefiele, würde er es mich so schnell fühlen lassen! Und ich? Ließe ich es mir bieten, aus Barmherzigkeit aufgenommen zu werden, wie ein Möbelstück, das seinen Zweck nicht mehr erfüllen kann, das man aber als Andenken aufhebt?

Es gibt viele Arten der Verführung, die körperlichen Reize sind nicht die einzigen. Werde ich je wieder ungezwungen, entspannt, nachsichtig sein können? In einem Märchen las ich, daß wertvolle Charaktere sich in Prüfungen stählen und liebenswerter daraus hervorgehen. Aber die Deportation war dem Verfasser wohl unbekannt.

Stan und ich haben einige Jahre gemeinsamer Erinnerungen, aber kann aus alten Erinnerungen neue Liebe erstehen? Wie schwer wiegt die Vergangenheit? Was kann sie mich lehren, das ich bei Gelegenheit benutzen könnte? Hätte ich früher Stan besser zu ergründen gesucht, statt mich dahintreiben zu lassen, ohne der vorbeifliegenden Jahre zu achten, dann könnte ich mich heute besser verteidigen! Gerade jetzt müßte ich ihn so gut kennen, um jeden schweren Fehler vermeiden zu können...

Was weiß ich tatsächlich von diesem Mann? Ich habe so lange und intensiv an ihn gedacht, daß sein Bild sich in mir verändert hat, wohl schöner, aber auch verschwommener geworden ist. Ich sehe sein Gesicht weicher vor mir, wie ein Pastell. Nur einige flüchtige Einzelheiten fallen mir ein: die Andeutung eines Lächelns, die Art einer Betonung, eines Blickes. Es gibt Augenblicke der Gemeinsamkeit, die sich tief in mich hineingegraben haben, andere, vielleicht wichtigere, habe ich vergessen. Die Wege der Erinnerung sind willkürlich.

Auf jeden Fall werde ich nie vergessen, wie wir uns kennenlernten.

Es war im Klub, an einem Sonntag abend im September 1938. Ich war wie gewöhnlich gekommen, um mich bei einigen schnellen Partien zu entspannen, da mir die Zeit fehlte, an Turnieren teilzunehmen. Aber es war schon spät und kein anständiger Partner in Sicht. Ich wollte gerade wieder gehen, als ich meines künftigen Geliebten ansichtig wurde. Er saß brav etwas abseits und schlug eine Unzahl von Varianten in einem zerlesenen Band nach, ohne sich überhaupt um das Schachbrett zu kümmern. Ich witterte den Berufsspieler.

Ich sah diesen jungen Mann zum erstenmal und bekam sofort Verlangen nach ihm. Wie kommt so etwas wohl zustande? Zwar sah er gut aus, obgleich sein Äußeres einem abgemagerten Kater glich. Aber das Wesentliche ist nicht zu erklären, ist nicht ohne Herumrederei in Worte zu fassen.

Ich ging entschlossen auf ihn zu und schlug ihm einige Blitzpartien vor. Er stand höflich auf, betrachtete mich und wies schließlich darauf hin, und zwar zurückhaltend und auffordernd zugleich, daß er für Geld spiele. Der Hinweis erstaunte mich nicht. Ich erinnere mich, daß mir beim Anblick seiner schlechten Kleidung ein beinahe gemeiner Gedanke kam: Ich sagte mir, daß das die Eroberung noch beschleunigen könnte.

Wir machten Dreiminuten-Spiele aus, das brachte dem Gewinner am meisten ein. Es war eine Freude zu sehen, wie seine schlanken Finger die Figuren aufnahmen oder ruhig auf den Hebel der Uhr drückten. Jede seiner Bewegungen war von einer Schnelligkeit, Genauigkeit und Ausgewogenheit, die mich entzückte. Es sah aus wie ein kleines Ballett inmitten einer schwarzweißen Szenerie. Obgleich er nur selten auf die Uhrzeiger sah, schien ihm eine Art sechster Sinn zu sagen, wenn meine Fahne untergegangen war. Ab und zu tat ich so, als ob mich seine Technik anwidere, und er gestand mir in scheinbar gutem Glauben ein oder zwei Unentschieden zu, um mich zu ermutigen, noch einige Partien zu verlieren. Ich bewunderte ihn länger als eine Stunde.

Es war nach Mitternacht, als ich ihn diskret zwei Schritt von dem Aushang entfernt bezahlte, auf dem die interessanten Spiele verfolgt wurden. Wir waren beinahe die letzten im Klub, und daraus ergab sich, daß wir zusammen fortgingen und, uns unterhaltend, bis zur avenue Wagram gelangten, die wir in Richtung Etoile hinaufgingen. Er hatte keinen Mantel an und fröstelte, obgleich die Luft draußen mild war.

Auf meine Einladung setzten wir uns in ein Café. Ich fragte ihn aus, während er mit betonter Langsamkeit ein belegtes Brötchen verzehrte, als ob er alle Substanz in sich aufsaugen wolle. Er erzählte mir, daß er Stanislas Pilgrin heiße, staatenlos sei und seit kurzem in Paris lebe. Mehr konnte ich nicht aus ihm herausbringen, und ich muß gestehen, daß ich heute noch nicht viel mehr weiß. Stan läßt sich nicht lange bitten, von sich zu sprechen, aber er geizt mit Einzelheiten und kann reden, ohne irgend etwas zu sagen ...

Er stellte mir auch einige Fragen, aber offensichtlich mehr aus Höflichkeit als aus Interesse. Als wir dann auf Schach zu sprechen kamen, wurde er lebhaft. Wir hatten seine empfindliche Saite berührt. Er erzählte von seinen Enttäuschungen, seinen Hoffnungen, daß er sein Studium für seine Kunst aufgegeben habe und daß der Erfolg auf sich warten lasse.

Ich lud ihn zu einem zweiten Sandwich und einem großen Glas Bier ein, was er ohne Umstände annahm. Er hatte in seiner Art eine unausrottbare Würde wie die Lebenssäfte in Pflanzen, die so schwer herauszudestillieren sind; außerdem hatte er eine Sicherheit, die nur Menschen haben, die ein für allemal über das Gefühl der Schande erhaben sind und die, weil sie an nichts glauben, sich in jeder Situation zurechtfinden.

Ich brachte ihn in meinem Wagen nach Hause. Vor der

Tür schlug er mir vor, mit hinaufzukommen und noch ein Glas zu trinken. Als ich mit der gleichen Unbefangenheit wie er die Einladung annahm, las ich in seinem Blick eine Art achtungsvoller Anerkennung, die ihre Wirkung nicht verfehlte.

Ich erinnere mich an eine nicht enden wollende Treppe, die zu einem ziemlich wackeligen, aber sauberen Atelier führte, das ich bei Kerzenlicht beaugenscheinigte. Stan erklärte, daß dem Vormieter der Strom gesperrt worden sei und daß er sich noch nicht darum gekümmert habe, ihn wieder anschließen zu lassen. Er führte mich in eine enge Küche, wo er mir ein Glas Wasser mit den Worten kredenzte: »Nur ein Schelm gibt mehr, als er hat.«

Ich nippte an dem Getränk, das lauwarm war und nach einem Desinfektionsmittel roch. Plötzlich ließ ich das Glas mit einem Aufschrei fallen: aus einer dunklen Nische mitten in der Wand blickten mich zwei leuchtende Augen an. Stan brachte die Kerze in die Nähe des Dinges, und zu meiner größten Überraschung sah ich in dem unteren Fach eines Speiseschrankes eine zusammengekauerte riesige gelbe Katze mit einem Halsband. Das Tier schien außerordentlich gereizt zu sein.

»Warum schließen Sie um Himmels willen Ihre Katze in einem so engen Raum ein?« fragte ich.

»Damit sie mir nicht davonläuft. Zufällig habe ich sie mir gestern bei einer Concierge ausgeliehen. Man darf Katzen nicht zu nahe ans Fenster lassen.«

»Lieben Sie Katzen so?«

»J . . . ja. Es gibt Zeiten, in denen ich nicht ohne Katzen leben kann.«

Ich drängte ihn, mir die Wahrheit zu sagen, und er gestand, daß er das Tier zu verspeisen gedächte.

»Ich bin augenblicklich in der Klemme«, fügte er erklärend hinzu, »und diese Katze war geradezu aufreizend. Ich habe noch nie eine so dicke gefangen.«

Ich wollte wissen, wie er das Tier umbringen wollte, und er zeigte mir einen großen Sack, der mit einer Schlinge zu verschließen war.

In diesem Augenblick blies Stan die Kerze aus. Ich spürte seine Hände um meinen Hals. Er zog mich enger und enger an sich. Ein Schauder überflog mich, der beim ersten Zusammensein aufreizend wie ein Peitschenhieb wirkt, und ich zeigte ihm meine Dankbarkeit.

Am anderen Morgen steckte ich die Katze in den Sack und brachte sie zurück. Unter dem Vorwand, ihm künftig eine schlechte Schachpartie zu ersparen, verpflegte ich von nun an Stan.

3. August

Wie kam es, daß die Bindung an Stan so eng wurde? Er widmete sich der Liebe mit einer Konzentration, mit einer außerordentlichen Formvollendung, genau wie er sein Schachspiel betrieb, quasi berufsmäßig, überzeugt von der Lebensnotwendigkeit dieser Aufgabe. Aber das war für mich nicht das Wesentliche. Wahrscheinlich mußte ich ihn ganz einfach in dem Maße lieben, wie ich ihm weiterhelfen konnte.

Als ich ihn entdeckte, war er elend und hatte kein Vertrauen zu sich selbst. Allmählich faßte ich den Entschluß, ihm zu helfen, den höchsten Gipfel seiner Kunst zu erreichen. Ich spürte, daß dieser Ehrgeiz Teil seines innersten Wesens war. Ihn zu fördern verschaffte mir einen zusätzlichen Einfluß, wenigstens für eine gewisse Zeit, und außerdem kann man in diesem Fall sagen: mich reizte das Spiel. Ich mußte ihn zu den Turnieren reisen lassen, und jedesmal, wenn der Verband nicht zahlen wollte, bestritt ich die Reise- und Aufenthaltskosten. So war es in San Remo, Hastings, Dubrovnik, Baden-Baden, Leningrad ... Im Februar 1939 wurde er schließlich internationaler Meister und im Juni Großmeister.

Das Wunderbare daran war, daß er bei mir geblieben ist.

Seit dem Frühjahr 1939 verfügte er immerhin über so viel Geld, daß er hätte wegbleiben können, denn er weigerte sich, noch etwas anzunehmen. Aber es muß wohl so gewesen sein, daß er mich nun auch seinerseits liebte, wenigstens in dem Maße, in dem er dazu fähig war. Nichts änderte sich in unseren Beziehungen, sein Eifer ließ kaum nach. Vielleicht verspürte man sogar damals in seinen Umarmungen etwas mehr Zärtlichkeit und etwas weniger Routine. Diese Treue, die nicht vorauszusehen war, machte mich glücklicher als aller Genuß, den ich je durch Männer erfahren hatte.

Im August 1939 kam er unvermutet von einem Match gegen Fedorowitsch zurück und schien außerordentlich verlegen. Ich war gerade zwischen zwei Konsultationen und bat ihn, sich zu beeilen. Er war gekommen, um mir zu danken. Das sah ihm so wenig ähnlich, daß es mir die Sprache verschlug. Und als er vorsichtig aus seiner Tasche eine kleine Porzellankatze zog, die er mir als Symbol schenkte, kamen mir die Tränen. Meine Henker haben mir diese Katze abgenommen. Gewissenhaft reihten sie sie in ihre Archive ein, und bei der Befreiung erhielt ich sie unbeschädigt zurück. Wenn die Nazis mir bloß auch Stan hätten so aufheben können.

Der ›komische Krieg‹ hielt ihn paradoxerweise noch enger bei mir. Er bedeutete für ihn vor allem das Einschlafen der großen europäischen Turniere, eine Periode der sieben mageren Kühe gewissermaßen, die ich etwas auffüttern mußte. Auf diese Weise wurde er wieder in eine Abhängigkeit gedrängt, die er glücklich hinter sich gebracht hatte, und ich erinnere mich, daß ich ihn mehr als einmal wegen dieser Empfindlichkeit geneckt habe, die erst mit dem Erfolg gewachsen war. Als Trost bot ich ihm an, mich zu heiraten. Er antwortete: »Ich bin kein Hund, ich kann nur in Freiheit mit dem Schwanz wedeln«, worauf es offensichtlich keine Entgegnung gab.

Dann kam die Besetzung. Im Gegensatz zu meiner Tochter war ich viel zu unbekümmert, um aus Paris zu fliehen; meine Kranken hielten mich fest, und besonders ein prächtiger Augenkrebs, dessen Ende ich sehen wollte. Von dem Augenblick an, als die Verfolgung – zunächst nur im verborgenen – sich abzuzeichnen begann, bat ich Stan, mich zu verlassen, bis wieder bessere Zeiten kämen. Er war beleidigt.

»Ich verlasse dich nicht«, sagte er, »und werde in deinem Bett bleiben, solange sich noch ein verdammter Rassist in dieser Unglücksstadt aufhält. Ich tue das um meinetwillen, aus Widerspruchsgeist. Zwecklos, noch ein Wort darüber zu verlieren.«

Als ich darauf bestand, wurde er wütend: »Du bist überhaupt gar keine Jüdin«, warf er mir in einer für ihn ungewöhnlichen Art ins Gesicht.

Ich protestierte lebhaft.

Er entgegnete, offensichtlich völlig von der Richtigkeit seiner Worte überzeugt: »Ich glaube nicht an die Juden. Es gibt Menschen mosaischen Glaubens, und das bist du nicht. Auf welch geheimnisvolle Weise willst du Jüdin sein? Etwa rassemäßig? Du als Ärztin wirst wohl nicht behaupten wollen, daß es eine jüdische Rasse gibt? Du hast nicht mehr Rasse als eine Katze aus der Gosse!«

Mir verschlug es die Sprache, aber er war nicht zu bremsen: »Ich werde dir sagen, was du Jüdisches an dir hast: Du hältst dich für eine Jüdin, und ein Haufen gefährlicher Schwachköpfe glaubt auf deine Kosten den gleichen Unsinn, Jüdisch sein ist eine Geisteshaltung. Man ist mosaisch, wie man christlich ist, man ist jüdisch, wie man französisch ist . . . einfach eine Sache der Phantasie.«

Ich wußte, daß er aus Prinzip ein Widerspruchsgeist war, aber ich fand doch, daß er zu weit ging. Ich erfand für ihn ein schönes Wort: »Jüdisch sein heißt teilhaben an einer Gemeinschaft des Leidens, die die Zeit zusammenschweißte.«

Er sah mich an, und bemerkte in seinen Augen das vertraute Aufblitzen, das immer einen schlechten Witz ankündigte: »Das heißt also, daß du noch keine Jüdin warst, als du unter der Regierung Blum mit Männern ins Bett gingst!«

Wenn man verfolgt wird, möchte man es auch aus handfesten Gründen werden. Ich warf ihm vor, daß er unbedingt wolle, ich sollte für nichts leiden, irrtümlicherweise, aus reinem Zufall.

Der Gedanke leuchtete ihm ein: »Ich glaube wirklich, daß du um nichts leidest«, gab er traurig zu. »Ich weiß, daß es sehr hart ist, so zu leiden, aber immerhin noch besser, als Gründe vorzuschieben, die nicht zutreffen. So hat es mehr Würde.«

Einige Tage später machte er mir einen Heiratsantrag.

»Ich habe augenblicklich eine heldenhafte Phase«, gestand er wie zur Entschuldigung. »Ich bin staatenlos, ich glaube weder an Gott noch an den Teufel, aber ich möchte mich doch irgendwie hervortun. Ich möchte im *Kleinen Larousse* mit der Bemerkung stehen: ›Stanislas Pilgrin, Geburtsort unbekannt, internationaler Schachgroßmeister, besonders hervorgetreten, weil er während der Besatzung eine Jüdin geheiratet hat.‹ Und wenn ich also schon um jeden Preis eine Jüdin heiraten will, warum dann nicht die nehmen, die ich zur Hand habe, wenn sie auch sieben Jahre älter ist.«

Geliebter Stan! Er versuchte immer, die Wirkung seiner nobelsten Taten durch Taktlosigkeiten zu verpatzen. Ich mußte ihn inmitten des allgemeinen Tohuwabohus zum Standesamt begleiten, sonst hätte er mich für immer verlassen. Erleichtert verließ er das Gebäude und erklärte: »So, jetzt fühle ich mich freier!«

Man kann eben nichts machen gegen junge Leute, die es um jeden Preis nicht so machen wollen wie die anderen.

Als ich nach Chartres abreisen mußte, um mich zu verstekken, hat mich mein Ehering getröstet. Ich sollte Stan nicht wiedersehen. Ich habe nur kurze Zeit vor meiner Festnahme ein paar Zeilen von ihm erhalten, die ich immer noch auswendig weiß:

Liebe Elisabeth, wenn Du eines Tages besonderen Trost nötig hast, dann darfst Du Dir immer wieder sagen: »Stan hat mich mit aller Liebe, deren er fähig ist, geliebt.« Du bist die beste der Frauen. Dein kleiner Stan küßt Dich. Er wird Dich nicht vergessen können.

Ich bin ziemlich spät zu meiner Liebeserklärung gekommen, und sie war in der Vergangenheit abgefaßt. Wie wird sich Stan jetzt verhalten?

3

4. August

Heute abend habe ich ihn wiedergesehen, eben. Gerade bin ich zurückgekommen. Ich bin noch ganz benommen. Der Schock kam zu unvorbereitet, zu plötzlich, es ging alles so seltsam vor sich.

Um mich abzulenken, war ich in den Speisesaal hinuntergegangen. Ich hatte mich gerade niedergelassen, als Stan auftauchte, einfach so hereinkam.

Er war allein, blickte zögernd von einem Tisch zu einem anderen, setzte sich dann schließlich an einen dritten, einige Schritte von mir entfernt. Zuerst drehte er mir den Rücken zu, besann sich dann eines anderen und wählte den Stuhl, von dem aus er mir genau ins Gesicht sehen konnte. Dann vertiefte er sich in die Karte. Ich war mehr tot als lebendig. Gleich mußte es passieren, sagte ich mir, gleich wird er dich entdekken. Mein Herz klopfte zum Zerspringen. Ich wollte fliehen und war doch wie gelähmt.

Er winkte dem Ober, bestellte ein leichtes Gericht, und ehe sein Blick durch den Saal schweifte, glitt er über mich hin. Ja, das ist wohl das richtige Wort: hingleiten. Es war furchtbar, wie das geliebte Auge leicht auf mir ruhte und unbeteiligt weiterglitt. Mit einem Schlage fühlte ich mich um zehn Jahre gealtert, ausgelöscht, von neuem verbrannt. Ich senkte den Kopf, mir wurde plötzlich klar, daß ich Stan wie eine Wahnsinnige liebte und zu alt dafür war.

Ich hätte sofort in mein Zimmer hinaufgehen sollen. Aber der Schmerz nagelte mich fest, und ich ging erst, als ich mich vollgesogen hatte. Er hat es fertiggebracht, mir eine Stunde gegenüberzusitzen, mich anzusehen, ohne mich wiederzuerkennen, ohne daß auch nur der kleinste Funken einer Begierde in seinen Augen aufglomm. Wenigstens hatte auch ich Zeit genug, mir sein Bild einzuprägen, dieses mir so entfernte und doch nahe Bild, so vertraut und so neu. Auch er hat sich verändert: sein Haar ist an einigen Stellen grau geworden, Falten haben sich auf der Stirn und an den Mundwinkeln eingegraben. Er trägt augenblicklich eine sorgenvolle Miene zur Schau, die ungewöhnlich an ihm ist, als ob auch er Schweres durchlebt hätte. Sollte er mich wirklich geliebt haben?

Aber das ist jetzt alles so gleichgültig! Lieber Gott, wie doch der Zufall dumm spielt! Mir bleibt nichts, als mich hinzulegen und zu sterben.

5. August

Was soll ich machen? Vergeblich rede ich mir vor, daß ich mich gar nicht so zum Schlechten verändert habe, wie ich es mir einbilde, daß ich nur anders geworden bin, aber doch beinahe genauso anziehend. Beim Aufwachen zeigte mir der Spiegel ein so verhärmtes Gesicht, daß ich Angst bekam. Wie kann ich nun wagen, Stan vor Augen zu treten? Das bißchen Scham, das mir geblieben ist, sträubt sich dagegen. Wenn ich vor ihn hätte treten können in dem von mir gewählten Augenblick, ihn hätte vorher verständigen und vorbereiten können, dann hätte ich eine Chance gehabt, vielleicht ...

6. August

Es wäre sicher ganz geschickt, wenn ich zuerst meine Tochter aufsuchte ... Wenn sie mir eventuell den Gefallen täte, Stan etwas über mich auszuhorchen, dann fühlte ich sicheren Boden unter den Füßen und könnte mir leichter eine Taktik zurechtlegen. Ich kann einfach nicht so sang- und klanglos verzichten. Das wäre lächerlich. Aber es ist mir sehr peinlich, sie um einen solchen Gefallen zu bitten, und noch peinlicher, wenn sie sich unter irgendeinem Vorwand weigerte. Es ist traurig, daß unsere Beziehungen seit langem sehr kühl sind.

7. August

Heute abend aß Stan wieder im Hotel. Ich glaubte zu träumen: gleiche Inszenierung wie neulich bis auf ein zusätzliches Lächeln, was gar nicht vorgesehen war. Ich wiederhole: Lächeln, nicht nur einmal, sondern mehrmals. Ein Irrtum war nicht möglich, er hat mir zugelächelt. Erstklassiges mondänes Mundverziehen, reserviert, doch einladend ... Das hat mich so aufgeregt, daß ich die Nerven verlor. Eine stechende Eifersucht überfiel mich plötzlich, daß ich, ohne zu wissen, was ich tat, davonlief. Eifersüchtig! Und auf mich selbst! Wie man sich ändert! Was habe ich früher Stan alles nachgesehen. Ich höre ihn noch, wie er mir malerische Einzelheiten von einer seiner Eskapaden berichtet ... ein Beweis, daß weder er noch ich dem eine Bedeutung zumaßen.

Nun ärgere ich mich über diese Flucht. Ich hätte Vernunft bewahren, es ruhig darauf ankommen lassen sollen, daß er mich anspricht, was immer auch dahinterstecken mochte. Was hätte ich schon verlieren können? Wenn er sich jetzt etwa zurückgestoßen fühlte und mich für moralisch hielte? Das entbehrt nicht einer traurigen Komik.

9. August

Gestern stand ich in einer Schlange vor einem Kino auf den Champs-Elysées, wo ein ziemlich blöder Film lief. Ich wollte in der Masse meine Einsamkeit auskosten, meine Gefühle betäuben. Ein lauer, erfrischender Regen begann niederzugehen. Da bot mir ein Herr Schutz unter seinem Schirm an mit den Worten: »Haben wir uns nicht schon einmal irgendwo getroffen, Madame?«

Es war Stan.

Ich mußte mich auf seinen Arm stützen, um nicht vor Schreck zu fallen. Doch ich fing mich schnell und entschuldigte mich. Als wir auf den Beginn der Vorstellung warteten, unterhielten wir uns über Belanglosigkeiten auf englisch. Aus

Angst, daß meine Stimme mich verraten könnte, hatte ich instinktiv in dieser Sprache geantwortet. Plötzlich wollte ich den Film nicht mehr sehen. Stan begleitete mich in ein Café, wo sich die belanglose Unterhaltung mühsam weiterschleppte, jetzt auf französisch, das ich mit einem winzigen Akzent sprach. Der gute Stan, der doch immerhin fünf oder sechs Sprachen mit einer gewissen Geläufigkeit spricht, kauderwelschte auf englisch absichtlich. Er hatte mir oft erklärt, daß er sich nur bei schwierigen Sprachen wirklich Mühe gäbe.

Nach einer halben Stunde diskreten Flirtens bat mich Stan um ein Rendezvous, das ich ihm für übermorgen gewährte, und wir trennten uns, ohne über Wesentliches gesprochen zu haben.

Das Ganze ist so wenig ungewöhnlich wie nur möglich: ein liebenswürdiger Herr trifft eine noch junge Dame, sie beschließen, sich wiederzusehen. Woher mag das Gefühl des Unbehagens kommen, das meine Freude trübt, diese zwiespältige Freude, Stan neben mir zu fühlen, sich mir widmend? Die Geschichte hat etwas Gekünsteltes an sich, ich kann es nicht näher bezeichnen, aber es macht mich nervös.

Ich grüble lieber nicht zuviel darüber nach.

12. August

Ich habe ihn jetzt zweimal wiedergesehen. Wir trafen uns an Orten, die nicht zu Tändeleien einluden. Wenn ich anfänglich bei Stan vielleicht schmeichelhafte Absichten vermuten konnte, die mich hätten veranlassen können, den Schleier zu lüften, so mußte ich diese Hoffnung aufgeben. Natürlich hat er es nicht an einigen Galanterien fehlen lassen, aber daraus war auch nicht die geringste erotische Schwingung zu entnehmen. Ich hatte es mit einem sehr wohlerzogenen, beredten, zuvorkommenden Stan zu tun, einem einfallsreichen Stan, einem Modell von Stan gewissermaßen, der mir schließlich etwas unwirklich erschien. Er gab sich so viel Mühe, eine

Rolle zu spielen, die ihm nicht lag, daß ich mich bei der Frage ertappte: Ist er das wirklich? – Das ist der Gipfel!

Was will er also von mir? Mit angemessener Sympathie fragte er mich über meine Person aus ...

In bezug auf den Namen hatte ich keine Wahl, da ich bei meiner Ankunft dem Hotelpersonal erklärt hatte, daß ich inkognito reise unter dem Namen Julia Robinson. Das war eine gute Idee! Ich sehe mich in Stans Gegenwart zu Abend essen ... Was für ein Gesicht hätten wir wohl gemacht, wenn mich der Kellner auf angelsächsische Art angeredet hätte: »Möchten Madame Pilgrin noch Suppe haben?« Mir läuft es nachträglich noch kalt den Rücken hinab.

Was die Nationalität anbetrifft, hatte ich auch keine Wahl mehr und habe ihm bestätigt, daß ich Engländerin sei.

Bei allem anderen habe ich mich etwas verschwommen ausgedrückt. Stan stellte kunstvolle Manöver an, um Näheres über mein Vermögen zu erfahren: ich konnte mich nicht entschließen, ihm zu verstehen zu geben, daß ich Geld besaß, aber ich habe ihn auch nicht direkt belogen. In Anbetracht meines erstrangigen Hotels muß er sich fragen, ob ich eine schwerreiche Ausländerin oder eine piekfeine Kokette am Ende einer erfolgreichen Laufbahn bin. Ich habe auch über meinem Privatleben den Schleier des Geheimnisses gelassen.

Ich sah wohl, daß diese Ungewißheiten Stan reizten, aber ich will noch abwarten, um mehr zu erfahren, und mir dann eine wohldurchdachte Persönlichkeit beilegen.

Ich fragte ihn meinerseits aus: ich erfuhr nichts, was ich nicht schon wußte. Mit einer nicht wiederzugebenden Erregung wagte ich es, ihn von seiner Frau sprechen zu lassen. Er sagte mir, daß er durch Kriegseinwirkung Witwer sei, das war alles. Diese Erklärung gab er mit einer ganz neutralen Stimme, aus der nichts herauszuhören war. Auf jeden Fall trägt er seinen Ehering nicht mehr, und den meinigen hat man mir genommen.

In zwei Tagen wollen wir nach Vichy fahren, wo er am

15. August blind auf 30 Schachbrettern gleichzeitig spielen muß. Ich glaube, daß es ihm nicht unangenehm ist, sich mir in einem betörenden Licht zeigen zu können, und daß er auf das nahe Beieinandersein der Reise hofft, um seine Sache voranzutreiben. Aber welche? Na, ich werde schon sehen ... Diese schiefe Situation kann nicht mehr länger andauern.

13. August

Der Hotelportier teilte mir soeben mit, daß ein durchaus anständig aussehender Herr versucht habe, ihn über mich auszuhorchen. Ich bat den Direktor, darauf zu achten, daß meine Anweisungen allen Angestellten des Hauses noch einmal streng ins Gedächtnis zurückgerufen würden, was er mir versprach. Er sagte mir wörtlich: »Fürchten Sie nichts, Madame, in einem Haus wie dem unseren ist Diskretion Ehrensache.«

Um ganz beruhigt zu sein, ließ ich noch den Hauptverantwortlichen ein Trinkgeld geben.

16. August

Was für eine Odyssee! Voller Aufregung, geheimnisvoll und erstaunlich, was immer man will.

Vorgestern holte Stan mich um 8 Uhr morgens ab, am Lenkrad eines alten, schön aufgeputzten Citroën, auf den er sehr stolz zu sein schien, und wir fuhren los ins Bourbonnais. Das Wetter war strahlend, die Atmosphäre schien vertrauliche Mitteilungen geradezu herauszufordern. Während er immer am offenen Grabe entlangschlitterte, wie es seine schlechte Angewohnheit war, begann Stan, mir sein Leben zu erzählen, zweifellos, um mich zu veranlassen, das gleiche zu tun. Ich hätte dieser offiziellen Fassung ein größeres Interesse entgegengebracht, wenn es mir länger vergönnt gewesen wäre zuzuhören, aber die Erzählung fand ihr abruptes Ende infolge äußerer mechanischer Einwirkungen. Erster geplatzter Reifen bei der Einfahrt nach Melun.

Stan nahm den Radwechsel mit einem Lächeln auf den Lippen vor und ließ den Schlauch in der Stadt reparieren, während wir uns unterhielten.

Zweiter Zwischenfall der gleichen Art im Wald von Fontainebleau: ein Reifen platzte bei voller Geschwindigkeit, so daß Stan mich beinahe vor der Zeit umgebracht hätte. Ein neuer Reifen mußte ran, und er bezahlte ihn mit wenig Begeisterung.

Stan war gerade dabei, seinen Lebensfaden, so gut es ging, wieder abzuspulen, als der Auspufftopf seinen letzten Atemzug tat, und zwar auf einem der Bahnübergänge vor Montargis, wodurch die Unterhaltung praktisch beendet wurde. Eine Reparatur hätte uns zu lange aufgehalten, und so fuhren wir eben ohne Topf bloß mit Auspuff in einem Höllenlärm weiter, so daß man sich die Ohren am liebsten hätte zuhalten mögen.

Kostenpunkt: zwei gebührenpflichtige Verwarnungen zwischen Montargis und Charité-sur-Loire, trotz Stans Bemühungen, gefährliche Stellen leise zu umfahren. Zwischendurch aßen wir im *Grand Cerf* in Cosne herrlich und nicht teuer in köstlicher Stille zu Mittag.

Kurz vor Nevers begann Stan als Täuschungsmanöver einem riesigen Lastwagen, der beinahe genauso viel Krach machte, auf dem Fuße zu folgen, und das taten wir langsam und würdevoll bis in die Nähe von Saint-Pierre le Moutier, immer dicht auffahrend, wenn ein Polizeikäppi in Sicht war. Dort dachte ich dann, alles sei zu Ende; denn plötzlich erschütterte eine krachende Explosion unser Fahrzeug, während ein Strahl kochenden Wassers sich über die Windschutzscheibe ergoß. Danach – tiefe Stille. Stan setzte vorsichtig erst einen, dann den zweiten Fuß auf die Erde und öffnete sehr behutsam die Haube ...

»Die Dichtung hat nachgegeben«, ließ er sich vernehmen,

»der Gummischlauch, der den Kühler mit Wasser versorgt. Das ist nicht weiter schlimm.«

Aus dem nächsten kleinen Ort kam jemand, um eine Dichtung zur Verstärkung anzubringen.

Mitten in Moulins, zur nicht geringen Verwunderung eines großen Volksauflaufs: neue Explosion, neuer Wassererguß, neue Dichtung.

»Das wird nicht wieder vorkommen«, versicherte uns der Mechaniker. »Das Überlaufventil war anscheinend eingeklemmt, aber jetzt ist es behoben.«

Wir fuhren weiter, nachdem wir schnell im Stehen etwas gegessen hatten. Das Wasser lief jedoch erstaunlich schnell aus. Bei jedem neuen Wasserstrahl hielt Stan an und bat irgendwo um ein Gefäß. Des Treibens müde, ergriff er einen deutschen Stahlhelm, der am Straßenrand lag und der uns schließlich dazu verhalf, gegen 10 Uhr abends unser Ziel in einer etwas gespannten Stimmung zu erreichen.

Als der Auspufftopf ausgedient hatte, versuchte Stan noch, mich mit der Versicherung zu trösten, ›daß er nun besser ziehen‹ würde. Nach der ersten Explosion blieb ihm noch ein Rest guter Laune, aber nach Moulins war er steinern und erinnerte an das Standbild des vom Schicksal verfolgten ehrbaren Mannes.

Erleichtert zog ich mich in mein Zimmer im *Carlton* zurück. Ich schlief aber sehr schlecht: einige Male träumte ich, daß mich Stan, auf dem Kopf einen Stahlhelm, verfolgte. Ich muß sehr erschöpft gewesen sein, um ihn mir als Militär vorgestellt zu haben!

Am nächsten Morgen schlief ich lange in den Tag hinein, dann aßen wir in einem ruhigen Restaurant in Cusset, wohin wir im Taxi fuhren.

Stan war wütend über das Vorgefallene. Gleich beim Hors d'œvre begann er, seinen Wagen zu entschuldigen: »Gewöhnlich läuft er wirklich gut, so ein Theater hat er mir noch nie gemacht ...«

Da ich mit meiner Ansicht zurückhielt, seufzte er in schöner Offenherzigkeit, die eine gewisse Bitterkeit offenbarte, die Bitterkeit schon etwas älterer Menschen, die nach Jahren vergeblicher Hoffnung sich immer noch mühsam durchs Leben schlagen müssen.

»Ich muß zugeben, daß ich im Augenblick etwas knapp bei Kasse bin. Mir hat der Krieg keinen Gewinn gebracht wie so manchen anderen ... Ich plane jedoch ein großes Geschäft. Wenn mir das Glück nur etwas hold ist, werde ich bald über viel Geld verfügen.«

Er war gespannt auf meine Reaktion, aber ich tat, als ob ich nicht neugierig sei, fragte nur zerstreut: »Lieben Sie das Geld?«

Er zuckte die Schultern und fuhr erklärend fort: »Ich liebe das Schachspiel. Sie können sich nicht vorstellen, was eine solche Leidenschaft bedeutet. Aber leider hat die Sorge um den nächsten Tag immer mehr oder weniger meine Freude am Spiel vergällt. Einige wunderbare sorglose, bequeme Jahre vor dem Krieg gestatteten mir, mich auszuzeichnen, mir einen Namen zu machen ... Augenblicklich kämpfe ich darum, nach meinem Belieben spielen zu können. Ich möchte gern eine eigene Wohnung haben, ein Häuschen auf dem Lande, ein Sportkabriolet und nicht einen Schrotthaufen, den ich für ein Butterbrot von einem zweifelhaften Widerstandskämpfer gekauft habe ... Das ist wirklich nicht zuviel verlangt von einem Mann, der einer der Hervorragendsten in seiner Kunst ist, der sich einige der schönsten Partien ausgedacht hat.

Die großen russischen Champions haben Glück, sie sind beinahe Beamte; das mühselige Auf und Ab ihrer westlichen Kollegen kennen sie nicht, diese Durststrecken, die man um so schlechter erträgt, je weiter man in seiner Kunst gelangt ist. Eines schönen Tages werde ich auf meine Freiheit verzichten, mich zum Muschik erklären und offiziell bescheinigen, daß ich um so erfolgreicher spiele, je besser ich Lenin gelesen habe.«

Diesen Ton kannte ich, er war bei ihm ein Zeichen der Mutlosigkeit. Mit unbeteiligter Miene brachte ich ihn zum Thema zurück: »Das heißt, Sie machen Geschäfte, wenn sie sich bieten?«

Es fiel mir wirklich schwer, mir Stan in Zusammenhang mit einem ›großen Geschäft‹ vorzustellen.

»A ... ach, ja, das heißt ich wollte Ihnen gerade davon erzählen. Ich finde Sie sympathisch, und ich sagte mir, daß Sie sich vielleicht, wenn die Sache Sie interessiert, am Gewinn beteiligen könnten ...«

Einen Augenblick glaubte ich zu erkennen, worauf er hinauswollte. »Sie würden es gerne sehen, wenn ich Gelder in dem Unternehmen anlegte?«

»Aber nein, im Gegenteil, ich meine ... ich denke vielmehr an eine Teilhaberschaft zu gleichen Teilen. Und da ich im Moment nur Schulden habe, würde ich lediglich eine gewisse Geschicklichkeit von Ihnen borgen. Aber sicher sind Sie schon wohlhabend, und vielleicht bin ich auf dem Holzweg, obgleich es sich um eine enorme Summe handelt.«

Wohlgefällig betonte er das Adjektiv.

Ich war sehr gespannt. Es gab für mich jedoch nur einen Weg. Ich gab mich als ehemalige Schauspielerin aus, die sich mit ihrem Gönner schon reiferen Alters, den es zur Jugend hinzog, überworfen hatte.

»Meine Aussichten sind nicht viel besser als Ihre«, sagte ich ihm. »In drei Wochen kommt mein Freund aus Venezuela zurück, wo er mit Öl schlechte Geschäfte macht, und ich glaube nicht, daß das Abschiedsgeschenk reichhaltig ist: unnötig ausgedehnte Beziehungen sind nicht immer sehr einträglich ...«

Stans Gesicht hellte sich auf. Ich hatte den richtigen Ton getroffen.

»Eine Schauspielerin! Eine Schauspielerin!« wiederholte er in offenkundigem Entzücken. »Das ist genau das richtige! Die Vorsehung hat Sie geschickt!«

Aber er hatte beschlossen, mich schmachten zu lassen, und ich konnte nichts mehr aus ihm herausholen. Er versteckte sich hinter beruflichen Anforderungen, die mir zum großen Teil sogar echt erschienen. »Ich muß heute nachmittag blind spielen, was sehr anstrengend ist. Ich brauche meine ganze Konzentrationsfähigkeit. Wenn das Geschäft Sie am Ende nicht reizen sollte, würde die Enttäuschung mein Spiel beeinträchtigen. Unter einem ruhigen Äußeren bin ich doch nervös, beeinflußbar ... Früher war ich weniger sensibel, als ich von der Hand in den Mund in einer rauhen Künstlerwelt ohne Illusionen lebte ...«

Ich mußte mich zusammennehmen, um nicht zu lächeln, als er die Erinnerung an das rauhe Dasein beschwor.

» ... Aber mit den Jahren hat sich mein Gesichtskreis erweitert. Ich erahne den Hafen: lassen Sie mir die Freude an dieser Aussicht. Es wird höchste Zeit für mich, in Paris zu stranden.«

»Fluctuat et mergitur!« beschloß ich diese Rede.

Das Spiel wurde ein voller Erfolg. Der Großmeister strahlte: 27 gewonnene Partien, zwei unentschieden, eine verloren. Wie ich es erhofft hatte, traf ich dort keine Bekannten. Nach dem letzten Aufgeben fand ich ein boshaftes Vergnügen darin, Stan nach den Spielregeln zu fragen, die er mir sehr gewissenhaft auseinandersetzte.

Ich fuhr mit dem Nachtzug zurück. Mein künftiger Teilhaber begleitete mich als vollkommener Gentleman zum Schlafwagen.

Es ist gleich 5 Uhr. Jeden Augenblick wird man mir Stans Besuch melden. Dann werde ich erfahren, worum es geht.

4

17. August

Nun weiß ich es! Mein Gott, das ist eine Geschichte! Unglaublich.

Aber es wäre beinahe so weit gekommen, daß ich nichts erfahren hätte. Stan zögerte, war vorsichtig. Ich mußte ihm eine ganze Zeit gut zureden, bis er sich entschloß ... sich mit mir zu unterhalten ... und zwar über seine Frau. Ich konnte nur mühsam meine Erregung verbergen.

Nach einigen gleichgültigen Bemerkungen, einer Anzahl Ausflüchten, holte Stan plötzlich tief Luft und sprang gewissermaßen ins Wasser.

»Ich glaube, ich habe Ihnen schon gesagt, daß ich verheiratet war. Ich habe im Frühjahr 1942 in Paris eine gewisse Elisabeth Wolf geheiratet, die Ärztin war und – etwas älter als ich.«

»Eine Jüdin? Während der Nazi-Besetzung?«

Die Unterbrechung brachte ihn in Verlegenheit: »Es scheint so ... Nehmen wir an, daß es eine Jugendtorheit war, und sprechen wir nicht mehr davon. Das Wichtigste ist, daß sie in der Deportation starb.«

»Sind Sie ganz sicher?«

»Sie wurde 1943 festgenommen und ist nicht wiedergekommen ...«

Ich machte ein nicht ganz überzeugtes Gesicht. Stan verteidigte sich lebhaft: »Das ist einfach eine Sache des gesunden Menschenverstandes. Die letzten Lager wurden im Mai befreit, wir sind jetzt in der zweiten Augusthälfte ... Die in Frage stehende Person hing sehr an mir ... Können Sie sich diese Abwesenheit anders erklären als mit dem Tod?«

Ich konnte ihm nicht erwidern: Die Liebe! Das hätte überspannt geklungen.

»Liebten Sie sie sehr?« fragte ich leichthin.

»Ja und nein... Die Männer haben so viele Arten zu lieben. Ich war ihr sehr zugetan, und sie war liebenswert. Ich muß auch sagen, daß ich ihr allerhand verdankte. Man soll zwar nicht viel von der Dankbarkeit halten, aber etwas bleibt doch zurück. Das ist ein Leim, mit dem die Frauen einen vortrefflich einfangen. Aber schließlich, auch das gehört der Vergangenheit an...«

»Wäre es Ihnen lieber gewesen, sie wäre zurückgekommen?«

Er sah durch mich hindurch und ließ lange auf seine Antwort warten: »Ich hätte alles darum gegeben, sie gesund wiederzusehen.«

Ich fühle jetzt noch den Freudenschauer, der mich bei seinen Worten überlief.

Ich wagte mich vor: »Und Sie hätten sie wieder aufgenommen, in welchem Zustand sie auch zurückgekommen wäre? Sie hätten sie wieder geliebt... leidend... häßlich?«

Seine Antwort war wie eine kalte Dusche: »Ich habe ja leider Zeit genug gehabt, darüber nachzudenken. Das ist nicht einfach. Ich könnte Ihnen ohne Umstände entgegnen: ›Kann eine zartfühlende Frau Tag für Tag und Nacht für Nacht ertragen, daß man sie nur aus Anstand liebt?‹«

Mit einer müden Handbewegung wies er dieses deprimierende Bild von sich: »Zurück zur Sache: sie ist tot. Und sie ist reich gestorben. Als ich sie kannte, lebte sie von ihren Kranken und gab sorglos fast alles wieder aus, was sie verdiente, und das war nicht wenig. Aber seitdem sind ihre Verwandten umgebracht worden, einer nach dem anderen, und sie hat beträchtliche Legate geerbt. Sie hat sicher eine Gelegenheit verpaßt, einen Gewinn einzustreichen: die letzten zuverlässigen Nachrichten stammen vom Sommer 44. Danach – Ungewißheit! Und da die Beweise fehlen, daß sie noch lebt, kann sie nicht erben. Aber seit dieser Zeit schwamm sie in Geld...«

Ich dachte daran, daß eben in jener Zeit mir die kleinste Brotkruste genügt hätte.

»Wenn sie am Vorabend ihrer Befreiung vor dem Gerichtsdiener hätte sterben können, wäre das ideal gewesen«, bemerkte ich ernsthaft.

Stan war für diesen Scherz nicht zu haben und entgegnete mit Würde: »Ich bin nicht schuld an ihrem frühen Tod. Ich beschränke mich darauf, Ihnen mitzuteilen, was ich weiß ...«

Ich erkundigte mich nach der schätzungsweisen Höhe der Erbschaft. Er dachte einen Augenblick nach und führte dann in einem fast notariellen Ton aus: »Es ist viel Grundbesitz, aber viel Geld ist auch in mehreren Ländern verstreut, besonders auf Schweizer Banken. Es war schwierig, Auskünfte einzuholen. Nehmen wir ein Minimum von 300 Millionen an. Ich wage nicht, ein Maximum anzugeben, weil ich fürchte, auf alle Fälle unter der tatsächlichen Summe zu bleiben ...«

Ich hätte nicht geglaubt, ein solches Vermögen zu besitzen. Ich neckte Stan: »Das bedeutet eine ganze Reihe Sportwagen. Einen Stall voll!«

Er seufzte komisch auf: »Ich wäre auch mit einem Viertel zufrieden, aber ich habe keine Wahl.«

Mir war immer noch nicht klar, wie ich ihm helfen sollte. Stan erläuterte, daß er mit Gütertrennung geheiratet habe, daß ich kein Testament hinterlassen hätte und daß infolgedessen meine Tochter alles erbte, und zwar als natürliches Kind, das von der Mutter anerkannt war.

Ich verstand immer weniger und fragte ihn, was er denn also für ein Interesse an der Angelegenheit habe ...

»Aber – das gleiche wie Mademoiselle Wolf, die liebenswürdigerweise zubilligt, daß mir ein Teil des Kuchens auch gut zu Gesicht stände.«

Ich stellte mit Vergnügen fest, daß Fabienne großzügiger geworden war, aber diese Erkenntnis brachte mich kaum weiter. Ich sah nicht, wo die Schwierigkeit lag.

Ob dieser Unwissenheit hob Stan die Hände gen Himmel und entwarf verzweiflungsvoll ein düsteres Bild: »Anfänglich war ich genauso naiv wie Sie. Ich hätte nicht einen Augenblick daran gedacht, daß Mlle. Wolf Schwierigkeiten haben könnte, das Erbe anzutreten. Aber genauso ist es infolge barbarischer Gesetze, die auf jeglichem Eigentum lasten, Gesetze, die bis zur Sintflut zurückgehen, vielleicht bis zu Napoleon! Unter dem Vorwand, daß keine Leiche auffindbar ist, wird meine Frau nicht als tot angesehen. Das Gesetz erklärt sie für: abwesend. Sie werden sagen, das sei das Höchste, was es tun kann, aber wie Sie gleich selbst beurteilen können, diese Gesetzgebung in bezug auf Abwesende ist ausgesprochen teuflisch:

Wenn der Vermißte vier Jahre lang nichts hat von sich hören lassen, haben die interessierten Parteien das Recht, eine Untersuchung zu beantragen. Ein Jahr nach Eröffnung besagter Untersuchung wird eine ›Abwesenheitserklärung‹ ausgesprochen, das heißt wenn die Sache gut läuft. Die Erben können sich dann den ›provisorischen Besitz‹ anerkennen lassen (bewundern Sie bitte den außerordentlich fein gewählten Ausdruck!), unter der Bedingung, daß sie eine Bürgschaft für die Sicherheit der Verwaltung stellen. Wieder ein ziemlich beunruhigender Punkt ...

Wenn diese Bürgschaft befriedigend ausfällt, erhalten sie schließlich das Zinsrecht, das Vermögen selbst gehört ihnen immer noch nicht. Dreißig Jahre nach der provisorischen Inbesitznahme oder wenn zu diesem Zeitpunkt volle hundert Jahre seit der Geburt des Verschollenen vergangen sind, werden sie Eigentümer ...

So will es die einschlägige Gesetzgebung.* Etwas langwierig, nicht wahr?«

Obgleich ich von diesen juristischen Auseinandersetzungen etwas betäubt war, hatte ich doch Mitleid.

»Stellen Sie sich das vor!« fuhr Stan fort, der sich immer

* Am 30. Oktober 1945 wurden sechs Verfügungen erlassen, die in gewissen Fällen eine Todeserklärung auf Grund einfacher ministerieller Entscheidung gestatteten.

mehr ereiferte. »Fünf Jahre Wartezeit ohne einen Pfennig, märchenhafte Summen dreißig Jahre lang blockiert, ein gewaltiges Vermögen, das sich entwertet, in Reichweite, ohne daß man ran kann ... dabei sage ich noch nichts von den ungeahnten Schwierigkeiten, die einer Erbschaft im Ausland unter diesen Verhältnissen entgegenstehen! Es ist zum Haareausreißen!

Dazu kommt, daß Mlle. Wolf und ich im Augenblick für eine teure Wohnung und einen Landsitz aufzukommen haben, deren Kosten wir nicht bezahlen können und die wir auch nicht verkaufen können ... Das Ganze ist heller Wahnsinn!«

Das Bild war tatsächlich so schwarz, daß ich direkt glücklich wurde, noch zu den Lebenden zu zählen.

»Das Ganze ist sehr ärgerlich«, stimmte ich zu, »aber was kann ich dabei tun?«

Er senkte die Augen auf den Teppich ... verfolgte mit dem Blick eine Wolke, die sich auflöste, und sagte mit plötzlichem Entschluß: »Um die Wahrheit zu sagen, Sie sind meiner Frau sehr ähnlich!«

Ich war so geistesgegenwärtig, erstaunt zu erscheinen.

»Wenn Sie einwilligten, einige Zeit ihre Rolle zu spielen.«

Das war wie ein Schlag in die Magengrube.

Aber er fuhr schon wieder fort, ganz seiner Idee hingegeben: »Dieser unschuldige Betrug würde allen zugute kommen ... Ich bitte Sie, unter dem Siegel der Verschwiegenheit sich die Sache zu überlegen. Eine solche Gelegenheit werden Sie nie wieder bekommen!«

Als ich wieder Luft bekam, konnte ich mir die Bemerkung nicht verkneifen: »Und wenn Ihre Elisabeth sich meldet?«

»Dann verlöre sie Ihren Anteil und würde Sie weiter nicht belästigen. Sie gab nie viel auf Geld.« Er verzichtete auf diesen Anteil wirklich charmant, ohne eine Miene zu verziehen.

Ich ließ nicht locker: »Und wenn die Leiche identifiziert wird?«

»Das ist heutzutage so wenig wahrscheinlich ...«

Er wußte nicht, wie recht er hatte!

Mich interessierte die Höhe meiner Entlohnung. Er antwortete ausweichend: »Das bliebe festzulegen ... Es ist genug für alle da. Und da jeder von uns dreien die zwei anderen in der Hand hat im Falle eines Gelingens, kann keiner betrügen. Ich biete Ihnen hier eine wirklich zuverlässige Sache an.«

Ich zeigte mich besorgt: »Glauben Sie, daß ich in der Lage bin, diese Rolle durchzuhalten?«

»Mlle. Wolf und ich haben jede Einzelheit durchdacht. Wir werden Sie einweisen, wir werden Ihnen alle Auskünfte über die Tote geben, die wir besitzen ...«

Dieser letzte Satz rief bei mir eine Art Schwindel hervor.

Es wurde Zeit zum Abendessen. Ich verabschiedete Stan und versprach, ohne langes Zögern eine Entscheidung zu fällen. Er verließ mich mit hoffnungsvollen Augen und soll übermorgen vormittag wiederkommen.

Ich bin zu aufgeregt, um mich jetzt für irgend etwas zu entscheiden. Die Nacht wird mir Rat bringen.

18. August

Ich muß überlegen, muß über meinen Fall eine objektive Diagnose stellen, wie ich es bei anderen vor dem Zusammenbruch tat.

Eine Sache ist sicher: ich bin verrückt nach diesem verfluchten Stan. Verrückter als je zuvor. In seiner Gegenwart werde ich von einer ständigen Erregung gemartert, wie ich sie in diesem Maße noch nie empfunden habe, und es macht mir die größte Schwierigkeit, sie zu verbergen. Es ist ungewöhnlich, aber ich kann nichts dafür. Ich liebe ihn noch mehr als zur Zeit unserer Heirat, als ob all mein Leiden mich an seine Person gekettet hätte, ein unauflösliches Band zwischen uns geknüpft hätte, während er sich zurückzog. In der Umwelt, in die ich eingeschlossen wurde, hatte ich keine andere Kraftquelle als Stans Bild, das immer mehr an Heilkräften gewann, je größer die Demütigungen wurden. Ich weiß wohl, daß ich einen Phönix aus diesem Kuckuck gemacht habe, weil ich ihn einfach zum Überleben brauchte. Was kann ich dafür? Er ist in mir, und ich bin noch nicht soweit, die Gifte auszustoßen.

Ich muß ihm wieder gefallen, und deswegen muß ich ihn wiedersehen. Das ist das einzige, was ganz klar ist. Ich kann ihm nicht enthüllen, wer ich bin, mich auf unsere gemeinsamen Erinnerungen berufen, wenn ich nicht die Gewißheit habe, daß ich ihm nicht gleichgültig bin. Wenn ich ihn auch tiefer liebe als früher, mich in ätherischen Gefühlen wiege, mein Körper will die Partie noch nicht aufgeben. Ihm etwa mein Vermögen zusammen mit meinem Namen an den Hals zu werfen, dazu werde ich mich erst entschließen, wenn die Verzweiflung keinen anderen Ausweg läßt. Einen Ehemann kann man nicht käuflich erwerben, und ich möchte glücklich sein; mein Verlangen danach ist größer als je zuvor.

Im Augenblick sieht Stan zweifellos in mir vor allem ein Geschäft, das ihn hypnotisiert. Es kann sein, daß er vor dieser Hauptsorge das, was mir an Reizen geblieben ist, übersieht. Aber wenn sein Plan anfinge, Gestalt anzunehmen, wenn er auf diese Weise ganz folgerichtig dazu käme, mich mit etwas zärtlichen Augen zu betrachten, dann wäre dieser Sieg doch jeden Preis wert. Das wäre dann eine Lösung, wie Marivaux sie liebt, ein etwas tragischer Marivaux, unserem Jahrhundert entsprechend. Ich hätte die Gewißheit, um meiner selbst willen geliebt zu werden. Das ist zwar eine Forderung, die ich etwas spät stelle, aber ich habe nichts zu verlieren, wenn ich sie einzulösen versuche.

Da ist auch noch ein anderer Wunsch, der mich treibt: ›alle Auskünfte über die Tote‹, die sie besitzen. Eine erschrekkende Neugierde plagt mich, das herauszufinden. Es böte sich da eine Gelegenheit, wirklich klar zu sehen, besser beurteilen zu können, wie er mich geliebt hat und ob er mich später wieder aufnehmen wird und unter welchen Bedingungen.

Und wenn es so weit kommen sollte, daß ich zu klar sehe, dann ist das immer noch besser, als blind zu sein.

5

20. August

Gleich bei seiner Ankunft teilte ich gestern Stan mit, daß ich sein Angebot annähme. Er war so erfreut, daß er mir am liebsten um den Hals gefallen wäre, wenn er sich getraut hätte – in allen Ehren natürlich.

Ich setzte seiner Freude die Krone auf, indem ich mich mit zehn Prozent begnügte. Der Form halber erörterte er diese Forderung noch ein bißchen, aber er kann sich so schlecht verstellen, daß seine Erleichterung mir nicht entgangen ist. Und da ich nun einmal als naiv abgestempelt bin, ist es mir lieber, daß er mich sowenig wie möglich bestiehlt. Ich werde ihn dann um so mehr achten.

Als der Hotelpage, der uns eine Reihe Apéritifs gebracht hatte, das Zimmer verlassen hatte, rieb sich Stan die Hände und rief anfeuernd: »An die Arbeit!«

Ich war ganz Ohr. Und Stan entwickelte seinen gut ausgereiften Plan: »Diese Angelegenheit ist nicht schwierig zu meistern. Wir müssen jedoch in Einzelheiten sehr sorgfältig vorgehen, wenn wir nicht eine böse Überraschung erleben wollen.

Es wird für Sie leicht sein, sich die notwendigen Ausweispapiere zu beschaffen. Falls erforderlich, werden Mlle. Wolf und ich als Zeugen auftreten. Aber es wird eine gewisse Zeit in Anspruch nehmen, das Vermögen flüssig zu machen. Und es besteht die Gefahr, daß sich die Nachricht von Ihrer Rückkehr schneller verbreitet, als wir wünschen, und wir können schließlich nicht alle Besuche verbieten: ein oder zwei Freunde, nicht viele, ausgewählte Bekannte, einige entfernte Verwandte vielleicht, die aus Versehen dem Unglück entgangen sind . . . Von der Concierge, die ihren Posten nicht verlassen hat, oder Nachbarn, die immer zu neugierig sind, will ich gar nicht reden, wenn auch in Pariser Häusern von gewissem

Niveau Geheimnisse des Privatlebens besser gewahrt werden als anderswo.

Der Besuch bei den Juristen wird die schwierigste Prüfung darstellen. Diese Leute, die eine höhere Verantwortung tragen als andere, sind dementsprechend mißtrauisch, und meine Frau kannte einige: an erster Stelle ihren alten Notar, mit dem Sie vor allen Dingen zu tun haben werden.

Dieser Auftritt muß also mit äußerster Sorgfalt geprobt werden. Wenn auch nur der leiseste Verdacht auftauchte, kämen wir in eine sehr ärgerliche Lage. Mlle. Wolf und ich müßten dann vorgeben, mißbraucht worden zu sein . . . Aber das wäre sehr unwahrscheinlich: eine Tochter erkennt ihre Mutter und ein Ehemann seine Frau . . . Was Sie selbst angeht, ist die Sache natürlich delikater . . .«

»Ich werde schon zurechtkommen.«

Diese herrliche Unbekümmertheit erschreckte den guten Stan beinahe: »Ja, ja gut, aber seien wir trotzdem sehr vorsichtig . . .«

In diesem Falle brauchte er sich wirklich nicht zu beunruhigen! Da gab es aufregendere Seiten in dieser düsteren Angelegenheit als die vollkommene Gesetzlichkeit dieses Vorgehens, da Madame Pilgrin alle Rechte auf ihrer Seite hatte, sich als Madame Pilgrin auszugeben. Man konnte sogar keck behaupten, daß das Gesetz ihr genau das vorschrieb.

»Bei Gelegenheit werden Sie erfahren, was Sie über Ihre lieben Geschäftspartner und über Dritte wissen müssen.

Das wichtigste ist Ihre Umwandlung. Sie müssen in kurzer Zeit eine annehmbare Elisabeth werden, wenn Sie sich bald in ihrer Wohnung niederlassen wollen . . .«

Ich war etwas bedrückt: »Ich dachte, ich sähe ihr ähnlich . . .« ließ ich mich schüchtern vernehmen.

»Das heißt, Sie werden ihr ähnlich sehen, wenn wir das Nötige veranlaßt haben. Im Augenblick kann man Elisabeth in Ihnen nur erahnen. Sie sind es, wenn ich so sagen darf, im Entwurf. Aber an dem Ergebnis zweifle ich nicht im geringsten! Da ist zunächst ein wesentlicher Unterschied: Sie sind viel eleganter, als es meine Frau war ...«

»Ja?«

»Bitte verstehen Sie mich recht: Elisabeth hatte Geld. Sie trug Kleidung und Wäsche von bester Qualität. Aber der Schnitt ihrer Kleider, ihrer Kostüme war in erster Linie praktisch, etwas maskulin sogar, ohne unnötige Verfeinerung. Sie war von ihrer Arbeit in Anspruch genommen ... wie viele Ärzte, deren Privatleben zu kurz kommt. Sie war gewöhnlich in zu großer Eile, um besonderen Wert auf ihr Äußeres zu legen, und dementsprechend zog sie sich an. Ich möchte noch hinzufügen, daß sie sich nicht schminkte oder jedenfalls kaum. Als ich sie das letzte Mal sah, hatte sie schon einige graue Haare ...

Ohne Ihnen nun Komplimente machen zu wollen, habe ich doch in Ihnen eine Frau vor mir, deren Kleidung größten Luxus verrät und deren natürliche Schönheit die Hilfsmittel der Kunst nicht verschmäht. Sie bieten dem Beobachter ein harmonisches Ganzes dar. Es wird sich als notwendig erweisen, wenn Sie mir diesen Ausdruck durchgehen lassen wollen, dieses Ganze etwas ›aufzulösen‹.«

»Sie wollen also da den Hebel ansetzen?«

»Um so mehr, als man kaum erwartet, daß eine Deportierte modisch ausstaffiert aus der Asche aufsteigt. Sie müssen den Eindruck erwecken, als ob Sie in Eile angezogen und flüchtig zurechtgemacht nach Hause zurückkehrten.

Die Haare sind zum Beispiel beinahe als gelungen zu bezeichnen im Farbton, vielleicht eine Nuance zu hell. Aber man spürt die Hand des großen Coiffeurs. Ich möchte ein glanzloses Haar mit einigen weißen Strähnen, einen nicht so kunstvollen Schnitt ... und in diesem Sinne auch alles andere ... ohne zu übertreiben: einen guten Mittelweg zwischen der Vogelscheuche und der Dame von Welt.«

Alles das war für mich natürlich sehr lehrreich: ich hatte es zu gut machen wollen.

»Diese Retuschen sind leicht anzubringen. Es gibt zwei oder drei kitzligere Punkte. Und wenn es nur der Akzent wäre. Die Engländer haben eine so ausgefallene Sprechweise. Ich fürchte ...«

»Das werde ich schon mit etwas Übung schaffen ...«

»Und die Nase ...«

»Die Nase?«

»Hm, ja. Bitte mal Ihr Profil? Tja. Ihre Nasenspitze ist etwas eingebogen. Sagen wir ehrlich: ein bißchen semitisch. Während meine Frau, die als Jüdin galt, eine ganz gerade Nase hatte ...«

Mir fiel es schwer, meine Lachlust zu bezähmen: »Dann war sie sicher eine griechische Jüdin, eine Wolfopoulos ...«

»Oder eine Nachfahrin des Khazares ...« schlug er scherzend vor.

»Wie bitte?«

»Das ist ein großer Stamm, der im Mittelalter in den Steppen Osteuropas zum Judentum übergetreten ist. Diese Leute haben anscheinend auf russische Weise gejungt, das heißt nicht zu knapp ...«

Die Hypothese sagt mir nicht besonders zu.

»Auf alle Fälle wäre es besser, das zu berichtigen.«

Er trieb es zu weit! Ich weigerte mich entschieden, meine Nase verändern zu lassen. Ich hatte mich gerade daran gewöhnt!

Stan trat den Rückzug an: »Schließlich ist der Unterschied kaum wahrnehmbar. Man wird notfalls denken, daß die Verfolgung Ihren Typ mehr akzentuiert hat.«

»So etwas kann vorkommen.«

»Eine Hauptfrage ist die Schrift. Es geht gar nicht darum, Experten irrezuführen, sondern ein Gutachten zu vermeiden, was schon ziemlich strenger Schulung bedarf.

Ich habe Ihnen einen kurzen Brief mitgebracht. Den letzten, den ich von meiner Frau erhielt. Danach können Sie üben ...«

Er reichte mir die Nachricht, die ich ihm aus Chartres als Antwort auf die seine geschickt hatte. »Verlieren Sie ihn nicht! Es ist das einzige Muster ihrer Handschrift, das ich noch habe, mit einer Unterschrift, die Gold wert ist.«

Ich stand auf, um die kostbare Reliquie in die Schreibtischschublade zu legen und meine Tränen zu verbergen.

»Alles übrige«, fuhr Stan unerschütterlich fort, »Temperament, Ansichten, Meinungen, Gewohnheiten, fixe Ideen ... darüber sprechen wir noch.

Außerdem ist da nicht sehr viel zu berichten: Elisabeth war alles andere als originell. Im Augenblick sind Sie genug beschäftigt mit den Stimmübungen, den Schriftproben und allgemein gesprochen mit dem Bemühen, sich einfach zu geben.«

Ich weiß nicht, was mich überkam. Ein dringendes Bedürfnis, allein zu sein, packte mich plötzlich. Ich schob Stan so liebenswürdig wie möglich zur Tür.

In drei Tagen kommt er wieder. Ich frage mich, ob ich die Energie aufbringen werde, dieser Prüfung lange standzuhalten.

21. August

Durch das Bemühen, mir ähnlich zu werden oder vielmehr dem Schreckbild, das man erwartete, kann es möglich sein, daß man mich tatsächlich erkennt. Besonders wenn meine Tochter sich vielleicht weniger mit Blindheit geschlagen zeigt als Stan. Der Gedanke dieser Gegenüberstellung beunruhigt mich doch ziemlich. Denn ich denke nicht daran, das Entgegenkommen so weit zu treiben, daß ich mich zu einem solchen Schreckgespenst mache, wie sie es wollen. Ich muß unbedingt attraktiv bleiben. Und gerade durch diese Angleichung kann ich das Spiel verlieren, denn dadurch werde ich dem Bild ähnlicher, das sie von mir in Erinnerung haben. Eine verworrene Geschichte. Je weiter ich gehe, desto mehr verliere ich den Boden unter den Füßen.

Und diese Komödie droht eine ganze Weile anzudauern, wodurch die Gefahr noch erhöht wird. Bis jetzt habe ich noch keine groben Fehler gemacht, weil ich unaufhörlich aufpasse, nicht meine Lieblingsredensarten zu gebrauchen, meine vertrauten Bewegungen vermeide, meine Zigarettenmarke änderte, Tee trinke und was weiß ich. Aber eine Dummheit ist schnell gemacht. Die Umstände zwingen mich zu einer solchen Anspannung, daß ich ständig Gefahr laufe, irgend etwas, was ich noch gar nicht gelernt habe, viel zu gut zu wissen.

Augenblicklich bin ich dabei, meine Schrift von Mal zu Mal besser nachzuahmen. Ein wahrhaft idiotisches Bemühen, und bestimmte Sätze sind bitter: »Ich werde an Dich bis zum Ende denken, was auch kommen mag ... Du bist für mich der einzige Halt, mein ganzes Vertrauen ...«

Aber ich muß Stan erfolgversprechende Ergebnisse vorlegen, nachdem ich zunächst fabelhaft erfundene Schriftzeichen gemalt hatte. Ich habe einen englischen Brief an eine Pseudo-Verwandte verfaßt, damit er eine Vergleichsbasis hat. Ich habe dort große, klare Schriftzüge gewählt, dabei soll ich bei meiner kleinen Schrift enden, die durch das Rezepteschreiben verdorben ist. Welch schreckliche Strafarbeit! Außerdem muß ich noch Leistungen mit meiner Stimme vorweisen! Ich bin dabei, langsam meinen englischen Akzent abzulegen. Wenn ich meiner Technik wirklich sicher sein will, muß ich die Gewinne, die ich in ihrer Gesellschaft in den kommenden Wochen sammeln werde, in einem Augenblick alle zur Verfügung haben.

Was meine Alltagssprache anbetrifft, die mich verraten würde, wenn ich sie ihnen vorzeitig auftischte, gebe ich mir Mühe, sie innerhalb der Regeln der französischen Sprache zu verändern, ohne zu nachlässig zu reden. Ich sprach früher eher schnell, ungezwungen und natürlich. Ich werde jetzt also mit einer gewissen Anstrengung sprechen – was bei einer

Ausländerin nicht überraschend ist – und vielleicht mit einem leicht gezierten Tonfall. Dabei gibt mir übrigens Stan das beste Beispiel, denn in meiner Gegenwart befleißigt er sich weltmännischen Benehmens. Und von dieser künstlichen Grundlage aus werde ich mit sichtbarer Anstrengung dazu gelangen, mich so auszudrücken, wie es meine Gewohnheit ist, und dabei natürlich immer durchblicken lassen, daß es ihre guten Ratschläge sind, die den Fortschritt bewirken. Aber diese fein nuancierte Stimme wird Stan und Fabienne täuschen, ohne indessen dritte Personen, die mit uns zusammen sein könnten, Verdacht schöpfen zu lassen. Ganz einfach ist das alles! Es könnte einen wirklich die Wut packen!

Ich habe jedoch die beste Hoffnung, bald so zu sprechen, wie es verlangt wird. Es gelingt mir nun schon seit drei Wochen, Stan mit einem sehr bildhaften französich-englischen Kauderwelsch zu täuschen. Der gefährlichste Punkt, wenn auch noch nicht der schwierigste, ist auf diesem Gebiet überwunden. Ich muß nur noch ein Instrument vervollkommnen, das schon die Täuschung vollbracht hat.

Ich wäre sehr zufrieden, wenn ich das gleiche Vertrauen, das ich zu meiner Stimme habe, auch zu mir selbst haben könnte!

6

23. August

Stan ist begeistert von meinen Fortschritten auf allen Gebieten. Mit Kennermiene überflog er meine Versuche, Elisabeths Schrift nachzuahmen, gab nicht zu verachtende Ratschläge, verhehlte aber nicht, daß es noch einer Menge Arbeit bedürfe. »Diese Ärzte schreiben immer so schlecht!« sagte er als Entschuldigung für seine Vorbehalte.

Darauf machte er es sich in einem tiefen Sessel bequem und gab zusätzliche Erläuterungen zu meiner Person von sich.

Ich erfuhr, daß ich im allgemeinen gesund, lebhaft, ausgeglichen, geradeheraus gewesen sei – das genaue Gegenteil meiner jetzigen ›Mattigkeit‹ –, aber, daß es durchaus denkbar sei, daß die Deportation einige dieser Komponenten verändert habe und daß man ›in gewissen Grenzen‹, die noch festzulegen seien, dem Rechnung zu tragen habe.

Weiterhin wurde ich belehrt, daß ich intelligent, sinnlich, agnostisch gewesen sei, ›dabei aber doch, wenn es mich überkam, mit dem Gedanken geliebäugelt hätte, daß es einen wohlwollenden Gott gäbe, der ohne Gegenleistung Gutes tue, einen Gott nach meinem Bilde‹.

Schließlich wurde mir dargelegt, daß Politik mich immer gelangweilt und Kunst nicht interessiert habe, daß Schach nichts weiter als eine ›Zerstreuung‹ für mich gewesen sei, kurz: ich hätte nur für ›meine Medizin und die Liebe gelebt‹.

Stan übernahm es, diese Behauptung mit treuherziger Frechheit zu erläutern: »Glücklicherweise werden Sie medizinische Kenntnisse nicht zu beweisen brauchen. Dr. Pilgrin war Röntgenologin ... Ihr Verhalten in der Liebe jedoch sollte näher beleuchtet werden. Diese Angelegenheit ist für eine Frau so charakteristisch, daß ein einziger falscher Ton Katastrophen auslösen könnte.

Als ich Elisabeth kennenlernte, war die Liebe für sie kaum

mehr als eine physische Zerstreuung. Soweit ich feststellen konnte, warf sie sich den Burschen, die ihr gefielen, an den Hals, und diese Launen pflegten gewöhnlich nur kurze Zeit anzuhalten. Um ihr Ziel zu erreichen, verschmähte sie diskrete Aufforderungen nicht, und wenn sie die Notwendigkeit spürte, verstärkte sie diese durch Argumente finanzieller Art. Daher waren im allgemeinen junge, mittellose Männer ohne Anhang ihre Beute. Mit diesem Verfahren sparte sie Zeit, vermied Komplikationen, und ihre natürliche Gutmütigkeit konnte sich austoben.

So ungefähr lief die Sache auch zwischen uns ab, als wir uns kennenlernten. Aber ich war hart im Nehmen. Überdies war sie charmant, hatte Erfahrung ... ich gab ihr, was sie wollte, ohne mich bitten zu lassen, und eine gegenseitige Achtung, die auf völliger Offenheit beruhte, war eine weitere Annehmlichkeit in unseren Beziehungen. Aber, was soll das: diese Frau ist tot, und sie starb sogar sehr schnell. Mit einem Wort, Elisabeth wurde bald von einer ausschließlichen Leidenschaft für mich ergriffen, deren allmähliches Wachsen ich beobachten konnte, obgleich sie sich Mühe gab, nichts nach außen dringen zu lassen. Es braucht nicht erwähnt zu werden, daß die nicht vorhergesehene große Liebe einen Menschen erschüttert, dem das Altern Furcht einjagt ...«

»Und ... Sie ließen es über sich ergehen?«

»Es war schwer, sie nicht zu lieben. Frauen, die diesen Punkt erreichen, besitzen gewisse Geschicklichkeiten, gewisse Annehmlichkeiten, die binden. Es ist beruhigend, einer älteren Geliebten alles zu bedeuten, wenn man selbst sich nur zur Verfügung stellt ...

Um die Sache kurz zu machen: Ich habe Ihnen genug gesagt, damit Sie Ihre Rolle verstehen können: Sie haben ein Martyrium mit meinem Namen auf den Lippen durchlitten, Sie kehren treu zu mir zurück, überströmend von Zärtlichkeit, bereit, alles zu verstehen, alles zuzugestehen, zu akzeptieren, alles zu verzeihen ... Eigentlich eine klassische Rolle.

Ich meinerseits werde eine würdige Miene aufsetzen, werde gelegentlich zu verstehen geben, daß mich dieser Eifer, weil unverdient, in Verlegenheit setzt . . .«

Ich hatte eine volle Teetasse in der Hand. Wie gern hätte ich sie ihm ins Gesicht geworfen!

Er zog eine Liste aus seiner Tasche.

». . . Sie werden in die Lage kommen, die Bekanntschaft einer Reihe von Personen zu machen, für die meine Frau etwas übrig gehabt hat. Ich glaube, es ist nicht schlecht, Ihnen eine Art Gedächtnisstütze zu übergeben, wie ich sie hier aufgestellt habe. Sie müssen unbedingt im Bilde und entsprechend vorsichtig sein und keine Ungeschicklichkeiten begehen. Mlle. Wolf und ich erheben nicht den Anspruch, alle erfaßt zu haben, dazu sind die Interessenten zu zahlreich, unsere Vermutungen zu unsicher . . . aber wir haben nach bestem Wissen unser möglichstes getan.«

Das fehlte gerade noch! Mechanisch ergriff ich den Zettel, während Stan, über meine Schulter geneigt, genießerisch Kommentare dazu abgab: »Das Sternchen vor einem Namen bedeutet *nach* unserer Liaison. Auf den ersten Blick werden Sie feststellen, daß Elisabeth mir schon sehr früh treu war . . . Die unterstrichenen Namen sind zweifelhafte Fälle . . . Die mit Großbuchstaben geschriebenen Namen sind die Personen, die Sie aller Wahrscheinlichkeit nach ›wiedersehen‹ werden. Gewöhnlich holte sie ihre Liebhaber aus ziemlich eng umgrenzten Kreisen . . .«

Dieser Schuft!

Das Organisationstalent, das diese Aufstellung enthüllte, ließ mich an Fabienne denken. Um abzulenken, fragte ich ihn, wann ich ›Mlle. Wolf‹ sehen könne.

Er setzte eine geheimnisvolle Miene auf, um meine Neugier anzustacheln, als ob die nicht schon mehr als erwartet befriedigt worden wäre: »Mlle. Wolf zieht es vor, Sie während dieser Einführungswochen nicht zu besuchen: sie befürchtet, sich durch diesen langsamen Prozeß der Umwandlung beeinflussen zu lassen. Ihre Pseudo-Tochter möchte lieber einen Schock bekommen, möchte plötzlich vor einer sorgfältig vorbereiteten Erscheinung stehen. Sie ist mit guten Gründen der Ansicht, daß sie unter solchen Umständen am sichersten urteilen kann. Aber wenn die Begegnung günstig ausfällt, sie muß und wird es, werden wir eine offizielle Rückkehr organisieren: eine hervorragende Idee, die auf Mlle. Wolf zurückgeht. Das heißt, Sie steigen heimlich, eine Station vor Paris, in einen Schnellzug, der aus Deutschland kommt, und wir werden Sie mit einigen Freunden an der gare de l'Est empfangen. In dieser Atmosphäre gefühlsmäßiger Hochspannung wird die Kritikfähigkeit der Zeugen herabgesetzt sein, und wir drei werden unter den besten Bedingungen ein schwieriges Kap umschifft haben ...«

Diese ›hervorragende Idee‹ ließ mich schaudern. Es lag etwas Unerträgliches in der Parodie der Ankunft, wie sie hätte sein können, wie sie hätte sein sollen ... Ich kämpfte, um diese Expedition herumzukommen, aber mir fehlten die Argumente, die Stan in Menge bereit hatte: »Mit dieser Komödie stellen wir uns denen, die Zuneigung für die Verschollene empfanden. Nur der hohe Einsatz des Spieles konnte uns dazu veranlassen. Aber was Sie betrifft ... Übrigens ist es nicht angezeigt, Mlle. Wolf in einer Angelegenheit zu widersprechen, die ihr am Herzen liegt und die ihrer Phantasie alle Ehre macht. Schließlich ist sie die Erbin!«

Was konnte ich darauf antworten?

Darauf beehrte er mich noch mit einer Fülle von Einzelheiten über meine Lebensweise, aber da ich völlig erledigt war, hörte ich nur mit halbem Ohr hin. In meinem Innern vernahm ich kreischende Räder, Schreie, sah Viehwagen vor mir, Soldaten, Stacheldraht ...

Stan wurde mir immer widerlicher. Und trotzdem konnte ich ihm nicht böse sein. Er war der geblieben, den ich geliebt hatte, ohne einen Schatten Bosheit, wie ein schönes Tier, das ohne Arglist Freud und Leid austeilt. Keiner von uns war besser oder schlechter als früher. Nur die Verhältnisse hatten sich geändert.

Beim Fortgehen empfahl er mir noch, meine Nägel kürzer zu schneiden und mich an die Zigarettenmarke Benson and Hedges zu gewöhnen: jetzt kann ich wenigstens ständig das rauchen, was mir gefällt.

26. August

Ich habe beinahe Lust, aufzugeben, mein Geld zusammenzuholen und eine Zeitlang zu verschwinden und sie auf ihrem Appetit sitzenzulassen. Wenn ich mir vorstelle, daß sie dann eine Klage auf Vertrauensmißbrauch anstrengen! Das gäbe eine herrliche Zeitungsnotiz!

Aber ich muß aushalten. Ich bin wie besessen von meinem ungesunden Drang, den ich nicht überwinden kann, eine bittere Lust, das Glas zu leeren, ehe ich es zerbreche.

27. August

Stan berichtete mir ohne besondere Freude von sich und Mlle. Wolf.

1940 war sie achtzehn Jahre alt, als ich ihr erlaubte, von Paris nach Montpellier zu fliehen. Dort war sie bei Verwandten untergekommen und begann mit dem Medizinstudium, das jetzt kurz vor dem Abschluß steht. Diese Trennung, die nur vorübergehend sein sollte, dauerte fünf Jahre! Ich erfuhr von ihren ersten Erfolgen auf den zwischen den Besatzungszonen erlaubten Karten, aber als ich mich dann nach Chartres zurückzog, war auch diese armselige Verbindung abgerissen ...

Nach Stans Erzählungen ist Fabienne ›sehr hübsch, besonnen, praktisch, nicht sehr lebhaft und hängt allem Anschein nach nicht sehr an ihrer Mutter‹.

In dieser Hinsicht hat sie sich also nicht viel geändert. Ich erkenne übrigens ihre Hand und allzu oft ihre Krallen immer wieder in dieser peinlichen Betrugsgeschichte. Es hätte mich auch erstaunt, wenn Stan, der von Natur ein Träumer ist, obgleich er versucht sich anzupassen, ohne ernsthafte Unterstützung mit solchen Komplikationen fertig geworden wäre. Er bedurfte immer eines Anstoßes, um etwas zustande zu bringen.

Ich bin mir durchaus darüber klar, daß ich die Kleine nicht erzogen habe, wie es nötig gewesen wäre. Ich muß sogar zugeben, daß ich sie überhaupt nicht erzogen habe. Zuerst hatten sich meine Eltern ihrer angenommen, bis sie starben, aber ich habe diese kostbare Erbschaft vertan, indem ich Fabienne nur die Zeit widmete, die ich übrig hatte, was nicht viel war, und sie von einem Internat ins andere schickte. Kurz, ich liebte sie wie etwas Nebensächliches. Vorübergehende Liebesaufwallungen können eine tägliche Gemeinsamkeit nicht ersetzen. Es ist also nicht erstaunlich, daß das Herz dieses Kindes sich verschloß, wenn meines sich nur zur Hälfte öffnete.

Natürlich hatte ich Entschuldigungen. Mein Dasein war schon sehr ausgefüllt, vielleicht zu sehr, und andererseits fiel es mir schwer, diesem Kind des Zufalls Prinzipien einzuschärfen, die ich nicht besaß, und eine Tugend zu predigen, die ich nicht vorlebte. Aber jede Unterlassung muß man eines Tages bezahlen . . .

Ich erhielt heute einen neuen Beweis der Fähigkeiten meiner Tochter. Als Stan noch einmal alle Vorsichtsmaßregeln aufzählte, die man bedenken müsse, schlug er sich auf einmal an die Stirn: »Ich vergaß einen äußerst wichtigen Punkt!«

»Wieder eine Idee von Mlle. Wolf?«

»Ja, in der Tat, ein ziemlich delikater Punkt . . .«

»Ich bin bereit, alles zu akzeptieren.«

Er lächelte verständnisinnig über die Anspielung und legte los: »Wie man berichtet, haben die Deportierten, die zurückkommen, Nummern auf den Arm tätowiert ... Natürlich gäbe es den Ausweg, lange Ärmel zu tragen. Aber es wäre von ganz besonderem Gewicht, wenn Sie solche Nummern vor Zeugen zeigen könnten. Diese letzte Vervollkommnung Ihrer Erscheinung würde das Vertrauen stärken, und man hätte nicht das Herz, sie anzuzweifeln ...«

Eine kalte Wut packte mich. Langsam schlug ich den Ärmel meines Kleides zurück ...

Stans Bestürzung war unbeschreiblich. Mit weit offenem Mund betrachtete er nacheinander die Tätowierung und mein Gesicht, das ich ihm gewollt ausdruckslos zuwandte. Ich fühlte, daß das in ihm aufsteigende Entsetzen eine immer bestimmtere Form annahm, und hielt es für besser, ihn wieder auf die Erde zurückzubringen: »Nicht nur Mlle. Wolf hat gute Einfälle. Der ihre kam etwas verspätet. Aus eigenem Antrieb habe ich mich neulich der Behandlung eines Könners des ›Milieus‹ anvertraut, der sich selbst übertroffen hat.«

Die Erleichterung Stans stand seiner vorherigen Bestürzung nicht nach: »Uff, das höre ich lieber. Einen Augenblick dachte ich ... ich fragte mich, ob ...«

»Ich nicht Elisabeth sei!«

»Genau! Tatsächlich! Es ist nicht sehr menschenfreundlich, mir einen solchen Schrecken einzujagen!«

»Geben Sie es nur zu: Sie wären ganz schön reingefallen, wenn sie es gewesen wäre.«

»Ah, ja und nein ...«

»Mehr ja als nein?«

»Das kann ich nicht so genau sagen. Glücklicherweise erhebt sich die Frage nicht!«

Er betrachtete das Kunstwerk näher.

»Man macht heutzutage wirklich erstaunliche Sachen. Ich bewundere vor allem, wie der Spezialist es fertigbrachte, seiner Arbeit eine Tönung zu geben, die sie alt erscheinen läßt: man würde glauben, die Verletzungen seien vor langer Zeit geschehen.«

»Offensichtlich handelt es sich um einen wirklichen Meister seines Fachs.«

Nun lächelte er wieder und machte mir Komplimente über meine Geistesgegenwart: »Wenn Sie sich in diesem Maße in die Rolle hineinversetzen, werden wir sicher die Vorbereitungen abkürzen können.«

Aber als er meine Schreibübungen nachsah, wurde er wieder unschlüssig. Die Unterschrift war für seinen Geschmack noch längst nicht richtig. Ich versprach ihm, das doppelte Pensum abzuleisten, um so schnell wie möglich die Vollkommenheit zu erreichen.

Was die Stimme anbetraf, so waren die Fortschritte beinahe zu groß . . .

»Wenn ich Ihnen manchmal zuhöre«, gestand Stan, »habe ich den Eindruck, es mit meiner Frau zu tun zu haben. Es ist bewundernswert! Sie müssen eine tolle Schauspielerin gewesen sein!«

Ich spielte die Bescheidene und entführte ihn nach draußen. Wir benutzten die Zeit, um eine Garderobe zu kaufen, die seinen Vorstellungen entsprach. Es gelang mir, ihn für ganz hübsche Modelle zu erwärmen.

»Sie dürfen nicht vergessen«, sagte ich in einem ganz von der Aufgabe durchdrungenen Ton, »daß ich nach einer langen Genesungszeit zu Ihnen zurückkomme und daß ich die fixe Idee habe, Sie wieder erobern zu wollen.«

Er gab das zu und schloß galant: »Sie haben sich auf so hübsche Weise ›entstellt‹, daß dieser Anspruch durchaus nicht übersteigert erscheint!«

Er kennt seine Leute!

3. September

Meine ›Rückkehr‹ steht vor der Tür. Stan spart nicht mit Lob, wie leicht es mir fiele, Tote wieder zum Leben zu erwecken. »Sie haben Talent«, wiederholt er oft. Die Sicherheit meines Spiels beeindruckt ihn so, wir sind so enge Komplizen geworden, daß er allmählich seine Zurückhaltung aufgibt und mich vertraut kameradschaftlich behandelt. Daß er einen Herzschlag lang geglaubt hatte, ich könnte seine Frau sein, hat mich ihm auf unklare Weise sympathisch gemacht, und es besteht jetzt eine neue Dimension zwischen uns. Viel hatte nicht gefehlt, daß meine Unvorsichtigkeit schlecht ausgegangen wäre, und dann erwies sie sich als Hilfe. Das ist seltsam ... Aber von da aus ...

Ich gäbe zehn Jahre meines Lebens, wenn er mich in seine Arme nähme, als Elisabeth oder als Julia!

7

5. September

Heute vormittag kam überraschend Fabienne. Ich stieg gerade aus der Badewanne, als sie gegen 11 Uhr von der Rezeption angemeldet wurde. Ich benutzte die Gelegenheit, sie im Morgenmantel zu empfangen, ein Frottierhandtuch um den Kopf gewickelt. Und trotz allem fühlte ich mich dadurch nicht sicherer. In mir kämpfte eine allzu natürliche Erregung mit dem Lampenfieber einer Schauspielerin am Tag der Generalprobe.

Sie trat vorsichtig ein und musterte mich, wie sie es bei einem seltsamen Tier gemacht hätte. Eine gute Dosis Mißtrauen lag in ihrem Blick. Ich bat sie auf englisch, Platz zu nehmen, und entschuldigte meinen Aufzug. Sie erschien mir sehr verwirrt. Die kunstvolle Aufmachung, die sie erwartet hatte, war nicht vorhanden.

Sie war genauso hübsch, wic Stan sie mir beschrieben hatte. Eigentlich noch hübscher. Zum erstenmal fiel mir die warme Vollkommenheit ihrer Erscheinung in diesem Maße auf. Ich fühlte mich mit einem Schlage einige Jahre älter. Als sie mich verließ, war sie noch ein in sich verschlossenes junges Mädchen, und nun stand mir eine Frau gegenüber. Mit einem Blick stellte man dieses Aufblühen fest, diesen Duft innerer Sicherheit, den ein junger Körper ausstrahlt, der den Genuß mit dem ganzen ersten Ungestüm reichlich ausgekostet hat. Ein Mann muß da am Werk gewesen sein, während ich meine Haut rettete. Hinter Stacheldraht kann man seine Tochter nicht bewachen.

Einen Augenblick unterhielten wir uns, ohne daß das Eis gebrochen wurde. Aber während wir redeten, kam und ging ich, verwandelte mich langsam und gab mir in unmerklichen Übergängen das Aussehen, das ihr vertraut war. Von Zeit zu Zeit verschwand ich in meinem Schlafzimmer und kam jedesmal sorgfältiger angezogen, vollendeter, mütterlicher zurück ... Schließlich setzte ich mich ihr gegenüber und sah, daß ihre Bestürzung wuchs.

Ich hatte ein ganz einfaches Kleid angezogen, meine Haare wie früher frisiert, verfiel in die mir eigentümliche Redeweise ... wurde mehr ich selbst als je zuvor ...

»Nun, Fabi, was hältst du davon?« sagte ich zu ihr mit der ihr bekannten Stimme. »Ist Stan nicht ein guter Lehrmeister?«

Sie sprang auf, riß die Augen auf, brach in Tränen aus ...

Der Wunsch überkam mich, ihr alles zu sagen, sie in mein Spiel einzubeziehen ... Ich fürchtete aber, daß sie ihren Mund nicht halten könnte. So fragte ich sie nur: »Liebten Sie Ihre Mutter sehr?«

Während sie sich die Augen mit einem kleinen Taschentuch betupfte, antwortete sie: »Man liebt seine Mutter immer mehr, als man glaubt.«

Selten hat sie mir ein so reizendes Geständnis gemacht. Aber sie fing sich wieder, warf mir einen unangenehmen Blick zu, als ob sie mir ihre eigene Schwäche übelnähme. Die Unterhaltung schleppte sich eine Viertelstunde hin, dann zog sie sich zurück: sie wollte möglichst schnell ihrem Unbehagen entfliehen.

Ich begleitete sie hinunter, als sie zum erstenmal auf unser Geschäft anspielte: »Sie sind ein Erfolg. Ich glaube, es wird gehen.«

»Keine Retuschen?«

»Nein, wirklich ... ich wüßte nicht. Übrigens hat Stan meine Mutter häufiger gesehen als ich. Er besaß alles von ihr, bis zu ihrer Personalbeschreibung. Er muß Sie beraten.«

In der Bemerkung lag eine tiefe Bitterkeit.

»Vernachlässigte Sie Ihre Mutter?«

Sie zeigte ein kleines Lächeln: »O nein! Nicht einmal das ... Ich würde eher sagen, sie ließ mich treiben ...«

Auf der Türschwelle gab sie mir die Anweisungen, die ich erwartete: »Ich kam, um Ihnen zu sagen, daß Sie am 7.

zurückkommen mit dem Zug, der um 20 Uhr 48 an der gare de l'Est ankommt. Wir haben einige Personen verständigt, um die Familienabordnung zu vervollständigen, aber diese undankbare Arbeit hatte keinen großen Erfolg. Meine Mutter kannte vor allem Kranke und Liebhaber. Sie war zu beschäftigt, um viele Freunde zu haben. Ich konnte nur Le Bigan dazu bringen. Das ist besser als nichts.«

Ich beglückwünschte mich, daß ich Pierre schon über meine Lage aufgeklärt hatte. Ich tat so, als ob ich überlegte: »Le Bigan? ... Der Gynäkologe, der als ›zweifelhaft ohne Sternchen‹ angegeben ist?«

Mein liebenswürdiger Ton heiterte ihren Blick nicht auf. Sie begnügte sich damit, zuzustimmen: »Ebender: Sie haben ein gutes Gedächtnis. Ein sehr anständiger Mann, dem meine Mutter zugetan war. Es kam auch vor, daß sie eine gute Wahl traf.«

Mit dieser schmeichelhaften Bemerkung ließ ich sie gehen.

Diese dreckige Göre mit ihrer neuerworbenen Schönheit und ihrem harten Schädel. Warum zum Teufel habe ich dieses Kind bekommen?

6. September

Ich ging zu Pierre. Er empfing mich in seinem Sprechzimmer nach der letzten Konsultation. Als er sich die Hände wusch, hörte ich ihn fluchen: »Diese Weiber!«

Er erklärte sich gerne näher: »Zum viertenmal habe ich mich eben einer hysterischen Ziege von fünfundvierzig geschlagenen Lenzen entledigt, die auf meine Reize reingefallen ist. Diese Art Patienten bringt mich zur Verzweiflung!«

Wir setzten uns zu einem Glas Portwein. Pierre schien verlegen: »Nun? Man kehrt heim, nach dem, was mir Fabi erzählt hat?«

Ich dankte ihm sehr herzlich, daß er diese Komödie mitmachen wollte.

»Keine Ursache. Unter uns, du hast nicht unrecht gehabt, dein Wiedererscheinen etwas hinauszuschieben. Als ich dich das letzte Mal sah, warst du nicht gerade anziehend. Jetzt erinnerst du mich immer mehr an einen alten Flirt.«

»Noch ein Krieg, dann machen wir weiter.«

Wir tranken auf diese Hypothese ... und ich entschloß mich, ihm alles zu erzählen. Ich kannte ihn als guten Ratgeber, und seit einigen Wochen erstickte ich buchstäblich an dem Bedürfnis, mich jemandem anzuvertrauen.

Ohne weitere Umschweife kam ich zum Kernpunkt der Sache: »Die besagte Komödie wird noch weiter getrieben, als du dir vorstellst. Ihre Besonderheit liegt darin, daß alle mitspielen: Du wirst so tun, als ob du mich nach Jahren der Trennung zum erstenmal wiedersiehst, Stan und Fabi werden so tun, als ob sie ihre Frau und Mutter wiedersehen, und ich werde so tun, als ob ich ich selbst sei ...«

»So tun?«

Pierre war völlig durcheinander. Ich entwarf ihm das Bild in allen Einzelheiten.

Er schenkte sich ein zweites Glas Portwein randvoll ein, das er in einem Schluck hinunterkippte, und riet mir nach langem Schweigen: »Hau ab, so schnell wie möglich, so weit wie möglich. Du stehst vor einer Katastrophe!«

Ich warf ihm vor, daß er übertreibe: »Deine Befürchtungen sind völlig grundlos. Ich habe die Situation ganz in der Hand ...«

»Du hast keine Ahnung! Glaubst du, das Leben wird erträglicher sein zusammen mit Menschen, die mit dir von dir gesprochen haben, als seist du tot, mit allem, was diese nicht wieder rückgängig zu machenden Worte einschließen?«

»Ich ertrage es gut.«

»Sie werden es nicht ertragen, daß du es geduldet hast. Sie werden dir nicht vergeben, was sie dir gesagt haben ... Und wenn es nur das wäre!«

»Das heißt?«

»Weißt du, daß du ganz einfach auf dem besten Weg bist, dich umbringen zu lassen?«

»Großer Gott! Von wem und warum?«

»Wenn ich richtig begriffen habe, so fehlt deinen Teilhabern weder eine Mutter noch eine Ehefrau, sondern ein Leichnam, der auf glückliche Weise diese beiden Eigenschaften vereint.

Versetze dich doch in ihre Lage: die Formalitäten, die Nutznießung und die Liquidation zu erreichen, dauern relativ lange; das Risiko, sich erwischen zu lassen, wird mit der Zeit und den Fehlern größer. Außerdem kann es sein, daß sie das Vertrauen zu dir verlieren, daß sie dich in Verdacht haben, mit dem größten Teil des Vermögens durchgehen zu wollen ... Ein ›Unglücksfall‹ beim Verlassen des Zuges, wenn ich den Rücken gedreht habe, würde ihnen wunderbar passen: geringeres Risiko, mehr Geld. Du darfst nicht vergessen, daß du in ihren Augen nur eine Abenteuerin bist. Ich habe so ähnliche Geschichten schon gelesen ...«

Er konnte reden ... er konnte mir keine Angst machen. Seine Argumentation war logisch, aber glücklicherweise lassen sich menschliche Wesen nur in weniger bedeutenden Angelegenheiten durch die Logik führen. Wenn es ums Ganze geht, gehorchen sie ihrer inneren Stimme, sei sie gut oder schlecht.

Ich gab zurück: »Nicht die Situation fordert das Verbrechen heraus, sondern das Vorhandensein von Verbrechern, für die jede Gelegenheit ermutigend ist und die sie sich schaffen, falls sie sich nicht bieten sollte. Nun kenne ich meine Tochter leidlich ... und Stan wird mich nicht umbringen: er ist zu faul.«

An diesem Punkt der Unterhaltung wirkte der Name Stan auf ihn wie das rote Tuch auf einen an sich wohlmeinenden Stier: »Lassen wir also den Mord beiseite ... Aber Stan ist zu faul für viele Dinge ... Du solltest nicht unbedingt mit ihm rechnen, gleichgültig wie ihn das Standesamt klassifiziert.

Zweifellos hat er dich auf seine Art geliebt, das heißt er hat dich genommen, um nicht zu verhungern, er hat dich behalten, um zu spielen – Schach zu spielen, und er hat dich geheiratet, um auf die Behörden pfeifen zu können. Er hat immer schwerwiegende Gründe gehabt, dich zu schätzen. Dein gutes Aussehen war für ihn nur eine Belohnung seines Fleißes, das ihm ein gutes Gewissen verschaffte. Heute bist du nicht mehr so jung, das Alter hat dich angefaßt – wie uns alle –, und die Vorsehung kann viel erreichen, aber nicht einen Ungläubigen dieses Schlages veranlassen, den Liebhaber zu spielen, wenn es ihm nicht gefällt. Bei den Paaren, die durch ein geistiges Band zusammengehalten werden, kommt das Pflichtgefühl der Natur zur Hilfe, und die, die miteinander alt geworden sind, erleben die Gnade der Blindheit gegenüber dem Partner; aber für einen Stan, einen Einzelgänger von Berufs wegen, einen Katzenfresser ...«

Er wurde in seiner Parteilichkeit komisch. Die Religion seiner Väter brach bei ihm durch!

Ich wies ihn darauf hin, daß es kein Verbot gab, Katzen zu essen ...

Er lachte wild: »Auch Menschenfressen ist nicht verboten. Medizinisch gesprochen möchte ich sogar behaupten, daß es sehr gesund ist, wenn die Innereien vorher sorgfältig untersucht werden. Ich habe mich schon immer gewundert, daß die sogenannte wissenschaftliche Sittenlehre nicht diese Ernährung empfiehlt, die das akuteste soziale Problem mit einem Maulaufklappen lösen würde. Wenn sie die Kapitalisten als Appetithäppchen verzehrten, dann die Arbeitslosen, um mit den Fettesten zu beginnen, hätten die tatsächlichen Produzenten sehr schnell die klassenlose Gesellschaft geschaffen, von der sie träumen ...«

Ich warf ein, daß die sogenannten Sittenlehren eben nicht so wissenschaftlich seien, wie sie es gern behaupten.

»Das ist es eben!« bemerkte er traurig. »Sie machen in Religion, was ihnen erlaubt weiterzubestehen ... Stan ist so vernünftig, sich nicht mit dieser Hegelschen Dialektik einzulassen, aber du kannst ruhig sein: er wird dich nicht für so wenig verzehren. So vernünftig ist er nun auch wieder nicht. Wenn auch dieses Festessen sein Problem beträchtlich vereinfachen könnte!«

»Er wird mich nicht aufessen, und er wird mich nicht lieben; wenn ich recht verstehe, habe ich also nicht viel von ihm zu erwarten!«

»Nein! Und hoffe auch nicht, ihn kaufen zu können. Solche Leute haben eine eigene Moral, wie du sicher schon bemerkt haben wirst: sie prostituieren sich nur, wenn es unbedingt nötig ist, und mit Weibchen, die ihre Lust verdammt anregen. Auf diese Weise befriedigen sie alle ihre Gelüste ... So! Es ist heraus! Du wirst mir böse sein, aber das ist mir egal! Je klarer du siehst, desto weniger wirst du leiden.«

Ich war ein bißchen bestürzt von diesem Schwall unheilvoller Prophezeihungen, bei denen ich auf den ersten Anhieb nicht das Wahre vom Falschen, das Mögliche vom Unwahrscheinlichen unterscheiden konnte. Ich bemühte mich jedoch, ihn zu beruhigen: »Ich bin dir nicht böse, und ich zähle auch nicht auf Stan. Ich habe noch ein bißchen Hoffnung, das ist alles. Selbst wenn meine Chancen gering sind, muß ich sie nutzen. Ich kann nicht anders.«

Pierre sah mich an mit den Augen des Arztes und machte einen letzten Versuch: »Stan kann dich umbringen, ohne dich wiederzuerkennen ... er kann es auch, nachdem er dich erkannt hat.«

»Um meinen Überfluß zu genießen, ohne ›die Gnade der Blindheit‹ zu brauchen?«

Er begriff wohl, daß er zu weit gegangen war, und machte eine verlegene Geste. In diesem Augenblick merkte ich, daß die Halbwahrheiten, die er mir verpaßt hatte, nach einem Vorwand schmeckten. Ich versuchte, den wahren Grund herauszubekommen: »Hör mal zu, Pierre, du gibst dich übertrieben und ein bißchen flegelig, was eigentlich nicht deine Art ist. Du bist fast ängstlicher als ich bei dem Gedanken an diese Rückkehr. Warum? Steckt da noch etwas anderes dahinter, das du mir nicht zu sagen wagst?«

Seine Verlegenheit wurde noch größer, beinahe greifbar. Er zuckte die Schultern und antwortete: »Ich habe nicht das Recht, Genaues zu sagen. Es ist möglich, daß ich mich täusche. Du mußt es erraten. Du bist groß genug . . .«

Ich drängte vergeblich, er sagte nicht mehr.

Ich ging viel unruhiger, als ich gekommen war.

7. September

Ich fahre gleich nach Reims, wo ich den D-Zug nach Paris nehmen soll.

Ich habe meine Unterhaltung mit Pierre hin und her gedreht, bis ich überhaupt nicht mehr wußte, was davon zu halten war. Was mag er wohl haben andeuten wollen, das noch unangenehmer wäre, als das, was er ausgesprochen hat? Es ist vielleicht ganz einfach, aber ich sehe es nicht. Ich habe eben diese Seiten noch einmal durchgelesen, in der Hoffnung eine Einzelheit zu entdecken, die mich auf den richtigen Weg bringen könnte, aber vergeblich . . .

Los! Es ist Zeit. In einem schäbigen Koffer muß ich meine Deportiertenausrüstung unterbringen. Der Rest meiner Sachen geht bis auf weiteres auf den Speicher des Hotels. Es ist möglich, daß ich nach diesem Haus Sehnsucht bekommen werde, aber man ändert sein Schicksal nicht – vor allem, wenn es Unheilvolles verspricht.

8

11. September

Gehen wir der Reihe nach vor: das ist der einzige Weg, etwas Licht in diese Folge unglaublicher Ereignisse zu bringen, die auf mich herniederprasselten, bis ich völlig erledigt war.

Ich bestieg den D-Zug in einer Stadt, die zum Teil in Trümmern lag und fast soviel durchgemacht hatte wie ich. Die Nacht brach während der Fahrt herein. Auf dem Lande gingen die Lichter an und wurden immer zahlreicher, je näher wir der Hauptstadt kamen. Kurz vor der Gare de l'Est hielt der Zug plötzlich in vollkommener Dunkelheit; niemand wußte, warum. Ich war wie erschlagen, denn ich stand in einem von Gepäck und Menschen überfüllten Abteil. Eine panische Lust ergriff mich plötzlich, um jeden Preis zu entfliehen, mich vor meinem Empfangskomitee zu drücken ... aber der Zug begann wieder zu rollen.

Ich erkannte sie sofort, wie sie da aufgepflanzt auf dem Bahnsteig etwas abseits von der Menge standen, mit leicht angestrengten Gesichtern. Ich stieg mühsam aus, ging durch Schreie und Rauch auf sie zu. Wie es sich gehört, löste sich Fabienne zuerst von dem Häuflein, und wir liefen immer schneller aufeinander zu. Wir hielten uns lange Zeit umschlungen, beide ängstlich, es nicht zu kurz zu machen, während Stan wartete, bis er an der Reihe war. Ich gelangte aus den Armen meiner Tochter in die meines Mannes, aus dessen Armen in die Pierres. Wir spielten alle vier so gewissenhaft, daß unsere Augen trotz allem feucht wurden und daß die abgehackten Worte, die wir wechselten, beinahe echt klangen: »Hattest du eine gute Reise?«

»Ausgezeichnet!«

»Du hast dich nicht verändert ... Du siehst gut aus ...«

Pierre ergriff meinen mageren Koffer, und wir gingen dem Ausgang zu, wobei Stan und Fabienne mich stützten, so als ob es sich als notwendig erwiesen hätte. Ich kam mir eher wie ein Opfer vor, das man zu einem improvisierten Schlachthaus schleppte.

Wir durchfuhren die im Licht erstrahlende Stadt in dem Citroën, dessen Motorenlärm *sui generis* jede zusammenhängende Unterhaltung unmöglich machte. Die Seineufer waren schöner denn je, und ich verstand beim Anblick solcher Schönheit besser, daß Paris das Vaterland aller derer ist, die keines haben. Die Städte sind herzlicher in ihrem Willkommensgruß als die Menschen, man kann sie veranlassen zu sagen, was man gerne hört.

Stan setzte mich und Fabienne vor meiner Tür ab und verließ uns, um Pierre in seine Wohnung rue du Ranelagh zu bringen.

Letzterer flüsterte mir beim Abschied ins Ohr: »Gute Nacht, trotz allem!«, was nicht sehr einladend klang.

Meine Tochter zeigte mir die Wohnung, die so geblieben war, wie ich sie verlassen hatte. Die Siegel der zuständigen Besatzungsbehörden hatten sie vor Plünderungen bewahrt. Das ist eine gewisse Garantie, wenn man nur von der Verwaltung bestohlen werden kann. Wir gingen durch die Privat- bis in die Ordinationsräume, wo die verschiedenen Apparate vollständig vorhanden waren. In meinem Schlafzimmer war der kleine Wandsafe noch an seinem Platz, halb geöffnet, der Schlüssel steckte im Schloß. Als ich allein war, tat ich das hinein, was ich Kompromittierendes bei mir trug: dieses Tagebuch, meine kleine Porzellankatze, meinen letzten Brief an Stan, der im Fall von Verdächtigungen Material für ein Gutachten geliefert hätte. Schließlich änderte ich den Code, schloß den Safe ab und brachte den Zahlenmechanismus durcheinander.

Darauf machte ich mich flüchtig zurecht und ging zu Fabienne in den Salon. Die Stehlampe beleuchtete ihr Profil, wie sie so in einem der zwei roten Ledersessel vor dem Kamin saß. Ich machte es mir in dem anderen bequem, schlug die

Beine übereinander und sagte: »So machte es Ihre Mutter, nicht wahr?«

»Ungefähr«, antwortete sie abwesend. »Sie zog ihren Rock sogar noch etwas höher, sie war völlig ungeniert.«

Aber ihre Gedanken galten Stan, dessen Rückkehr sich verzögerte: es handelte sich immer nur um ihn in den kurzen Bemerkungen, die sie in ihrer Nervosität herausbrachte. Schließlich stand sie auf, lief im Zimmer hin und her, während die Zeit verging. Ich schlug ihr vor, sich schon in ihr Studio im siebten Stock zurückzuziehen: sie hörte mir gar nicht zu, ihre Unruhe wurde ständig größer. Es war beinahe Mitternacht, als sie zu ihrem Sessel zurückkam, in den sie sich so hineingrub, daß sie ganz klein aussah. Es lag wirklich etwas Kindliches in ihrer Aufregung, das gar nicht zu dem paßte, was ich von ihr gehört hatte. Ich zählte beruhigende Vermutungen auf, aber dieser Trost, um den sie nicht gebeten hatte, war erfolglos.

Fünf Minuten nach zwölf ließ sie die Telefonglocke auffahren. Zitternd nahm sie den Hörer ab: »Bist du es?«

Das übrige verstand ich nicht. Eine Eiseskälte ergriff mich. Als mein Herz wieder anfing zu schlagen, kam Fabienne zurück und sagte mit entspanntem Gesicht: »Es war nichts ... eine Panne, das hätte ich mir denken können.«

Einen Augenblick später setzte sie hinzu, da ihr klar war, daß sowieso kein Zweifel mehr möglich war: »Es ist verrückt, aber ich habe immer Angst, ihn zu verlieren!«

Ich riß mich zusammen und fragte sie in neutralem Ton: »Sind Sie schon lange seine Freundin?«

»Juli. Wir haben die Befreiung der Lager abgewartet, die Rückkehr der Opfer ...«

Ich beglückwünschte sie zu dieser Selbstbeherrschung mit einer unfreiwilligen Ironie, die ihr entging.

»In der Tat bedarf es schwerwiegender Gründe, um Stan fast ein Jahr zu widerstehen. Er ist verführerisch, nicht? Haben Sie sein Lächeln gesehen, dieses etwas traurige Lächeln von Menschen mit Erfahrung, die man gern trösten möchte. Ein Lächeln, ähnlich dem Ihren.«

Das war sehr liebenswürdig!

»Ich hoffe, diese Situation überrascht Sie nicht. Wir haben versäumt, Sie davon zu unterrichten, weil wir dachten, Sie hätten es auf Grund Ihrer Erfahrungen gemerkt.«

Ich muß wirklich sehr beschränkt gewesen sein, um nicht zu verstehen, was Pierre gewittert hatte. Zweifellos schließt die Vernunft Kompromisse, wenn man liebt.

»Sie haben schon den besten Teil der Erbschaft angetreten«, stellte ich fest.

»Ja. Es ist seltsam: meine Mutter hat mir tot mehr Gutes getan als lebendig.«

»Hatten Sie sich über so viel zu beklagen?«

Sie zögerte und gestand mir dann, indem sie die Worte wohl abwog: »Um irgend jemanden zu hassen, muß man ihn kennen. Meine Mutter hat sich nicht so viel mit mir abgegeben, daß ich überhaupt in die Lage gekommen wäre, ihr böse zu sein. Sie hat mir alles gegeben, außer sich selbst. Das ist weniger als nichts.«

Ich lenkte sie vom Thema ab, indem ich ihr eine Frage stellte, deren Antwort ich schon seit einiger Zeit erriet: »Sie haben die Idee gehabt, nicht wahr, mich diese Rolle spielen zu lassen?«

»Aber ja. Natürlich!« gab sie ohne Zögern zu. »Außer im Schachspiel und in der Liebe taugt Stan nicht zu vielen Dingen. Er ist so etwas wie ein Intellektueller ... Nicht nur die Idee ist von mir, sondern ich war es auch, die Sie ausgesucht hat.«

Darauf war ich nicht gefaßt.

»Eines Abends ging ich die Champs-Élysées hinauf, als sich mein Blick in einer spiegelnden Scheibe fing: ich sah das Bild einer Toten ... Sie standen da, versunken in den Anblick der Kleider. Die Ähnlichkeit erschütterte mich. Ich hätte beinahe Ihre Hand genommen und Sie angesprochen. Aber

Ihr Profil war mir nicht völlig vertraut: irgend etwas undefinierbar Fremdes ... Und dieser Hauch höchster Eleganz, des Nichtstuns, der Sie umgab, hielt mich zurück. Ein bißchen Überlegung tat das übrige, um mich zu überzeugen, daß es sich um einen Irrtum handelte.

Ich ging Ihnen jedoch nach, beinahe gegen meinen Willen, bis zu Ihrem luxuriösen Hotel ganz in der Nähe. Und nachts, als ich versuchte zu schlafen, kam mir der Gedanke: eine Erleuchtung. Ich weckte Stan, der sich zuerst überreden, dann aber überzeugen ließ, sowohl durch meine Vorstellungen als durch Ihre Qualitäten. Seit diesem ersten Abendessen, als er das Vergnügen hatte, Sie zu sehen, war er gewonnen.«

In Erwartung unseres Stiefvaters und Ehemannes wechselten wir nur noch wenige belanglose Worte.

Ich war wie erschlagen, von einander widersprechenden Regungen zerrissen, und es gelang mir nicht, zu einem objektiven Urteil zu kommen. Die Haltung Fabiennes war so sicher, so natürlich, daß mir der Gedanke durch den Kopf schoß, überflüssig zu sein; gleichzeitig wurde der Wunsch, meinen Platz wieder einzunehmen, so heftig wie nie zuvor. Aber im Grunde meines Herzens fühlte ich mich vom Verhängnis beschattet, in den Fängen unerbittlicher Gewalten, deren unversöhnlichste vielleicht die Jugend war.

Stan kam um halb ein Uhr in bester Laune zurück, trotz seiner ›mechanischen‹ Enttäuschungen, die er uns in allen Einzelheiten erzählte. Ich verdankte also die Enthüllung meiner unglückseligen Familienverhältnisse einem Kurzschluß: Die Sonnenblende war heimtückischerweise aus ihrer Halterung gerutscht, bis ihr Metallrand eine Schraube vom Schalter des Scheibenwischers berührt hatte ...

»Mit diesem Wagen habe ich tatsächlich das Letzte durchgemacht«, schloß Stan, »eine nächtliche Panne der Sonnenblende inbegriffen! Ein Gebrauchtwagen ist Synonym für Leidensweg des kleinen Mannes. Es wird Zeit, daß wir reich werden!«

Darauf ging Fabienne schlafen, nachdem sie Stan umarmt und ihm halblaut erklärt hatte: »Wir brauchen uns vor Madame nicht mehr zu genieren: sie ist im Bilde.«

Stan stand vor mir, verlegen, mit einer Spur von dummer Selbstgefälligkeit.

»Machen Sie nicht so ein Gesicht«, warf ich ihm zu, »schließlich steht es 10:1, daß sie tot ist.«

Er antwortete lächelnd: »Oh, ich habe mir nichts vorzuwerfen. Die Tochter hat mich mit genausoviel Eifer verfolgt wie die Mutter, und wir wären schon verheiratet, wenn ich nur schwarz auf weiß hätte, daß meine Frau tot ist. Aber Sie spielen Ihre Rolle so vollkommen, daß ich mich des Gefühls nicht erwehren kann, unrecht zu tun ...«

»Es wäre beruhigender, wenn Ihr Gefühl so dauerhaft wäre, eine Trauerzeit einzuhalten.«

Stan verzog das Gesicht: »Ich bin für klare Gefühle, wie sie auch immer sein mögen ... und ich muß gestehen – was Ihnen zum Lobe gereicht –, daß Sie mir dabei nicht helfen. Bisher habe ich nicht an Geschichten von Doppelgängern geglaubt, habe sie für erfunden gehalten: durch Sie habe ich meine Meinung geändert, und es ist menschlich, daß mich diese erstaunliche Ähnlichkeit manchmal etwas mitnimmt.«

Ich sagte, ich sei verwirrt, ihn in diesem Maße in Verlegenheit zu bringen, aber er beruhigte mich scherzend: »Regen Sie sich deswegen nicht auf! Ich werde mich daran gewöhnen, den Geist Elisabeths vor Ihrer Nase zu betrügen. Das ist Übungssache!«

Ich fragte etwas schmollend: »Was finden Sie denn an dieser Kleinen so betörend?«

Er schüttelte den Kopf: »Bestimmt hat sie nicht das Herz ihrer Mutter ... aber die anderen Organe sind von guter Qualität. Und unsere Interessen sind so eng verknüpft ...«

Ich fuhr fort: »Sie scheint Sie anzubeten ...«

»Ja ... ja. Sie war noch unberührt. Sie wissen ja, wie die ersten Erfahrungen ein Mädchen binden, selbst das unabhängigste ... Und sie ist in dem Alter, in dem man Dummheiten macht. Es gibt zwei kritische Perioden bei den Frauen: um zwanzig und um vierzig herum: die Welt, die sich öffnet, und die Welt, die sich wieder schließt ...«

»Dann werden Sie also den Schluß mit der Mutter und die Eröffnung mit der Tochter durchgemacht haben!«

Er lachte herzlich: »Das ist nicht zu bestreiten! Nur den Vater habe ich nicht mitgekriegt! Das ist übrigens nicht erstaunlich, niemand weiß, wer er ist.«

Da ging das Licht aus.

»Eine Panne hier im Bezirk«, erklärte Stan. »Das kommt jetzt oft vor. Warten wir mit dem Schlafengehen, bis das Licht wiederkommt. Es dauert nie lange ...«

Diese Dunkelheit hatte nichts Intimes. Ich tastete mich zu dem Wandschrank in der Küche, um eine Kerze zu holen. Der Vorrat aus den Kriegsjahren lag noch an seinem Platz. Ich entzündete den Docht mit meinem Feuerzeug, das ich unterwegs tief in meiner Tasche entdeckt hatte. Als ich in den Salon zurückkam, ging ich wieder zu Stan, dessen Silhouette schwach auf dem Sofa zu erkennen war. Ich befestigte die Kerze auf dem Glas eines niedrigen Tisches und setzte mich neben ihn. Er schwieg eine Weile und sah mich einige Male heimlich an. Mir war so, als ob ich auf seiner Stirn Schweißtropfen sähe. Ich fragte besorgt: »Ist Ihnen nicht wohl?«

»Es ist nichts ... ein leichtes Unwohlsein«, seufzte er. Instinktiv nahm ich seinen Puls, der etwas schnell ging. Er machte sich sanft los und sagte: »Erlauben Sie, daß ich die Kerze ausblase? Sie ruft bei mir Erinnerungen wach, die die Nacht ...« Er vollendete den Satz nicht, beugte sich zu der Flamme, die ich ohne Widerrede verschwinden ließ. Wir blieben eine Weile ruhig im Dunkeln ...

Und ich muß es niederschreiben, sonst würde ich es nicht glauben: seine Hand riß den obersten Knopf meines Kleides ab, eines Wollkleides, das vom Hals bis zum Knie geknöpft war. Aus Angst, daß der Traum verflöge, wagte ich keine

Bewegung zu machen, keinen Ton von mir zu geben. Erregt, entzückt vergaß ich sogar zu atmen ... Bei jedem Knopf, der nachgab, wiederholte ich mir in einer Art erschöpfter Ekstase: »Er begehrt mich! Er begehrt mich!«

Ich bewahrte so viel Geistesgegenwart, in eine völlige Hingabe zu versinken, die sich sehr von meinen früheren Gewohnheiten, sowohl was Worte als auch das physische Verhalten betraf, unterschied. Das Licht ging wieder an, als Stan eine erste Befriedigung gehabt hatte. Ich schloß die Augen, um die Größe meines Glücks zu verbergen. Als ich sie wieder öffnete, musterte er meine Nacktheit mit einer bestürzenden Konzentration. Ich zog ihn wieder an mich ... Und er umarmte mich bis zur Erschöpfung seiner Kräfte mit einer beinahe fieberhaften Erbitterung, aus der er ebenso nachdenklich wie niedergeschlagen wieder zu sich kam.

Gegen drei Uhr räumten wir flüchtig unsere Unordnung auf, und er entschuldigte sich für sein Benehmen: »Seien Sie mir nicht böse. Ich habe noch nie einer hübschen Frau widerstehen können. Aber bitte, sehen Sie in diesem Verhalten nichts anderes als eine Huldigung des Körpers. Ich bin zunächst an einem Geschäft interessiert und dann erst an Mätressen.«

Ich spielte die Rolle, die er verlangte: »Sicher gibt es auch bei den ernsthaftesten Geschäften angenehme Nebenerscheinungen. Sie sind um so eher zu entschuldigen, diese entdeckt zu haben, als ich Sie auf ganz erstaunliche Weise an die Frau erinnere, die Sie geliebt haben.«

»J ... ja, so ist es ungefähr. Als ich Ihnen huldigte, fühlte ich noch mehr, was ich alles verloren habe.«

Der Ton war ein bißchen zu höflich.

»Habe ich Sie so sehr an Elisabeth erinnert?«

»Im Grunde ... ich bin mir nicht klar ... Erinnerung und Phantasie verschleiern die Wirklichkeit. Die Leiber sind sich ähnlich wie Schwestern. Und dann ... Sie gehen sehr wenig aus sich heraus.«

»Hätten Sie es gern, wenn ich die Illusion noch weiter triebe?«

»Hm! Wir haben schon so viel von Ihnen verlangt! Wir können anständigerweise nicht fordern, daß Sie wie meine Frau lieben. Es gibt eine Grenze der Gefälligkeiten und des Einfühlungsvermögens.«

Ich konnte nicht erkennen, ob diese Bemerkung Bedauern oder Erleichterung ausdrückte. Stan war auf alle Fälle sehr bedrückt. Er zog sich bald danach zurück.

Man kann wohl sagen, daß dieser Abend ein reichhaltiges Programm geboten hatte. Ich legte mich mit Temperatur ins Bett und hatte in der Nacht eine starke Blutung. Am nächsten Morgen ließ ich Pierre kommen, der mir einige Tage Bettruhe verordnete.

»Du bist mit den Nerven am Ende«, verkündete er mir, »und doch siehst du aus wie eine gesättigte Katze, die ein unsauberes Tier ausgegraben hat. Sollte Stan dich besser als vorgesehen empfangen haben?«

»Fabienne ist seine Geliebte.«

»Das überrascht mich kaum ... Unannehmlichkeiten, die Toten passieren können.«

»Fabienne ist seine Geliebte und ich auch.«

Darauf erstarrte er zunächst in einem wenig schmeichelhaften Erstaunen.

»Siehst du«, fuhr ich fort, »er hat mich nicht nur beim Verlassen des Zuges nicht umgebracht, sondern ist auch noch mit mir ins Bett gegangen. Genau, als ob ich ich wäre!«

Nach reiflichem Überlegen erklärte Pierre: »Wenn es so ist, ist alles noch viel beunruhigender. Ich habe gelesen, daß im alten Rom die Henker die Jungfrauen schändeten, ehe sie sie umbrachten ...«

»Es war gestern abend keine Rede von Schändung noch von Jungfrau!« gab ich mit einem befriedigten Lächeln zurück.

»Sei trotzdem vorsichtig. Die faulen Henker sehen nicht so genau hin ...«

Der gute Pierre kann einem wirklich die Lust nehmen!

Morgen stehe ich wieder auf nach einer freundlichen Genesungszeit, in der mich meine Tochter und mein zukünftiger Schwiegersohn mit Aufmerksamkeiten verwöhnt haben.

Offensichtlich sind Stan und ich zum Anfang unserer frühesten Beziehung zurückgekehrt. Die Hauptsache ist geschafft. Es ist ein wahres Wunder. Ich habe ihn gewonnen, weil ich eine Kerze hinstellte, als das Licht ausging, aber schön ist es doch!

9

14. September

Stan widmet sich meinen Reizen mit einer finsteren Energie. Er verausgabt sich so völlig, daß es anomal wäre, wenn ich nicht die einzige bin, die in diesen Tagen völlig erfüllt ist. Fabienne läßt uns übrigens schön in Ruhe und taucht nur ab und zu einmal auf.

Dieses Verhalten Stans ist seltsam: zunächst überraschend, wirkte es bald übersteigert. Allem Anschein nach beschäftigt er sich nur noch mit mir, denkt nur noch an mich. Diese Laune entwickelt sich bei ihm zu einer Art Wahnwitz. Er belauert mich ständig mit fast verstörten Augen, seine Begierde überkommt ihn ohne Rücksicht auf Zeit und Umstände.

Aber ich empfinde trotzdem nicht, daß er befriedigt ist. Er scheint in mir verborgenen Befriedigungen nachzujagen, die ich ihm offenbar verweigere, ohne es zu wollen. Bald verhält er sich in unseren Umarmungen eher wie ein alter Ehemann, bald will er beinahe krankhafte Wünsche erfüllt haben, die ich früher nicht ertrug. Man wüßte nicht zu sagen, ob er sich bemüht, eine Erinnerung zu beleben oder auszulöschen . . .

Es ist die Ähnlichkeit mit mir, die ihn in diesen Zustand versetzt. Ich sehe keine andere vernünftige Erklärung, und sie stimmt nachdenklich, und sie regt zum Träumen an.

16. September

Schließlich fragte ich Stan unumwunden: »Leiden Sie sehr unter meiner Ähnlichkeit mit Elisabeth?«

Er suchte nach Worten und gestand schließlich etwas verworren: »Ja – und nein . . . Leiden ist nicht das richtige Wort . . . Diese falsche Identität fasziniert mich und stößt mich gleichzeitig ab. Ich bin völlig verwirrt. Meine Unruhe muß daher kommen ...«

Es ist wahr, er tut einem beinahe leid: er hat abgenommen, ißt sozusagen nichts mehr.

Ich stellte ihm noch eine andere Frage: »Würde es Ihnen helfen, wenn ich unter uns mich wieder zurückverwandelte, wieder englisch spräche, eleganter würde?«

»Nein! Nein! Bloß das nicht! Sie sind vollkommen, so wie Sie sind. Diese Aufmachung hat Sie so viel Mühe gekostet, daß es schade wäre, sie wieder zu zerstören ... und gefährlich! Wenn Sie mir am Ende als Engländerin nicht mehr gefielen?«

»Dann bringen Sie mir doch bitte bei, wie Elisabeth sich in allen Augenblicken ihres Lebens verhielt, wie sie küßte, wie sie zärtlich war, welche Worte sie gebrauchte, wenn sie sich auf dem Gipfel des Glücks fühlte.«

Er lehnte das entschieden ab mit einem gewissen Entsetzen. Was wollte er also?

Für mich wird diese Lage allmählich bedrückend. Es verbittert, wie eine mythische Gestalt zu lieben, wo es doch Augenblicke gibt, in denen es besonders angenehm ist, man selbst zu sein!

Die Eifersucht, die mich schon bei Stans Lächeln im Hotel gepackt hatte, kam noch heftiger zurück. Es kostet mich manchmal Anstrengung, ihm nicht ins Gesicht zu schreien, wer ich bin, und im Rhythmus seiner Küsse verfolgt mich das Leitmotiv: Wie gut er mich betrügt!

18. September

Mein Unbehagen steht dem Stans nicht nach. Er ist davon erledigt, ein Phantom in seinen Armen zu halten, und ich bin es leid, ihm eine Komödie vorzuspielen aus viel Erfahrung, wenig Gefühl und gar keiner Jugend. Ich habe immer mehr das Verlangen, mich zu enthüllen. Aber die Furcht vor unvorhergesehenen Strudeln hält mich zurück. Man läßt so leicht die Beute um eines Schattens willen fahren.

Und was würde aus Fabienne werden? Sie wenigstens nimmt alles ernst. Zu welchen überspannten Reaktionen würde diese Enthüllung sie treiben? Einen beschämten Stan kann ich mir kaum vorstellen, aber zwischen ihr und mir gibt es trotz allem doch starke natürliche Gefühle . . .

Wenn sie nur nicht hier wäre! Dann könnte man ihr meine Rückkehr ankündigen, die anständige Rückkehr einer Mutter, die von nichts eine Ahnung hat, eine Rückkehr, die ihrer relativen Unschuld entspricht. Wie aber jetzt die Dinge liegen, steht eine solche Rückkehr nicht bevor! Und Fabi ist da, unterm Dach, über unseren Häuptern wie der Engel der Stille.

19. September

Stans Eifer läßt nach. Er wird müde. Die Zeit, die er der Liebe entzieht, verbringt er in geheimnisvoller Träumerei. Ich würde etwas darum geben, den Gang seiner Gedanken zu kennen.

Ich habe mir noch zusätzliche Ausweispapiere anfertigen lassen, die Stan flüchtig durchsah.

»Das ist nicht eilig«, sagte er. »Sie können sich erst völlig akklimatisieren und noch etwas ausruhen, ehe Sie Ihre Hauptarbeit in Angriff nehmen . . .«

Dieser Ton klingt ungewohnt.

21. September

Stan scheint sich an diese Pilgerfahrt zu den Quellen zu gewöhnen, die er mit meiner Hilfe unternimmt. Er ist ruhiger und erzählt, ohne sich bitten zu lassen, allerdings mit einer ziemlich gesuchten Ungezwungenheit. Von Zeit zu Zeit befragt er mich über seine Pseudo-Vergangenheit, als ob er unbewußt neue Beweise für mein Verschwinden suche. Aber es passiert auch, daß er von Elisabeth spricht, als ob er von Trauer geplagt sei. Dieses Benehmen eines untröstlichen Witwers, wenn es mir auch alle Ehre antut, ist völlig deplaziert. Ich kann nicht sagen, warum, aber ich habe sogar den Eindruck, daß er übertreibt.

Ich wies ihn etwas boshaft darauf hin: »Finden Sie es sehr passend, daß Sie in den Armen ihrer Doppelgängerin die Vorzüge einer Toten rühmen, deren Tochter Sie verführt haben?«

Er stotterte auf beinahe drollige Weise herum.

22. September

Szenenwechsel: Stan will mich zu den Anwälten schicken, damit ich dort ohne Zögern die Angelegenheit regele. Jetzt bin ich in die Enge getrieben. Diese plötzliche Forderung ärgert mich um so mehr, als ich zunächst auf Aufschub hoffen konnte. Ich werde mich nicht für eine Komödie ruinieren, die mich zu ersticken droht!

23. September

Gestern abend ging ich aus, ins Theater, um auf andere Gedanken zu kommen: von einer Komödie in die andere. Als ich nach einem Taxi suchte, überraschte mich ein heftiger Regen. Ich machte kehrt und lief wieder nach Hause, um einen Schirm zu holen. Im Augenblick, als ich im Salon Licht machen wollte, hörte ich Stimmen aus dem angrenzenden Arbeitszimmer durch die Glastür hindurch. Diese kaum wiederzugebenden Sätze werden mir zur Lehre gereichen. Ich werde sie nicht so schnell vergessen, denn die Erinnerung wird um so besser sein, je mehr sie schmerzt:

»Ich habe genug davon, Stan, hörst du? Genug! Ich kann nicht mehr!«

»Und ich erst! Es ist eine wahre Qual. Siehst du nicht, wie ich aussehe? Aber was soll ich denn anderes machen?«

»Na, mein Lieber, du wirst nicht länger behaupten wollen, daß du mit dieser Frau seit mehr als zwei Wochen schläfst, ohne herauszubekommen, ob sie die deine ist! Du weißt es, aber du willst es mir nicht gestehen. Oder du findest Geschmack daran...«

»Unsinn! Du stellst dir vor, daß die Frauen alle mit einer Fülle von besonderen Merkmalen herumlaufen, Schönheitsflecken, Narben... Das kommt bloß in Romanen vor. Im wirklichen Leben ähnelt eine Haut der anderen. Es gibt auf Gottes Erdboden enorme Flächen von Menschenhaut, die untereinander austauschbar sind. Das ist zum Verwirren. Diese Frau hat den gleichen Nabel wie die meine... Das ist alles, was ich sagen kann, und das führt uns nicht weit. Sicherlich kannst du es erstaunlich finden, daß ich nicht einen Körper wiedererkenne, den ich Jahre hindurch nur zu reichlich genossen habe, aber man erinnert sich mehr der Empfindungen als der Instrumente, die sie hervorrufen...«

»Jede Frau gibt sich anders hin. Da gibt es doch diese ›Ohs‹ und ›Ahs‹, verschiedene Arten der Aufforderung oder Ablehnung...«

»Jede Frau gibt sich auf die verschiedensten Weisen hin, je nachdem, ob sie Theater spielt oder nicht. Diese hier ist von einer Passivität, einer Trägheit... Sie ist frigide, oder sie macht sich über mich lustig. Es gibt keinen Anhaltspunkt, um daraus Schlüsse zu ziehen.«

»Was also hoffst du, ihr zu entreißen?«

»Im Augenblick nicht viel. Ich hatte zuerst kindliche Vorstellungen, die du übrigens unterstützt hast. Als ich sie am ersten Abend aus der Küche mit dieser Kerze zurückkommen sah, die sie mit einem von jenseits des Grabes herrührenden Spürsinn ausfindig gemacht hatte, war das, als ob der Blitz in mich einschlüge. Sekundenlang durchzuckte es mich: Sie ist es! Es kann nur sie sein!

Aber gleich darauf zweifelte ich wieder. Die Begierde, sie zu besitzen, um sicher zu sein, überkam mich mit unwiderstehlicher Gewalt. Ich war naiv! Ich glaubte noch, daß man solche Sachen auf diese Weise erfährt. Aber ich habe nichts erfahren. Ich weiß immer noch nichts. Und trotzdem muß ich mir weiter wegen dieses Geheimnisses meinen Körper ruinieren.«

»Sag mir bloß warum?«

»Überleg doch ein bißchen. Nimm nur mal an, daß diese Frau meine Frau ist ... Dann muß sie entzückt sein, daß ich sie in der Verkleidung einer Abenteuerin bei der Rückkehr wiedererkannt habe. Die Geste ist schmeichelhaft für eine reiche Frau. Das Vergnügen, das ich ihr in diesem Augenblick auf Kosten meines körperlichen Gleichgewichtes verschaffe, wird sie nötigenfalls leichter über den Anschein des Unrechts hinweggehen lassen, das die Umstände mir aufgezwungen haben. Ich entrichte gewissermaßen meinen Zoll. Ich baue einen Roman auf, der das Entzücken ihres reifen Alters sein wird, der sie enger als alles andere an mich binden wird.«

»Du willst dich mit allen gleichzeitig gut stellen!«

»Das stimmt. Aber es ist ja möglich, daß das Glück noch einmal doppelt über uns hereinbricht. Diese Person, um derentwillen ich mich erschöpfe, nur um sie zu schonen, weist noch genügend Reize auf, so daß ich mich nicht zu sehr zu schämen brauche, wenn ich die Stelle einnehme, die sie mir zusichern würde, wenn alles gutgeht. Immerhin habe ich deine Mutter unter Umständen geheiratet, die mir zur Ehre gereichten, die mir aber wirklich nichts eingebracht haben. Es hieße doch sehr willkürlich handeln, wenn ich eine Frau aufgäbe, nun da sie reich geworden ist, die ich ohne Geld zu schätzen wußte, wenn sie auch ein bißchen alt geworden ist.«

»Wie kannst du Gefallen an dieser alten Frau finden?«

»Du übertreibst! Im Augenblick weiß ich weder aus noch ein, aber sie wird mir gefallen, sobald ich weiß, daß sie meine

Frau ist. Ich bin glücklicherweise so gebaut, daß diese Gewißheit sie mir verjüngen würde.«

»Und wann wirst du es wissen?«

»Indem ich ganz einfach die Angelegenheit jetzt zu Ende bringe. Ich habe mich dazu entschlossen. Das ist die einzige Lösung. Madame Robinson wird ihren Anteil nehmen, deine Mutter wird alles nehmen.«

»Du willst die Angelegenheit trotz dieser Zweifel weiterführen?«

»Wie soll man sonst etwas erfahren?«

»Ich kann nicht auf solche Weise meinen Zoll entrichten. Meine Zärtlichkeiten gegenüber Verstorbenen können sich nicht mit deinen messen.«

»Die Stimme der Natur wirkt Wunder. Wenn es nötig sein sollte, werde ich die Melodie heimlich begleiten.«

»Du bist zu gnädig! Es ist unerträglich, keine anderen Mittel zu finden, um Bescheid zu wissen.«

»Es gibt keine anderen. Du kennst meine Bemühungen und Mißerfolge: das Personal ihres Hotelpalastes schwieg sich aus – die haben mehr Geld als wir; ich habe in den Ministerien nachgefragt, in den Repatriierungsbüros ... Es herrscht dort völlige Unordnung ...«

»Wenn wir uns nun an eine Privatdetektei wendeten?«

»Die feststellte, daß es sich in der Tat um Julia Robinson handelt, und uns erpressen könnte, wenn wir so unvorsichtig wären, unsere Pläne in die Tat umzusetzen.«

»Wir könnten ein Sachverständigengutachten über die Handschrift anfordern ...«

»Ich besitze nur noch einen kurzen Brief meiner Frau, den ich dieser Person anvertraut habe, damit sie üben kann. Selbst wenn sie einwilligte, ihn zurückzugeben, wäre das keine Basis für ein Gutachten. Man müßte Dritte einweihen, unter unklaren Vorwänden versuchen, alte Korrespondenz an Land zu ziehen, verjährte Rezepte ausgraben ... Und wer könnte dem Gutachter verbieten, uns mit der gleichen Berechtigung wie die Detektei zu verraten? Die Methode ist sowohl langwierig wie gefährlich.«

»Du müßtest diese Frau geschickt ausfragen, ihr Fallen stellen . . .«

»Das ist leicht gesagt. Wenn diese Frau meine Frau ist, dann wagt sie keinen eigenen Einsatz. Ich habe versucht, mir Klarheit über ihre medizinischen Kenntnisse zu verschaffen, obgleich ich darin auch nicht gerade stark bin. Sie hat mich hinters Licht geführt . . . Zwar fühlte sie mir den Puls, ehe wir ins Bett gingen . . . aber die Vermutung ist nicht überzeugend. Wenn du eine geniale Idee hast, bitte, ich warte nur darauf, davon zu profitieren.«

»Du hast mir doch gesagt, sie behauptet, schwimmen zu können?«

»Während meine Frau nicht schwamm. Ja! Ich ahne, was du im Schilde führst. Du möchtest, daß ich deine Mutter ins Wasser werfe, damit wir ohne Zögern die Identität der Leiche feststellen können?«

»Bis dahin muß ich ohne dich leben und obendrein mit der Aussicht, dich zu verlieren.«

»Deine Chancen stehen 1:1, mich zu behalten.«

»Das ist wenig.«

»Du mußt Vernunft annehmen. Du wirst doch nicht auf die Idee kommen, mich deiner Mutter streitig zu machen?«

»Ich denke nicht daran, dich ihr streitig zu machen . . . aber es täte mir weh, wenn du sie mir vorziehst. Sie kann dich nicht lieben, wie ich dich liebe.«

»Du sprichst wie ein Kindskopf. Nur in der Bibel verleiht die Liebe irgendwelche Rechte. Und gäbe sie sie im täglichen Leben, dann wärst du noch schlechter dran. Wenn Frauen dieses Alters von Liebe ergriffen sind, dann lieben sie viel stärker als die jungen, sie lieben ohne Illusionen.«

»Aber die braucht man, um dich zu lieben!«

»Siehst du, du liebst mich schon nicht richtig. Also nun weine nicht. Das hilft nichts. Wenn deine Mutter lebt, mußt du verstehen, daß mich nichts von ihr trennen kann. Mein Platz ist an ihrer Seite, wo ich mit ausgesprochenem Vergnügen eine Ruhe genießen werde, die ich wohl verdiene.«

Auf den Zehenspitzen schlich ich mich davon und schluchzte beinahe so sehr wie Fabienne. Im Regen habe ich diese Mischung von glühendem Eisen und Balsam noch einmal durchgekostet. Ich schlief in irgendeinem Hotel. Heute morgen kehrte ich kurz vor Mittag zurück. Stan und Fabi waren sehr beunruhigt. Ich habe sie auf meine Weise beruhigt: »Stellen Sie sich vor, als ich das Theater verlasse, spricht mich ein charmanter Herr an, sagt mir seinen Namen – einen kleingeschriebenen übrigens, sogar ohne Sternchen! Da dieser alte Freund noch nicht verheiratet ist, habe ich mir erlaubt, die Nacht bei ihm zu verbringen. Es wäre schade gewesen, nicht eine Arbeit zu vollenden, die ich im Prinzip schon mit kundiger Hand begonnen hatte.«

»Das war aber eine Unvorsichtigkeit!« rief Stan, während Fabienne sich vor Schreck setzte.

»Im Gegenteil! Wir verfügen nun über einen weiteren vortrefflichen Zeugen. Gegen Morgen beteuerte mir dieser Herr: ›Sicher haben Sie sich etwas verändert, aber an dem Genuß, den Sie mir eben bereitet haben, hätte ich Sie mit geschlossenen Augen wiedererkannt!‹

Ich fragte mich, ob es nicht gut wäre, wenn ich mich öfter auf diese Weise zu erkennen gäbe. Das ist eine ganz originelle Art, das Angenehme mit dem Nützlichen zu verbinden . . .«

Sie machten beide unbeschreibliche Gesichter.

24. September

Ich habe lange nachgedacht, ich bin mit voller Wucht auf eine Wirklichkeit gestoßen, die ich nicht so erwartete, eine Wirklichkeit ohne Gnade oder Ungnade. Es ist schwer, ein Leben zu lieben oder überhaupt zu lieben, wenn das Schicksal so besonders geizig ist. Im Gegensatz zu dem, was Stan denkt, bin ich vielleicht noch zu jung, um das wenige, das er anbietet, mit Dankbarkeit anzunehmen ...

Ich werde die Tapeten wechseln, heimlich nach Cannes fahren, sollen sie allein zurechtkommen. Ich werde mich dort ausruhen, was ich bitter nötig habe, und in einigen Wochen werde ich an Stan schreiben, mich dort zu treffen ... oder ich werde nicht schreiben.

Schließlich ist es möglich, daß er mich doch noch mehr liebt, als es den Anschein hat. Selbst wenn seine Gefühle für mich stärker wären, hätte er sie doch zweifellos nicht vor Fabi ausgebreitet, um ihren Schmerz nicht zu vergrößern. Und es würde ihm durchaus liegen, das Geschäftsinteresse gegenüber der Liebe stärker herauszustellen.

Stan hat sich heute nachmittag mit einer Spur von Langeweile über mich hergemacht. Ich machte mir den Spaß, ihn kunstgerecht zu liebkosen wie früher, um ihn in Schwung zu bringen. Aber er lachte überhaupt nicht und verlor all seine Kraft. Ich tat, als ob ich ihn trösten wollte, und sagte träumerisch: »Da ich also eine Neigung für Männer habe, die Elisabeth auf ihrem ›gewöhnlichen Weidegrund‹ fand, fühle ich mich selbst immer mehr als Elisabeth. Wenn mich nun alle wiedererkennen, wäre es vielleicht angezeigt, wenn Sie es auch täten, wenn Sie nicht Gefahr laufen wollen, der letzte zu sein, der bemerkt, daß Sie noch nicht Witwer sind. Diese Gefälligkeit hätte den Vorteil, Ihnen eine Überraschung zu ersparen für den Fall, daß ich kraft öffentlicher Zustimmung das gesamte Vermögen beschlagnahme.«

Diese entsetzliche Aussicht stürzte ihn in einen Abgrund der Unsicherheit. Es ist richtig, daß der Gedanke, zuzusehen, wie ich die Hand auf die Erbschaft lege, ohne genau zu wissen, ob ich seine Frau bin oder nicht, etwas an sich hat, das einem das Blut in den Adern gerinnen läßt.

»Sie scherzen! Das würden wir nie zulassen«, stotterte er schließlich mit sehr wenig Überzeugung.

»Haben Sie so viele Beweise in der Hand, daß ich nicht Elisabeth bin? Und wie wollen Sie den Betrug beweisen, ohne mein Komplize zu werden?«

Er verharrte in einem düsteren Schweigen. Das Argument war des Nachdenkens wert, aber die Aussicht, eine Klage auf Vertrauensbruch gegen die eigene Frau anzustrengen, war auch nicht sehr einladend. Es gibt solche Lächerlichkeiten, deren Möglichkeit allein schaudern macht.

Als er mich verließ, ohne auch nur zu wissen, ob die Drohung ernstgemeint war, hatte er einige graue Haare mehr. Es lenkt mich ab, wenn ich ihn quäle. Ich werde etwas boshaft, da ich auf jede nur denkbare Weise enttäuscht worden bin. Diese Reaktion erstaunt mich jedoch, denn sie liegt mir eigentlich nicht. Ich muß mich in Zaum halten.

10

25. September

Heute morgen fand ich bei der Concierge folgenden Brief:

Frankfurt/Main, 22. 9. 45

Hauptmann Baron Simiane
an Madame Stanislas Pilgrin, Paris

Madame,
hoffentlich gelangt dieser Brief in Ihre Hände. Wenn es das Unglück wollte, daß dem nicht so ist, dann mögen Ihre Angehörigen beurteilen, was zu tun ist. Ich bin der Ansicht, daß unter diesen Umständen zunächst die Privatpersonen, wann immer es möglich ist, informiert werden sollen, ehe man sich an das Gericht wendet.

Am Morgen des 16. Oktober 1943 befand ich mich in den Amtsräumen der Kommandantur in Chartres, der ich damals als Leutnant im Stab zugeteilt war. Gegen 10 Uhr überbrachte mir meine Sekretärin folgende Nachricht, deren Text ich ziemlich genau im Gedächtnis bewahrt habe:

An den
Herrn Ortskommandanten!
Ich habe die Ehre, Ihnen mitzuteilen, daß der Internationale Schachweltmeister, Stanislas Pilgrin, wohnhaft Paris, avenue Victor Hugo 79, Scherereien von seiten der Behörden ausgesetzt ist, weil er mit einer Person verheiratet ist, die als Jüdin gilt. Tatsache ist, daß M. Pilgrin seit Monaten von seiner Frau getrennt lebt und ihre Adresse nicht kennt.

Sie können die Wahrheit dieser Behauptung feststellen lassen, indem Sie Madame Pilgrin befragen, die in Chartres wohnt, und zwar rue de l'Epine, Nr. 17, unter dem Namen Hélène Clavières.

Mein erster Gedanke war, diese Sache in den Papierkorb zu werfen, aber die Angelegenheit betraf die Geheime Staatspolizei, und es wäre ungesetzlich gewesen, das Schriftstück einfach verschwinden zu lassen. Ich hatte Angst. Zivilcourage gehört nicht zu den Eigenschaften der Soldaten. Zu meiner Entlastung möchte ich auch anführen, daß eine edlere Haltung mich zwar sehr gefährdet, Sie aber zweifellos nicht gerettet hätte. Außerhalb des Gottesdienstes ist das Opfer um so weniger verlockend, je nutzloser es ist.

Ich legte die Frage Oberst Horowitz vor. Er überflog das Papier und gab es mir mit den Worten zurück: »Den zuständigen Stellen überweisen.«

Ich war schon an der Tür, als er mit zu Boden gewandtem Blick hinzufügte: »Nächstes Mal brauchen Sie mich deswegen nicht zu stören. Ich ziehe es vor, nichts davon zu erfahren.«

Ich überwies also.

Schlag 12 Uhr unterbreitete ich die Angelegenheit dem Hauptmann der Reserve Brinckmann, der vor dem Krieg Theologieprofessor in Königsberg war. Als ich ihm von meinem Unbehagen berichtete, beruhigte er mich auf zweideutige Weise: »Horowitz und du, ihr habt gehandelt wie Pontius Pilatus. Das ist richtig.« Und als ich wissen wollte, was er an meiner Stelle getan hätte: »Seit Jahren bete ich, nie an eine solche Stelle zu kommen . . .«

Es ist schwierig, mehr aus einem lutherischen Experten herauszuholen.

Ich aß ohne großen Appetit zu Mittag, und zum Abendessen trank ich etwas zuviel, was mich den Verfolgten gewogen machte und die Polizei kühn verachten ließ. Ich entschloß mich plötzlich, Sie zu warnen, und zwar sofort, in Uniform.

Es war dunkel, und die Luftverteidigung verbot jede Beleuchtung. Unterwegs stieß ich auf einen Mann, der die rue d'Epine suchte. Ich forderte ihn auf, mir zu folgen.

Diese Straße ist kurz. Wir haben mehrere Male die Hausnummern studiert und kamen immer wieder an Nr. 17 vorbei, wo ich vor Zeugen nicht einzutreten wagte. Ich behauptete, eine Villa zu suchen, die es aber gar nicht gab. Mein Begleiter schwieg. Die kostbare Zeit verflog, meine Verzweiflung wuchs, und der Mann entschloß sich nicht zu verschwinden. Ich fragte mich schließlich, ob er nicht zur Gestapo gehöre, ob man ihn nicht abgesandt habe, den Ort zu überwachen, bevor man zur Verhaftung schritt. Die Angst überfiel mich wieder. Auf diese Weise verging vielleicht eine halbe Stunde. Wir waren wieder an einem Ende der Straße angekommen, als ein Wagen an uns vorbeifuhr, langsamer wurde, vor Nr. 17 hielt ... Es war nichts mehr zu machen.

Als Sie abgeholt wurden, stellte ich mit großer Ergriffenheit fest, daß die Augen des Mannes voller Tränen waren.

»Kannten Sie sie?« fragte ich mit tonloser Stimme.

»Es ist meine Frau«, antwortete er einfach. »Ich konnte sie nicht davor bewahren.«

Ich stotterte verlegen: »Ich auch nicht.«

Es wäre besser gewesen, ich hätte geschwiegen. Wir sahen uns voller Schrecken an.

Ihr Mann murmelte: »Wenn Sie wenigstens nicht in Uniform gewesen wären.«

Es wurde unerträglich. Wir gingen ohne ein weiteres Wort auseinander.

Das ist alles, was ich weiß, Madame. Ich habe versucht, in korrektem Französisch zu schreiben. Mein Verdienst daran ist übrigens gering, denn meine Familie, die im 17. Jahrhundert aus Religionsgründen nach Preußen auswanderte, ist zweisprachig aus Tradition.

Und wenn wir dieselbe Sprache sprechen, so haben wir auch den gleichen Gott, obgleich der meine weniger rachedurstig ist als der Ihre, seitdem er einen Sohn neben sich hat. Ich bitte ihn, Ihnen die Kraft zu geben zu verzeihen, wenn der Gerechtigkeit Genüge getan ist.

Hochachtungsvoll!

Ich las das wieder und wieder in der Eingangshalle des Gebäudes mitten in einer herbstlichen Zugluft, die den Schweiß auf meinen Gliedern erstarren ließ. Ich ging wieder in die Wohnung hinauf, schloß mich ein und warf mich aufgelöst auf mein Bett, von Angstschauern geschüttelt. Gegen 1 Uhr holte ich mir Morphium aus dem Medikamentenschrank in meinem Sprechzimmer und machte mir eine Spritze. Ich versank in einen heilenden Abgrund. Als die Wirkung der Droge schwächer wurde, las ich den verfluchten Brief noch einmal und strengte mich an, Ordnung in meine Gedanken zu bringen ...

Zuerst war ich wie geblendet von dem offensichtlichen Verrat gewesen, den ich mehr physisch fühlte als verstand. Beim Nachdenken verstand ich ihn immer weniger, um so mehr, als der Text in seiner völlig militärischen Knappheit sowohl unheimlich genau als auch unheimlich vage war. Es war nicht leicht, mehr daraus zu lesen, als er sagte.

Im Augenblick meiner Festnahme war Stan im Prinzip der einzige, der meine Adresse kannte, aber er hätte unvorsichtig sein können. Andererseits sah ich nicht, wer außer ihm imstande gewesen wäre, diese so durchsichtig abgefaßte Denunziation zu schreiben – aber ein kleiner Zweifel blieb bestehen, der verstärkt wurde durch seinen Versuch, mich vor der Gefahr zu warnen. Und angenommen, er hätte mich verraten, warum sollte er es getan haben? Er erbte nicht. Er konnte nicht so früh schon sein Auge auf Fabienne geworfen haben ... Er hätte mich nicht in die Hölle geschickt, um ›Scherereien‹ ein Ende zu machen ... Auch wenn es sie tatsächlich gegeben hätte, wäre er wohl Manns genug gewesen, sich darüber hinwegzusetzen. Die Gestapo hatte übrigens keinen Grund, sich an ihm zu vergreifen, der ›dem europäischen Schachspiel Ehre machte‹, wie es in einer damaligen Zeitung hieß. Mitglieder dieser Polizei waren einige Wochen nach meiner Abreise nach Chartres in meiner Wohnung erschienen. Sie hatten sich darauf beschränkt, meine Abwesenheit festzustellen, und Stan war es deswegen nicht schlechter gegangen.

Das ganze Vorgehen war schließlich seiner zu unwürdig. Man lebt nicht jahrelang mit einem Mann zusammen, ohne zu merken, wessen er fähig sein könnte. Stan ist egoistisch wie ein Kind; er ist nichts weniger als mutig, aber er ist nicht gemein.

Je weiter ich ging, um so stärker wurde der Zweifel in mir. Ich brauchte jedoch um jeden Preis Gewißheit. Ich schrieb also diesen Brief an den schätzenswerten Simiane. Das ist alles, was ich heute abend tun kann. Morgen werde ich mir eine wirkungsvollere Politik zurechtlegen.

Herr Hauptmann!

Ich danke Ihnen für Ihre Mitteilung, die mich sehr bewegt hat, und ich möchte Sie bitten, mir eine letzte Aufklärung zu geben, der ich größte Bedeutung beimesse.

Sie schreiben mir, daß Sie den Text, den Sie anführen, ›ziemlich genau im Gedächtnis bewahrt haben‹. Ich fand dort das Fragment des Satzes: ›... weil er mit einer Person verheiratet ist, die als Jüdin gilt‹. Können Sie mir die unbedingte Genauigkeit gerade dieses sonderbaren Ausdruckes ›als Jüdin gilt‹ garantieren? Haben Sie nicht vielleicht einfach gelesen: ›eine Jüdin‹? oder ›eine jüdische Person‹? Dieses ›gilt als‹ bekümmert mich.

Seien Sie versichert, Herr Hauptmann: was immer Sie vielleicht getan haben, das Ihres Namens nicht würdig war, ich habe es vergessen. Nehmen Sie meinen Dank entgegen für die Zivilcourage, mit der Sie mir vergebens zu helfen suchten.

Was die Verzeihung angeht, so ist das eine andere Sache ... Die Geschichte des jüdischen Volkes läßt mich glauben, daß Ihr Gott noch rachsüchtiger ist als der meine, seit ihm ein Sohn gekreuzigt wurde.

Elisabeth Wolf
verstorbene Pilgrin

P.S. Bitte antworten Sie mir schnell an die folgende Anschrift:
Madame Wolf, z.H. von Madame Solange Cohen
19, rue Raffael, Paris XVI

So besteht weniger Gefahr, daß die Briefe verlorengehen.

26. September

Am Vormittag mußte ich den Ansturm Stans abwehren, der zweifellos danach trachtete, mich über meine gestrige Unpäßlichkeit auf seine Weise hinwegzutrösten. Ich ertrage es nicht, daß er mich berührt, ehe ich nicht das letzte Wort dieser Geschichte weiß. Daher wies ich ihn ziemlich rauh zurück: »Ich fürchte«, sagte ich ihm, »daß wir unsere Belustigungen, an denen ich nicht mehr Spaß habe als Sie, für einige Zeit aufgeben müssen. Ich erlebe etwas Seltsames: je mehr ich mich als Elisabeth fühle, desto weniger empfinde ich Sie als meinen Mann. Sind Sie auch ganz sicher, sich als solcher benommen zu haben?«

Ich las auf seinem Gesicht eine unentwirrbare Mischung von Erstaunen, Ärger und Erleichterung. Er war nicht darauf gefaßt, daß sein Versagen von vorgestern abend solche Folgen haben könnte... Wenn er gewußt hätte! Ich hatte einen ganzen Tag Ruhe, um die Sache zu überdenken, und traf eine Reihe von Entscheidungen.

Erstens darf ich die Angelegenheit nicht der Polizei übergeben. Da das *corpus delicti* höchstwahrscheinlich verschwunden ist, käme die Polizei in ihrer Untersuchung zu keinem Ergebnis, oder noch schlimmer: in Anbetracht der augenblicklich herrschenden Gerichtsmethoden ließe sie meinen Stan auf allgemeine Anschuldigungen hin erschießen, was wohl das Trostloseste von allem wäre.

Zweitens darf ich auch ihm nicht sagen, wer ich bin. Er würde verzweifelt leugnen, und ich käme um nichts weiter.

Drittens liegt meine einzige Chance, ihn zu einem Geständnis zu veranlassen – wenn man das eine Chance nennen kann –, darin, ihm eine Reihe wohlabgestimmter Schläge zu versetzen, deren Wirkung ich nur als Julia Robinson, eine unverkennbare Robinson, beobachten kann. Er wird sich vor einer Fremden, die offensichtlich ahnungslos ist, nicht so zusammennehmen, wie er es vor seiner Frau täte. Das müßte doch mit dem Teufel zugehen, wenn ich nicht auf diese Weise einige Aufklärung erhalten könnte. Stan ist meistens ein ziemlich armseliger Schauspieler, und ich kenne ihn genug, um das Schauspiel, das er mir bieten würde, ziemlich richtig interpretieren zu können.

Heute abend versprach ich ihm, meinen Notar bald aufzusuchen. Bis dahin . . .

27. September

Folgenden Brief übergab ich Pierres Sekretärin:

Mein lieber Pierre,
Du tätest mir einen großen Gefallen, wenn Du die beiliegende kurze Nachricht mit Deiner Hand, die mich besser kennt als jede andere, schreiben und eiligst an Stans Adresse schicktest:

Lieber Stan,
ich habe Bedenken, noch länger eine ziemlich bestürzende Beobachtung für mich zu behalten. Sie wissen, daß ich am 8. letzten Monats morgens in meiner Eigenschaft als Arzt zu der liebenswürdigen Person gerufen wurde, die wir am Abend zuvor an der Gare de l'Est abgeholt haben. Es ist wohl anzunehmen, daß die Gynäkologen an gewissen Punkten genauer hinsehen als die Ehemänner. Kurz, ich bezweifle sehr, daß eine der Frauen, denen Sie Ihre Gunst beweisen, die Ihre ist. Ich bezweifle es um so mehr, als Elisabeth lange Zeit

meine Patientin war. Das ist alles, was ich für Sie tun kann: eine öffentliche Aussage wäre schwierig für mich wegen der Schweigepflicht. Erschrecken Sie nicht zu sehr, aber wenn eine neue Heirat Sie eines Tages locken sollte, dann sehen Sie sich Ihre Frau genauer an: man wird sie Ihnen dann weniger leicht vertauschen. In der Nacht sind nicht alle Katzen grau ... nur wenn die Kater kurzsichtig sind.

Stets der Ihre

Versuche nicht, das zu verstehen, lieber Freund. Ich habe Lust, mich zu zerstreuen. Und wenn Stan oder Fabi kommen (um Neuigkeiten zu erfragen), laß kein weiteres Wörtchen verlauten.

Auf jeden Fall ist es unwahrscheinlich, daß man mich umbringt: das ist schon geschehen, man könnte mir nur noch den Gnadenstoß geben.

Außerdem schrieb ich noch einen Brief an Stan mit meiner besten Elisabeth-Handschrift:

Mein Lieber,
Du wirst mir dieses lange Schweigen verzeihen, das Dich in eine tödliche Unruhe versetzen mußte, wenn Du erfährst, warum es notwendig war.

Ich war so abstoßend, so erschöpft, als mein Martyrium zu Ende war, daß ich mich nicht entschließen konnte, zu Dir zu kommen oder Dich in meine Nähe zu rufen. Ich wäre lieber vom Erdboden verschwunden, als Dir eine Frau aufzunötigen, die Du nie so begehrt hättest wie einst. Es gibt einen gewissen Stolz, wenn man liebt, so wie ich Dich liebe, der zu den größten Torheiten treibt.

Aber es ist an der Zeit, vernünftig zu sein. Wenn es Dir paßt, mich am kommenden 7. Oktober an der Gare de l'Est abzuholen, wirst Du aus dem Zug um 20 Uhr 48 eine Frau aussteigen sehen, etwas weniger schön, als ich es war, aber viel eleganter. Ich erwarte von Dir, daß Du mir sagst, bis zu welchem Grade das eine das andere ausgleicht, wenn Du mich wiedererkannt hast.

Ich liebe Dich mit meinem ganzen Körper, meinem ganzen Herzen, meiner Seele.

Elisabeth

P.S. Umarme Fabi zärtlich in meinem Namen.

Ich beauftragte eine Agentur, den Brief so schnell wie möglich in Deutschland abzuschicken.

Seine Lektüre wird Stan eine Generalprobe dessen geben, was ihn erwartet, was ihn einigermaßen aus der Fassung bringen wird.

11

28. September

Pierres Briefchen hat Stan und Fabi in Aufruhr versetzt. Sie sind zwar beruhigt über meine Identität, aber um den Preis der größten Besorgnis in bezug auf ihre Pläne.

»Wir müssen die Angelegenheit bis auf weiteres verschieben«, sagte mir Stan. »Wir können nichts unternehmen, bis wir diesen Le Bigan in unser Spiel eingeweiht haben.«

Meine Tochter bot sich an, ihn aufzusuchen, um seine Absichten herauszufinden.

Das wäre mir nicht dienlich. Wenn das Geschäft vorläufig aufgeschoben würde, drohte meine Gegenwart in der Wohnung überflüssig zu werden. Ich redete ihnen diesen Schritt aus: »Es ist klar, daß dieser Arzt schon alles erraten hat, aber wenn man seinen Brief liest, könnte man eher sagen, daß er sich darüber lustig macht. Und selbst, wenn man zwischen den Zeilen liest, sehe ich eigentlich nicht viel mehr als eine Art Komplizentum... Sicher wollte er zeigen, daß er kein Dummkopf ist, und außerdem Stan ärgern, den er nicht mag. Aber die Sache hat keine Folgen. Wenn dieser Mann Elisabeths Freund war, was macht es ihm dann schließlich aus, wenn die Erbin ein bißchen früher oder später den Besitz antritt, auf die eine oder die andere Weise, und daß der Stiefvater ihr von einem wohlmeinenden Schicksal als Prämie draufgegeben wird?«

Fabi verzog verstohlen das Gesicht. Der Ausdruck ›Stiefvater‹ schmeckte ein bißchen nach Blutschande, was sie unangenehm berührte. Stan sagte nichts: Er hat eben keinen Familiensinn. Schließlich überzeugte ich ihn, im gleichen Ton zu antworten:

Mein lieber Pierre,
Ihre intime Beobachtung war auch die meine, und zwar einige Stunden vor der Ihren. Ich habe jedoch Bedenken, mich wegen einer solchen Geringfügigkeit von dieser charmanten Reisenden zu trennen: Sie werden zugeben, daß es grausam wäre, eine Tochter ihrer Mutter zu berauben nur wegen so bescheidener Veränderungen. Außerdem, sagen Sie selbst: man hat mir meine Frau nicht vertauscht, sondern nur ›gewisse Teile‹, wenn Sie mir diesen Plural gestatten wollen . . .

Wenn ich in der nächsten Zeit nichts mehr von Ihnen höre, darf ich wohl annehmen, daß meine neuen Familienverhältnisse Sie genauso zufriedenstellen wie mich.

Stan ging weg, um den Brief in den Kasten zu werfen, während Fabienne mich mit unverdienten Vorwürfen wegen meiner Ungeschicklichkeit überhäufte. Ich ließ sie mit den Worten stehen: »Es ist ja wohl nicht meine Schuld, wenn ich einen ganz persönlichen Hintern habe!«

1. Oktober

Ich war bei meinem Notar, ganz allein, wie eine Große. Ich kam mit einem Scheck über 300000 Francs zurück, den ich Stan vor die Nase hielt.

Auf die liebenswürdigste Weise sagte ich ihm: »Wenn Sie auch vor dem Gesetz mein Mann sind und ich mich so weit in das Spiel eingelassen habe, daß ich eine Schwäche für Sie empfunden habe, würde ich mich doch schämen, Ihnen länger auf der Tasche zu liegen. Es stimmt zwar, daß ich öfter im Restaurant als hier esse. Sie werden jedoch erlauben, daß ich mich künftig mehr an den laufenden Ausgaben beteilige . . .«

Und ich übergab ihm mit großer Geste 500 Francs.

Stan erstickte fast an dieser Knauserei. Er mochte wohl schon geahnt haben, daß meine zehn Prozent mir nicht genügen würden, aber er war weit davon entfernt, ein so radikales

Vorgehen zu erwarten. »Sie spielen mit dem Feuer!« warnte er mich mit zitternder Stimme, sobald er wieder einen Ton herausbringen konnte.

Ich gab zurück: »Wäre Ihre Liebe groß genug, mich bis ins Gefängnis zu begleiten?«

Er sagte weder ja noch nein.

3. Oktober

Gegen 11 Uhr morgens fielen Stan und Fabi in mein Schlafzimmer ein, ohne auch nur daran zu denken anzuklopfen. An ihrem gespenstischen Aussehen erkannte ich sofort, daß der Brief aus Deutschland seine Wirkung getan hatte. Stan gab ihn mir zu lesen inmitten einer tödlichen oder besser lebendigen Stille.

»Man könnte glauben, daß diese Person meine Handschrift nachgeahmt hat ...« bemerkte ich.

»Wir werden Ihnen helfen, Ihre Koffer zu packen ...« gab Fabienne zurück.

Ich warf mich in meine Kissen und tat so, als ob ich das Für und Wider abwägte. Mit souveräner Ruhe erklärte ich schließlich: »Ich würde mich glücklich schätzen, diese zweite Madame Pilgrin unter meinem Dach zu empfangen. Vielleicht gelänge es mir, ihr auszureden, mir Konkurrenz machen zu wollen. Und wenn sie auf ihren Ansprüchen bestände, würde ein ›ladies agreement‹ mir nicht mißfallen ...

Was hielten Sie davon, mein lieber Stan, zwei gesetzmäßige Ehefrauen an Ihr Herz zu drücken, die sich an Ähnlichkeit übertreffen? Und falls sich Ihnen der Kopf ein bißchen drehen sollte, wäre die Tochter immer noch da, um Sie wieder ins Gleichgewicht zu bringen, es sei denn, wir hätten in der Zwischenzeit vielleicht eine Zwillingsschwester aufgetrieben? Ein Charakter wie Sie braucht Abwechslung. Aber ein Herz, das von Erinnerungen zehrt, braucht auch eine gewisse Ähnlichkeit.«

Stan war starr vor Schreck. Fabienne stöhnte: »Sie ist verrückt! Sie ist zum Totschlagen verrückt!«

Ich brach in ein lautes Gelächter aus und stieß nach: »Los! Verlassen Sie mein Zimmer! Begreifen Sie nicht, daß ich es war, die diesen famosen Brief geschrieben hat, um Sie etwas in Aufregung zu versetzen?«

Sie bliesen zum Rückzug, langsam, wie gebannt von meinem Blick, in einer unbeschreiblichen Verwirrung der Gedanken und Gefühle.

4. Oktober

Simiane hat mir über Solange folgendes geantwortet:

Madame,
ich habe sehr gut die Bedeutung Ihrer Frage verstanden; der Ausdruck, der Ihnen auffiel, ist wohl eine vertraute Redewendung einer Person, die Sie kennen.

Es ist also im vollen Bewußtsein meiner Verantwortung, daß ich bereit bin, folgendes zu erklären: das »gilt als Jüdin« befand sich bestimmt in dem Text. Ich bin dessen um so mehr gewiß, als dieser seltsame Ausdruck bei der ersten Lektüre meine Aufmerksamkeit erregte, genau wie die Ihre.

Ich bete, Madame, daß der Verbrecher Ihnen nicht zu nahe steht. Ich bete auch, daß der Himmel Sie erleuchten möge. Der Gedanke, daß Gott den Juden übelwolle, ist der unmenschlichste und grausamste, den es gibt. Nur jahrhundertealte Dummheit konnte ihn aufrechterhalten. Gott liebt Juden wie Christen und vergibt ihnen, wie er den Christen vergibt, ja mehr noch. Sein eigener Sohn war Jude und hat nie die Juden verleugnet. Und er hätte sie nicht verleugnen können, ohne sich selbst zu verleugnen, weil er zu uns gekommen ist, nicht zu verdammen, sondern zu vollenden. Er war berufen, ein blutiges Post-Skriptum einem dicken Buch anzufügen, das unser gemeinsames Erbe bleibt. Er hat über Jerusalem geweint, wie er über Ihre Leiden weinte, wie er über Ihre Verblendung weint, die eine Sünde wider den Geist wäre, wenn Sie nicht so unglücklich wären.

Entschuldigen Sie diese Predigt, zu der ich kaum berufen bin. Aber ich habe bis auf weiteres die Uniform ausgezogen, und in jedem Calvinisten schlummert ein Pastor, der sich bei wichtigen Anlässen von seinem Bett erhebt. Und Ihre Seele ist ein wichtiger Anlaß für mich, so wie jede Seele ein wichtiger Anlaß für jeden von uns ist.

Glauben Sie bitte ...

Dieser brave Hauptmann schriebt einen herzzerreißenden Stil, wenn er es sich angelegen sein läßt. Es ist nett von ihm, für mich zu beten. Trotz allem sollte es mich jedoch wirklich erstaunen, wenn diese Gebete erhört würden.

7. Oktober

Gestern stürmischer Abend nach vier Tagen peinlicher Spannung, da Stan und Fabienne meinem Scherz keinen Geschmack abgewinnen konnten.

Gegen 20 Uhr, als sie wie gewöhnlich in der Küche zu Abend aßen, erschien ich in Reisekleidung, den Koffer in der Hand. Der Gedanke durchfuhr sie plötzlich, daß der Brief aus Deutschland nicht gefälscht war. Vor Bestürzung blieben sie wie angenagelt sitzen.

Ich legte meinen Schlüsselbund auf ein Gestell und ging ruhig, ohne von ihnen Notiz zu nehmen, durch den Raum bis zum Lieferanteneingang, öffnete die Tür und wandte mich erst dann ihnen zu: »Nach reiflicher Überlegung liegt mir doch nicht allzuviel daran, die Bekanntschaft von Madame Pilgrin zu machen. Grüßen Sie sie bitte von mir, wenn sie ankommt. Beeilen Sie sich! Sonst verpassen Sie sie!«

Und ich ging, nachdem ich mit einem Blick ihre fahlen Gesichter genossen hatte.

Die Concierge borgte mir einen Schlüssel, und ich kehrte wieder in die Wohnung zurück, die sie überstürzt verlassen hatten. Eine Bemerkung der guten Frau machte mir Spaß: »Eben habe ich Ihren Mann und Ihre Tochter vorbeiflitzen sehen, die rannten, sie rannten, als ob sie Feuer im Hintern hätten!«

Ich meinte dazu, daß sie vielleicht ein Gespenst gesehen hätten ...

Ich ließ mich im Salon nieder und begann eine Abhandlung von Maurras über George Sand und Musset zu lesen, in der die romantische Liebe in ihrer ganzen Dummheit von Meisterhand und in meisterhafter Sprache zergliedert wird. Es ist schade, daß dieser Maurras sein Talent nicht Dreyfus zur Verfügung gestellt hat!

Gegen 11 Uhr kamen sie unverrichteter Dinge von ihrer Expedition zur Gare de l'Est zurück. Ihren Gesichtern war anzusehen, daß es ihnen nicht sonderlich Spaß gemacht hatte.

Ich habe sie reizend empfangen: »Sollten Sie mich etwa verfehlt haben?«

Stan war in einem Zustand von kalter Wut, und ich bekam beinahe Angst, als er auf mich zukam: »Sie werden jetzt abreisen, und zwar endgültig und das sofort, freiwillig oder mit Gewalt! Sie können uns hier oder anderswo bestehlen, wenn Sie glauben, es ungestraft tun zu können. Es ist überflüssig, Ihre Plünderung mit makabren Späßen zu verzieren!«

Aus diesen Worten sprach unbedingt gesunder Menschenverstand. Aber Fabienne mischte sich mit noch überlegenerem Verstand ein: »Das ist meine Wohnung, Madame, und ich lade Sie ein, hierzubleiben. Es ist mir auf alle Fälle lieber, meinen Dieb unter Aufsicht zu haben.«

Diese schöne Kaltblütigkeit gefiel mir. Ich hielt jedoch den Augenblick für gekommen, den Ballast abzuwerfen, und bat Stan um eine Unterredung unter vier Augen.

»Mein Benehmen muß Sie erstaunen ...« begann ich in freundlichem Ton.

»Das ist das mindeste, was man sagen könnte! Ich habe eine gewisse Erfahrung mit Frauen, und Sie scheinen mir ausgeglichenen Temperamentes zu sein. Ihre Ausfälle werden nun aber wirklich gefährlich. Seit kurzem scheint Sie eine geheimnisvolle Leidenschaft anzutreiben, deren Ursachen ich nicht kenne. Warum reizen Sie uns zum letzten? Habe ich persönlich nicht alles getan, um Ihnen gefällig zu sein?«

Ich blickte Stan in die Augen und erklärte: »Sie haben sogar des Guten zuviel getan! Ihre Erfahrung mit dem schwachen Geschlecht hätte Ihnen eingeben müssen, daß meist die Liebe schuld ist, wenn eine vernünftige Frau plötzlich überspannt wird. Ich bin Ihnen böse, weil ich Sie liebe.«

Dieses Geständnis entzückte Stan durchaus nicht: »Sie ... Sie liebten mich tatsächlich?«

»Tatsächlich. Aber eines Abends habe ich zufällig eine Unterhaltung mitgehört ...«

Und ich wiederholte ihm all das Schmerzliche, was ich gehört hatte, und schloß diese Erinnerung mit den Worten: »Man ist grausam getroffen, wenn man auf diese Weise erfahren muß, durchaus nicht so begehrt zu sein, wie man es angenommen hat. Nicht freimütige Sympathie hat Sie in meine Arme getrieben, sondern der Anflug eines Zweifels. Diese Nuance ist es, die kränkt.«

Stan rang buchstäblich nach Atem. Er brachte mit Anstrengung heraus: »Seien Sie versichert, daß ich einen größeren Genuß daran gehabt hätte, Ihnen einen solchen zu bereiten, wenn ich damals so sicher wie jetzt gewußt hätte, daß Sie nicht meine Frau sein können ... Es ist im übrigen nicht zu spät, Ihre britische Staatsangehörigkeit so zu genießen, wie es sich gehört.«

Seine Hand strich über mein Knie. Ich stieß sie sanft zurück: »Sie vergessen Fabienne ...«

Er machte ein gewollt verwirrtes Gesicht: »Tatsächlich ... ich vergaß ...« Er seufzte und fuhr in liebenswürdigstem Ton fort: »Es ist richtig, daß die Anatomie eines jungen Mädchens sich leicht vergißt. Sie sind sich gerade in ihrer Vollkommenheit alle ähnlich wie diese überall verbreiteten hellenistischen Kopien. Es ist weniger aufregend, als man denkt, sich einer griechischen Statue zu nähern, wenn es nicht die Kunst ist, die einen anzieht. Aber es ist nicht leicht, Sie zu vergessen. Die von der Zeit geschlagenen Wunden haben Ihrem Charme neue Reize verliehen, die Sie in Ihrer zu ehrbaren Jugend offensichtlich noch entbehrten.«

Die Worte hätten mich mehr gerührt, wenn das Couplet neu gewesen wäre. Aber Stan hatte es mir schon vor einigen Jahren rezitiert. Offensichtlich gehörte es zu seiner beruflichen Ausrüstung wie die verschiedenen Schachvarianten.

Ich übergab ihm 20000 Francs und teilte ihm meine Absicht mit, endgültig ein Drittel des Gewinnes zu beanspruchen. Er protestierte um so weniger, als er Schlimmeres befürchtet hatte. Seine Erleichterung, wieder festen Boden unter den Füßen zu haben, sowohl in bezug auf Finanzen wie Gefühle, war unaussprechlich.

Wir trennten uns beinahe ausgesöhnt. Zweifellos verbrachte er eine erholsame Nacht in Fabis Armen, wobei er zerstreut jene banalen Vollkommenheiten feststellte.

12

10. Oktober

Heute morgen habe ich eine ganze Menge Zeit damit verbracht, vor dem Spiegel meines Zimmers auszuprobieren, wie man Angst vortäuscht.

Am späten Nachmittag teilte ich Stan mit, daß mir mein Notar ohne Erklärung das Einkommen gesperrt hätte. Wir ergingen uns in finsteren Mutmaßungen und waren uns schließlich einig in der Annahme, daß Le Bigan heimlich das Seine getan habe. Ich äußerte mein Bedauern, daß ich nicht eher den Besitz der vielfältigen unerledigten Erbschaften habe antreten können.

»Das ist fatal! Es lief alles zu gut«, sagte Stan, der nicht im entferntesten daran dachte, daß ich die Dinge nicht gerade vorangetrieben hatte.

Die Angst, einen Gewinn einzubüßen, und die Angst vor dem Gefängnis stritten in seiner Brust. Als er in seinen Schachklub ging, legte er mir ans Herz: »Warten wir noch ab, wie sich die Dinge entwickeln, ehe wir Fabienne Bescheid sagen. Sie ist so jung! Gönnen wir ihr noch einige gute Tage . . .«

Er kam gegen Mitternacht zurück. Ich lag im Salon, einen Eisbeutel auf dem Kopf. Ich legte ihn zur Seite, setzte mich auf und bat Stan, sich auch hinzusetzen.

Er erkundigte sich höflich nach meiner Migräne.

»Ich habe soeben Elisabeth gesehen«, eröffnete ich ihm.

Er nahm die Nachricht schlecht auf: »Sie werden doch wohl nicht weiter Ihre schlechten Witze machen! Einmal genügt!«

»Unser Geld ist so ungefähr zu Ende, und wir sind auf dem besten Wege ins Gefängnis. Der Augenblick ist ungeeignet für Scherze. Hören Sie mich zuerst an, und urteilen Sie dann: Es war gegen 10 Uhr, als es klingelte. Vor der Tür stand eine Frau im Reisemantel, die gut vierzig Jahre alt war. Sie bewegte sich sehr sicher und erklärte einfach: ›Ich bin Madame Pilgrin.‹

Ich wagte nicht zu widersprechen. Sie fragte, ob Sie da seien. Ich bedeutete ihr: nein. ›Er wird wohl Holz schieben‹*, meinte sie. ›Das trifft sich gut, ich habe ihm nicht viel zu sagen.‹ Dann ging sie in mein Zimmer – das heißt ihr Zimmer – und sagte erklärend: ›Ich möchte nur ein Erinnerungsstück mitnehmen, wenn es noch da ist.‹ Sie nahm eine Fotografie von der Wand, die sie einen Augenblick betrachtete, ehe sie sie in die Tasche schob. Sie wollte gerade gehen, als sie sich besann, wieder in den Salon kam, sich dorthin setzte, wo Sie jetzt sitzen, und die Nachricht für Sie aufschrieb, die Sie da vor sich sehen. Im Flur sah sie mich dann zum erstenmal etwas aufmerksamer an und machte folgende Bemerkung: ›Ich hätte eher angenommen, daß Stan sich bemühte, mich zu vergessen. In Ihrer Gesellschaft wird ihm das nicht so schnell gelingen. Das ist mutig von ihm.‹ Weiter sagte sie nichts, woran ich mich erinnere. Im ganzen war sie nicht länger als fünf Minuten hier.«

Allem Anschein nach wollte Stan nicht ein Wörtchen von allem, was ich ihm berichtete, glauben. Aber irgend etwas in meiner Stimme, in meinen Augen, hielt ihn davon ab, mich zu unterbrechen.

Mit dem Anflug eines etwas gezwungenen Lächelns nahm er den Umschlag, riß ihn auf und überflog die wenigen Zeilen:

Auf der Durchreise für 24 Stunden habe ich Pierre gesprochen, der mir mitteilte, was ich noch nicht wußte. Reg Dich nicht wegen einer solchen Kleinigkeit auf: das ist nichts, verglichen mit Chartres.

* In der Fachsprache: Schachspielen, mit leicht herabsetzender Bedeutung.

Stan lächelte nicht mehr. Er erhob sich, als ob sein Stuhl glühe, ging ein wenig zur Seite, schaute auf die Zeilen, musterte mein Gesicht, ehe er leise sagte: »Sie lebt tatsächlich, oder Sie haben einen sechsten Sinn dafür, die Leute zu quälen.«

Ich verzog keine Miene: »Zeigen Sie mir den Brief. Ich bin Ihr Geschäftspartner.«

Er zögerte und zog es vor, ihn vorzulesen: »Auf der Durchreise für 24 Stunden habe ich Pierre gesprochen, der mir mitteilte, was ich noch nicht wußte. Reg Dich nicht wegen einer solchen Kleinigkeit auf.«

»Das ist alles?«

»Hm ... ja.«

»Sie verbergen mir nichts?«

»Hm ... nein.«

»Das ist aber wirklich außergewöhnlich. Sie haben eine sehr gefällige Frau!«

»Sie war ... sehr gut ...«

»In diesem Maße! Und doch hat sie Einspruch erhoben. Ich hätte meine ersten Einnahmen flüssig halten sollen.«

»Ja, zweifellos ...«

Man sah ihm an, daß ihm diese Seite des Problems jetzt zweitrangig war. ›Chartres‹ quälte ihn. Er ging in mein Zimmer, kam zurück und stellte fest: »Sie hat das Bild ihrer Eltern mitgenommen ... wenn Sie es nicht etwa versteckt haben?«

»Ach, ich vergaß ... die Besucherin ging auch in das Arbeitszimmer. Ich bin ihr nicht gefolgt und weiß nicht, was sie da vielleicht gemacht hat ...«

Er ging sofort hinüber. Ich folgte ihm auf den Fersen. Er guckte sich im Zimmer um ... Die kleine Porzellankatze hockte auf seiner Schreibunterlage. Stan überfiel ein heftiges Zittern, er ließ sich in einen Sessel fallen und starrte lange auf die Deckenverzierung. Als er schließlich aus seinem Traum wieder auftauchte, wandte er mir ein glückliches Gesicht zu: »Sie lebt. Bitte lassen Sie mich allein.«

11. Oktober

Heute morgen schien Stan ausgesprochen friedlich zu sein. Ich kam zu ihm, als er gerade sein Frühstück beendete. Bestimmt hatte er diese Nacht allein geschlafen. Ich beglückwünschte ihn zu seinem Appetit und war erstaunt ob seiner Kaltblütigkeit.

Zwischen zwei Schlucken Milchkaffee erklärte er mir: »Das ist ganz einfach: ich koste das flüchtige Glück der Verdammten am Tage des Jüngsten Gerichts, wenn sie zur Hölle niederfahren und sich zurückwendend das Gesicht eines Gottes sehen, der sie zum ersten- und zum letztenmal mit seinem Glanz blendet. Amen!«

Der Vergleich rührte mich trotz der Schlußfloskel, und ich machte eine andächtige Pause, ehe ich ihn fragte: »So sehr freuen Sie sich, daß Ihre Frau noch am Leben ist?«

»Freuen ist ein armseliger Ausdruck!«

»Ich wäre bei Ihnen nicht auf den Gedanken gekommen, daß Sie so an ihr hängen.«

»Man erlaubt sich im Schatten des Zweifels manches, was man im Lichte der Gewißheit nicht mehr verstehen kann.«

»Dabei wird Ihnen diese Rückkehr teuer zu stehen kommen . . .«

»Außerordentlich teuer! Aber niemand kann mir die Freude an dieser Wiederauferstehung nehmen.«

»Sie sprechen wie die ersten Christen!«

»Das ist durchaus möglich . . . Es ist so befreiend, in seiner Nähe eine weibliche Gekreuzigte zu ahnen, die man aus Versehen verleugnet hat.«

Darauf fragte ich ihn: »Warum hat Ihre Frau dann so lange gewartet, ehe sie ein Lebenszeichen gab?«

Die Antwort kam ganz natürlich: »Aus Verachtung!«

Näheres sagte er nicht und ließ mich auch versprechen, Fabienne nichts zu sagen, aus dem einfachen Grund, ›daß sie es immer noch früh genug erfahre‹. Genau das ist auch meine Ansicht!

Die Post beschenkte ihn mit einem Brief von meiner Hand, ohne Unterschrift, in dem er jene Sätze las, an die er sich wohl noch gut erinnerte:

An den
Herrn Ortskommandanten!
Ich habe die Ehre, Ihnen mitzuteilen, daß der Internationale Schachweltmeister, Stanislas Pilgrin, wohnhaft Paris, avenue Victor Hugo 79, Scherereien von seiten der Behörden ausgesetzt ist, weil er mit einer Person verheiratet ist, die als Jüdin gilt. Tatsache ist, daß M. Pilgrin seit Monaten von seiner Frau getrennt lebt und ihre Adresse nicht kennt.

Sie können die Wahrheit dieser Behauptung feststellen lassen, indem Sie Madame Pilgrin befragen, die in Chartres wohnt, und zwar rue de l'Epine, Nr. 17, unter dem Namen Hélène Clavières.

Er las ihn vor mit mir kaum merklichem Erstaunen, aber ohne sichtbare Erschütterung.

Ich fragte ihn danach. Er sagte nur: »Es ist ein Liebesbrief meiner Frau über eine Angelegenheit, die Sie nicht betrifft, eine Angelegenheit zwischen mir und dem Unglück. Ich glaube, ich werde die unglücklichste Ehe des Jahrhunderts geschlossen haben.«

Als ich in ihn drang, riet er mir zu fliehen, solange es noch Zeit sei. Ich gab vor, sein Schicksal teilen zu wollen: »Wir werden uns zusammen besser verteidigen«, behauptete ich.

Er sah mich mit mitfühlender Neugier an, ein bißchen wie ein Zoologe ein brünstiges Weibchen in einem Glasgefäß beobachtet.

»Tun Sie, was Ihnen richtig erscheint«, schloß er und ging hinaus.

12. Oktober

Stan erhielt einen zweiten Brief von mir folgenden Inhalts:

Liebe Elisabeth, wenn Du eines Tages besonderen Mut nötig hast, dann darfst Du Dir immer wieder sagen: ›Stan hat mich mit aller Liebe, deren er fähig ist, geliebt.‹ Du bist die beste der Frauen. Dein kleiner Stan küßt Dich und wird Dich nicht vergessen.

Diesmal war Stan so vorsichtig, den Umschlag hinter meinem Rücken zu öffnen. Als ich ihn wiedersah, war sein Gesicht viel trauriger als am letzten Abend.

»Wieder ein Liebesbrief?« fragte ich bekümmert.

»Der schlimmste von allen.«

Eine abgrundtiefe Traurigkeit lag in seiner Stimme, aber er behielt das finsterste seiner Geheimnisse für sich.

Ich drängte ihn nun meinerseits abzufahren, weil ich hoffte, daß mir seine Reaktion darauf Klarheit verschaffen würde.

Er schüttelte den Kopf: »Wohin sollte ich gehen? Es liegt mir nicht, mich zu verstecken . . . Hier fühle ich mich wenigstens noch ein bißchen zu Hause.«

Ich gebe die Hoffnung nicht auf, ihn demnächst zum Sprechen zu bringen. Er hat mich denunziert. Dessen bin ich jetzt sicher. Aber ich will in genauer Kenntnis der Sachlage seine elende Hülle mit Füßen treten können.

13. Oktober

Ich zeigte Stan folgende Zeilen, die ich an mich gerichtet hatte:

Madame,
ich muß Ihnen leider mitteilen, daß ich die Absicht habe, am 1. November meine Wohnung Freunden zu übergeben. Ich wäre Ihnen also dankbar, wenn Sie sie zu diesem Zeitpunkt räumten.

Hochachtungsvoll
Elisabeth Wolf

P.S.: Einen Rat von Ehefrau zu Ehefrau: vertrauen Sie unserem Mann nicht zu sehr. Ich habe ihn gekauft. Er hat mich verkauft.

Stan blieb stieren Blickes und mit angehaltenem Atem stehen. Er war so tief getroffen, daß der fehlende Umschlag ihn nicht mißtrauisch machte.

Ich spielte die Dumme: »Und das heißt? An wen sollen Sie sie verkauft haben?«

Seine Lippen zitterten, ohne daß er ein deutliches Wort herausbrachte.

Plötzlich rief ich mit einem Entsetzen, das nicht gespielt war: »Sie haben sie den Nazis ans Messer geliefert! Deswegen ist sie nicht hierher zurückgekommen!«

Er rang die Hände ... entschloß sich plötzlich.

»Setzen Sie sich dorthin. Es ist noch Zeit genug, Ihnen zu erklären, was geschehen ist, ehe Fabienne kommt. Ich möchte nicht, daß Sie glauben, ich sei ein Schuft.«

Wir setzten uns in die roten Ledersessel. Er versenkte sich einen Augenblick in seine Erinnerungen und erzählte mir dann das folgende: »Im Herbst 1943 war meine Frau unter falschem Namen nach Chartres geflüchtet. Im Juli 1942 hatte eine große Razzia stattgefunden, der sie entgangen war. Aber zu dem Zeitpunkt, von dem ich spreche, wurde sie von der Gestapo nicht mehr und nicht weniger als viele andere Juden gesucht, mit einer gewissen Nachlässigkeit aus Mangel an Personal, wegen Überarbeitung ... Objektiv gesehen hätte ihre Festnahme nicht das geringste Interesse geboten. Nur der Geist des Systems selbst konnte irgend etwas gegen sie haben. Was mich anbetraf, so gab es zunächst keinen Grund, mir übelzuwollen, und daher blieb ich auch in dieser Wohnung.

Am 15. Oktober erhielt ich gegen drei Uhr nachmittags den Besuch eines Inspektors der Obersten Behörde für Jüdische Angelegenheiten, eines höflichen Burschen, der mir als Eröffnungszug zunächst ein Kompliment über das Mobiliar machte. Ich sehe noch, wie er die Miniatur von Isabey bewunderte, die auf dem Klavier steht ... Mir ist übrigens nicht klar, ob er zur Creme seiner Organisation gehörte oder zu einem am Rande umherschwirrenden Hornissenschwarm ... Aber das ist auch ohne Bedeutung für den Fortgang der Erzählung.

Diese Person fragte mich also sehr höflich nach Elisabeths Adresse, die ich natürlich vorgab nicht zu kennen. Er schien sehr enttäuscht. Ich erinnere mich, als ob es gestern gewesen wäre, der kleinen Rede, die er mir daraufhin hielt: ›Sie sind mir sympathisch, Monsieur, ich liebe selbst das Schachspiel und habe viele Ihrer Partien bewundert. Ich werde also sehr offen mit Ihnen sprechen. Ich vertrete hier nicht eine Behörde, die die Bevölkerung unterdrückt, sondern eine Abteilung der Finanzverwaltung, die Beschlagnahmungen durchführt. Uns geht nur das Vermögen von Madame Pilgrin an.

Sicherlich wird es Sie interessieren zu erfahren, daß der Großvater mütterlicherseits Ihrer Frau niedergeschossen wurde, als er versuchte, Spanien zu erreichen – ein unglückseliger Schuß –, und daß sie seine Haupterbin ist. Sie werden mir entgegnen, daß es unwichtig ist zu erfahren, welchem glücklichen Nutznießer das Ganze bestimmt gewesen ist, da das inländische Vermögen dieses Herrn schon eingezogen ist ... Hier liegt jedoch der Kern der Sache. Wir brauchen eine gesunde zuständige Person, weil der größte Teil dieses Vermögens schon vor München auf Schweizer Banken überwiesen wurde ...‹

Ich gestand, nicht ganz zu begreifen.

Er setzte mir geduldig auseinander: ›Es ist recht einfach. Die in Frage stehenden Gelder sind auf verschiedenen Banken in Genf deponiert, nicht auf namentlichen Konten, sondern auf chiffrierten, die der Allgemeinheit unzugänglich sind. (Eine von den Schweizern erdachte Vorsichtsmaßnahme, um ungesetzliche Überweisungen zu erleichtern.) Wir wissen trotz allem aus verschiedenen Quellen – wir konnten einige Zwischenpersonen festnehmen –, daß es sich um enorme Summen handelt. Wie Sie sich denken können, werden die Bankiers uns diese nicht zum Geschenk machen. Unsere einzige Chance, einen Schimmer davon zu Gesicht zu bekommen, liegt darin, der Erbschaft ihren Lauf zu lassen und dann den neuen Eigentümer zu veranlassen, daß er selbst in offizieller Freiheit die für die Rücküberweisungen unerläßlichen Aufträge erteilt.

Sie werden jetzt die Gründe meines Besuches verstehen. Madame Pilgrin ist uns praktisch unersetzlich, und wir vergehen vor Ungeduld, ihre Bekanntschaft zu machen.‹

Ich wiederholte diesem Inspektor, daß ich die Adresse meiner Frau nicht kenne.

›Unsere Nachforschungen ergeben‹, führte er aus, ›daß sie nicht weit gefahren sein kann. Wenn es stimmt, daß Sie ihre Adresse nicht wissen, ist es dringend notwendig, daß Sie sie sich beschaffen und uns mitteilen.‹

Diese außerordentliche Unverschämtheit begann mich zu

beunruhigen. Ich versprach, nicht sehr überzeugt, mein möglichstes zu tun.

Er entgegnete: ›Sie müssen mehr tun. Unmöglich ist nicht französisch – wie schon Napoleon gesagt hat, der sich in Polizeiangelegenheiten auskannte. Wir werden Ihnen 48 Stunden Zeit lassen. Wenn Sie nach dieser Frist nicht die gewünschte Auskunft geben können, werden wir Sie in unseren Diensträumen befragen. In der Zwischenzeit werden Sie streng bewacht.‹

›Wie soll ich Ihnen eine Adresse liefern‹, rief ich aus, ›wenn ich sie nicht herausgefunden habe?‹

Der Kerl beugte sich zu mir und sagte sehr langsam: ›Passen Sie gut auf ... entweder werden Sie sie wissen, oder Sie werden sie nicht wissen. Wenn Sie sie wissen, werden Sie sprechen, oder man wird Sie zum Sprechen bringen. Ein kleines Handgemenge ehrenhalber, dem eine Kapitulation folgt, die allen zugute kommen wird ... Aber wenn Sie nichts wissen, müssen wir uns darum nicht weniger berufsmäßig davon überzeugen, daß Sie nichts wissen. Der Einsatz lohnt sich. Und unter diesen Umständen besteht die Gefahr, daß die Befragung sehr, sehr lange dauert. Theoretisch gibt es eigentlich überhaupt keinen Grund, sie zu beenden ... Hartnäckigkeit wirkt gelegentlich Wunder bei den ... Schweigsamen, bei Neugierigen ebenfalls. Ich wünsche Ihnen ehrlich, daß Sie sie wissen. Das ersparte uns sehr unangenehme Augenblicke.‹

Ich war mit Schweiß bedeckt und äußerte ganz naiv mein Erstaunen darüber, daß in solchen Fällen noch zur Folter gegriffen würde.

Die Augen meines Gesprächspartners leuchteten auf. Es war deutlich, daß ich soeben seinem Steckenpferd die Sporen gegeben hatte.

›Diese Situation ist beklagenswert‹, gab er zu, offensichtlich ohne Ironie. ›Wir verdanken diese Auswüchse der Französischen Revolution, die behauptete, sie abschaffen zu wollen, anstatt sie möglichst zweckmäßig einzurichten. Die Folter kann nicht verschwinden. Sie hat schon mehr Unschuldige gerettet, als dabei umgekommen sind. Überall in der Welt wird jahraus, jahrein ein bißchen gefoltert, außer in der Vatikanstadt; denn hörte man die Schreie jenseits der Grenze, würde ihr Latein aufhorchen lassen. Das Unglück liegt darin, daß man schlecht foltert, aufs Geratewohl, ohne Kontrolle, provisorisch ausgerüstet, wo man doch durch ausgewählte Methoden überzeugen könnte: unter ärztlicher Aufsicht, in neuen, farblich schön abgestimmten Räumen ... Wir sind sehr rückständig. Die gängigen Vorurteile zwingen uns auch noch, den fruchtbarsten Grundsätzen untreu zu werden, weil ihre Anwendung dem Zufall überlassen bleibt. Leider können wir Ihnen nichts Besseres bieten: unsere Ausrüstung ist sehr mangelhaft ...‹

Was ich da hörte, ließ mir das Mark in den Knochen gefrieren. Mit physischem Mut bin ich nicht gesegnet. Ich ließe mich, wenn es gar nicht anders ginge, erschießen, um meine Selbstachtung zu bewahren. Aber sich von obskuren Beamten, die von der Idee der Nutzleistung besessen sind, ins Gesäß zwicken und erschießen zu lassen ... das steht auf einem anderen Blatt.

Ich nahm meine letzten Kräfte zusammen, um mich über das Schicksal meiner Frau zu informieren, angenommen, man fände sie.

Diese Frage machte meinen Techniker etwas verlegen. Schließlich antwortete er: ›Ich will Ihnen nicht verhehlen, daß wir den Befehl haben, der Gestapo die Klienten zu übergeben, für die sie ein Interesse bekundet. Der umgekehrte Fall ist nicht häufig. Diese Leute sind nicht sehr gefällig. Wir dagegen machen Geschäfte ... Ich weiß wohl, daß dieses Geständnis Sie abhalten könnte, uns gefällig zu sein, aber ich hätte Bedenken, Ihnen etwas vorzumachen, und außerdem habe ich zu unseren Mitteln Vertrauen.‹

Damit verabschiedete er sich und überließ mich dem Entsetzen ... dem Entsetzen darüber, was ich tun sollte. Ich fühlte mich aufs tiefste erniedrigt.

Dennoch vertat ich kostbare Stunden, um einen Ausweg zu suchen: es gab keinen. Die Taktik dieser Herren war durchsichtig: da sie im Zweifel waren, ob ich ihren Wünschen sofort nachkommen könnte, entschlossen sie sich, mir die lange Leine zu geben, in der Hoffnung, daß ich ihre Arbeit machte oder daß ich sie, ohne es zu wollen, zu meiner Frau führte, indem ich versuchte, diese zu warnen. Wenn ich mich weigerte, das Spiel mitzumachen, würden Zwangsmittel angewandt. Auf alle Fälle war es sehr unwahrscheinlich, daß ich den Schergen, die mit meiner Bewachung beauftragt waren, entkommen konnte ...

Zwar untere Polizeibeamte, die aber jahrhundertealte Erfahrung auf ihrer Seite hatten ...

Ich wäre rasend geworden, wenn ich weiter dieses Problem nach allen Seiten erwogen hätte. In der Hoffnung, daß mir in anderer Umgebung ein neuer Gedanke kommen würde, ging ich sehr spät noch in meinen Klub. Die Räume waren fast leer. Daher fielen mir zwei unbekannte Gesichter um so leichter auf, die sicher meinetwegen da waren.

Ich sah mit abwesendem Blick einer Amateur-Partie zu, als mich ein vorübergehend anwesender höherer Offizier wegen einiger Blitz-Partien ansprach, übrigens ziemlich schüchtern, als ob er eine barsche Abweisung aus patriotischen Gründen fürchte. Ich nahm an: der Anblick dieser Uniform zeigte mir plötzlich einen Weg, wie ich meine Sorge loswerden konnte, den unter diesen Umständen besten Weg. Ein wahrer Taumel packte mich vor der sich bietenden Chance.

Ich verließ das Spiel einen Augenblick, um auf die Toilette zu gehen. Dort kritzelte ich auf einen Notizblockzettel einige Hinweise Elisabeth betreffend, steckte ihn in einen gebrauchten Umschlag, schrieb eine neue Adresse, nachdem ich die meine so sorgfältig wie möglich ausgestrichen hatte. Die neue Anschrift war die der Ortskommandantur in Chartres ...«

Ich konnte mir nicht verkneifen, Stan zu unterbrechen: »Die Tat war des Ortes würdig!«

»Hm ... das gebe ich zu ... man kann sich nicht immer den Ort seiner Schandtaten aussuchen. Andererseits habe ich unter den gleichen Bedingungen einige Zeilen an meine Frau geschrieben, in der Absicht, ihr Mut zu machen. Ich bin überzeugt, daß ihr diese Nachricht sehr wohl getan hat.«

Das Schlimme ist, daß das stimmte!

»Glücklicherweise hatte ich einen anderen Umschlag bei mir, da ich beim Weggehen meine Abendpost bei der Concierge mitgenommen hatte.

Nun mußte ich nur noch meinem Partner die Briefe übergeben, ohne daß es auffiel, mit der Bitte, sie freizumachen und einzuwerfen. Das war relativ leicht, da die Agenten der Obersten Besatzungsbehörde nicht ein ausgesprochenes Mißtrauen gegenüber der eigentlichen Wehrmacht hatten. Und selbst wenn sie mißtrauisch geworden wären, hätten sie nicht die Mittel gehabt, einen so betreßten Briefträger wie den meinen zu durchsuchen.«

Ich äußerte mein Erstaunen darüber, daß er diese Denunziation an eine Ortskommandantur gerichtet hatte, da doch die Gestapo angezeigter gewesen wäre.

Seine Treuherzigkeit war rührend: »Ich fürchtete, daß der Offizier beim Anblick einer solchen Anschrift den Brief in die Gosse geworfen hätte. Dieser Mann sah sehr ordentlich aus ... Außerdem dachte ich, es sei anständiger, meine Frau Soldaten anzuvertrauen. Das Verbrechen hinterläßt einen um so weniger bitteren Geschmack, je zahlreicher die ehrbaren Komplizen sind.«

Ich wies Stan darauf hin, daß er diese von der Vorsehung geschickte Begegnung hätte nutzen können, um Elisabeth zu raten, die Wohnung zu wechseln.

»Ja!« gab er ohne Zögern zu. »Ein Held hätte so gehandelt. Aber ich – was konnte ich besseres tun, als ich getan habe? Diese Ablenkung rettete das Vermögen meiner Frau, das sie unberührt vorgefunden hätte, wäre sie nur eher zurückgekommen. Und sie ersparte ihr wenigstens die französische Folter. Das ist schon eine ganze Menge.

Zu meiner Entlastung kann ich auch noch anführen, daß es zu dieser Zeit nicht leicht war, sich vorzustellen, was eigentlich ein Konzentrationslager in einer Diktatur ist. Es gibt diese entsetzlichen Grausamkeiten, die nur eine Philosophie erfinden kann, die für die Massen bestimmt ist. Es ist verzeihlich, wenn der gesunde Menschenverstand sich so lange weigert, daran zu glauben, bis er tausend Beweise ihrer unwahrscheinlichen Wirklichkeit hat.«

Ich erinnerte ihn an den Ausdruck, den er eben gebraucht hatte: ›. . . sie hatten sich entschlossen, mir die lange Leine zu geben . . .‹ – »Diese Leine«, sagte ich zu ihm, »wer hinderte Sie, sich daran aufzuhängen?«

Stan war verwirrt über diesen ärgerlichen Vorschlag: »Sie sind anspruchsvoll . . . Ich muß gestehen, daß mir der Gedanke, mich umzubringen, in dem Augenblick nicht gekommen ist. Ja, das ist wohl eine Zerstreutheit, die befremdend erscheinen mag. Aber da ich nicht gläubig bin, habe ich immer das totale Opfer seiner selbst als völlig unsinnig angesehen: eine Gedankenausgeburt von Generalen, Päpsten, Marxisten . . . Mir ist noch nie klar gewesen, wozu eine Tat gut sein soll, die man zu seinen Lebzeiten weder bewundern noch beweinen kann. Und als der Augenblick kam, mein Leben hinzugeben, nicht für mein Vaterland, nicht für Gott, nicht für die Zukunft der anderen, sondern ganz einfach für meine Frau, habe ich aus Mangel an Übung nicht daran gedacht; das wird es wohl sein . . .«

Es war entwaffnend!

»Sie sehen, Madame, daß die Umstände mir sogar die Ängste eines schönen Gewissenszweifels verweigert haben. Alle Würde ließ mich im Stich, ohne daß ich etwas dafür konnte. Ich, der ich so gern frei meine Entschlüsse fasse, empfand es stärker als ein anderer, wie bitter es sein kann, plötzlich für den, den man liebt, ein gefährliches Spielzeug zu werden.«

Ich bemerkte dazu: »Es muß Sie trösten, daß die Verhältnisse offensichtlich schuldiger waren als Sie.«

»So müßte es sein, aber ein solcher Trost nützt sich ab. Ich erinnere mich an eine kurze Beziehung, die ich früher einmal anläßlich eines Schachturniers in einem Palast in Monaco hatte. Ich wurde für die Dauer meines Aufenthaltes von einer sehr vornehmen Dame großzügig aufgenommen. Sie war vielleicht etwas älter als ich, aber noch charmant ... und die verkörperte Anmut und Sorglosigkeit.

Eines Morgens überraschte ich sie völlig verstört. Sie stand im Hemd vor ihrem zerwühlten Bett und starrte voller Entsetzen auf die unzweideutigen Spuren eines nächtlichen Abenteuers, das ihr, nach der Dekoration zu urteilen, eine bessere Erinnerung hätte hinterlassen sollen.

›Der Reitknecht! Der Reitknecht!‹ stöhnte sie.

Ich fragte mich, was dieser Reitknecht wohl verbrochen haben könnte, was nicht so angenehm war, wie es hier auf den ersten Blick den Anschein hatte.

›Er hat ein Muttermal in Form einer Kröte auf der Hüfte, ich habe es eben entdeckt ...‹

Ich versicherte der in Tränen Aufgelösten, daß diese Tatsache nichts Erschreckendes an sich habe.

In einem Atemzug fuhr sie fort: ›Dieser Reitknecht kommt aus dem Waisenhaus. Ich habe vor fünfzehn Jahren ein uneheliches Kind, das dieses Mal hatte, vor dem Waisenhaus ausgesetzt ...‹

Ich fühlte mich nicht berufen, Damen über solche Unannehmlichkeiten hinwegzutrösten, versuchte jedoch mein Bestes. Da ich wußte, daß diese zu großzügige Person sich von Zeit zu Zeit der Religion zuwandte, machte ich vor ihr geltend, daß der Himmel in seiner Gerechtigkeit sich nicht über eine Unkenntnis erzürnen würde und daß ihre Sünde allerhöchstens eine üble Gewohnheit sei.

Es ist wohl anzunehmen, daß ich sie nicht überzeugt habe, denn am nächsten Tag ging sie ins Wasser. Der Reitknecht trug keine Trauer.

Genaugenommen erlebe ich jetzt eine ähnliche Geschichte. Dem Schicksal hat es gefallen, mich in eine schlechte griechische Tragödie hineintappen zu lassen . . .«

Ich fragte Stan, ob seine berühmte Freiheit in dieser Angelegenheit nicht weniger angetastet worden sei, als er vorgab.

»Sie haben ein Talent«, antwortete er, »den Finger auf die Wunde zu legen. Es stimmt, daß ich die Wahl hatte: ein Engel oder ein Vieh zu sein. Ich versuchte, ein Mensch zu sein, aber ohne rechten Erfolg . . .«

Ich unterbrach ihn: »Es hätte genügt, wenn Sie ein Ehemann gewesen wären!«

»Durchaus! Das ist leicht gesagt. Aber um ein Ehemann zu sein, der allem Unvorhergesehenen gewachsen ist, muß man zweifellos etwas Übermenschliches in sich entwickeln. Ich hatte diese Vorsichtsmaßnahme nicht getroffen. Wir sinken schnell unter unser Niveau, wenn uns die Gewohnheit, über uns selbst hinauszuwachsen, nicht zur zweiten Natur geworden ist . . .

Es ist der Prozeß meines Lebens und nicht eines Augenblicks, in den Sie da reingeraten sind. Das ist sehr unangenehm. Und ich könnte Ihnen entgegnen: ›Welche Berechtigung haben Sie, so mit mir zu sprechen? Was hätten Sie an meiner Stelle getan?‹«

Ich dachte an das Lagerbordell, in das ich mich hatte einschreiben lassen, um eine größere Chance zu haben, den wiederzusehen, der mich dort hineingebracht hatte. Das war der Gipfel! Aber im Grunde wußte ich wohl, daß der nackte und einfache Trieb, meine Haut zu retten, mit den höheren Gefühlen zusammengewirkt hatte. Ich schwieg.

Fabi kam zurück und trat bei uns ein.

»Ihr seht wie Verschwörer aus«, bemerkte sie. Der Zauber war gebrochen.

Den Rest des Tages dachte ich nach und war erstaunt, daß ich das unter Umständen fertigbrachte, in denen ein reißender Strom von Gefühlen mich hätte fortschwemmen sollen. Aber mein Stan bietet dem Haß wenig Angriffspunkte: er ist zu natürlich. Man könnte ebensowenig einem Hund übelnehmen, daß er seinen Herrn ertrinken läßt, weil das Wasser zu kalt ist.

14

14. Oktober

Stan kam heute morgen zu einer unpassenden Zeit in mein Schlafzimmer. Man sah seinem Gesicht an, daß er eine schlaflose Nacht verbracht hatte. Er setzte sich auf meinen Bettrand und sagte ohne Übergang mit einem gewissen Stolz: »Wissen Sie, ich habe trotz allem versucht, meine Frau zu retten. Um ein Haar ... wäre es mir gelungen.«

Ich tat sehr erstaunt: »Das sieht Ihnen gar nicht ähnlich, vernünftig, wie Sie sind ... Ich könnte wetten, daß Sie da ohne Überlegung gehandelt haben.«

Er schien die Ironie meines Tones nicht zu bemerken: »In der Tat. Es war ein plötzlicher Einfall, unwiderstehlich. Es ist anzunehmen, daß es ähnlich wie den Selbsterhaltungstrieb auch einen Instinkt gibt, der zum Heldentum treibt.

Als ich den Club verließ, war ich niedergedrückt, aber ruhig. Ich hatte den Eindruck, daß alles in Ordnung sei ... das heißt in einer Ordnung, wie sie unter den gegebenen Umständen möglich war. Zu Hause angekommen, vergrub ich mich bis tief in die Nacht hinein in Schachprobleme, das beste Beruhigungsmittel, das es gibt, um quälende Gedanken zu verjagen. Ich schlief ganz gut. Aber gleich beim Aufwachen mußte ich daran denken, daß jetzt die Post wohl schon längst ausgetragen würde. Der Gedanke, daß ich am Abend zuvor etwas Endgültiges getan hatte, traf mich wie ein Schlag, und ich begann vor Angst zu zittern.

Es gibt kein traurigeres Abenteuer für einen Menschen, der nicht die Bequemlichkeit des Glaubens genießt, als einen nicht wiedergutzumachenden Irrtum. Für uns Atheisten gibt es keine mögliche Verzeihung, keine Nachsicht, kein Vergessen ... Wir schleppen unsere Vergehen wie Sträflingskugeln mit uns, und wir sterben so schwerer gefesselt als durch die Erde, die uns aufnimmt.

Ich machte entsetzliche Stunden durch. Gegen Abend hatte ich das Gefühl, daß plötzlich irgend etwas in mir zerbrach: alles, was mich an das Leben, an die Vernunft band . . . Ich hatte einen breiten Fluß überquert, wie, weiß ich nicht, und das andere Ufer, das mir lange Zeit vertraut gewesen war, wurde mir fremd . . .«

Stan überlegte einen Augenblick und fuhr fort: »Ich hatte mich immer für durchaus vernünftig gehalten . . . Aber was ist denn die Vernunft? Das tägliche Produkt kleinster Erfahrungen. Was jedoch lehrt uns nun die Erfahrung in den entscheidenden Augenblicken unseres Lebens? Ist die Vernunft im Spiel, wenn man zum erstenmal mit einer Frau schläft? Stirbt man vernünftig? Und wenn unsere Haut zufällig das Lösegeld für die eines anderen wird, was gibt uns dann die Vernunft ein, das unserer würdig wäre? Die Vernunft ist nur eine Technik, um es Affen bequem zu machen. Sie ehrt uns nur in dem Maße, in dem wir verstehen, sie zu mißachten, sobald es nötig ist.«

All das klang sehr ungewöhnlich bei Stan.

»Als es begann dunkel zu werden, sprang ich also wie ein Irrer in den Zug nach Chartres; ein schwächlicher Kerl mit einem Galgenvogelgesicht mir auf den Fersen, der sich auch wie zufällig neben mich setzte.

Der Wahnsinn, der mich antrieb, ließ mich jedoch alle Einzelheiten klar erkennen. Der Bahnhof, der Zug waren fast leer. Es bestand kaum ein Zweifel, daß dieser in letzter Minute zugestiegene Mitreisende mir von meinen Aufsehern zugeteilt worden war. Es lag übrigens in seiner ganzen Person ein Ausdruck von Gemeinheit, abgesehen von der abscheulichsten Physiognomie, die man sich denken kann; bleigrau und abgezehrt. Ich beschloß, mich seiner zu entledigen, sobald ich meiner Sache sicher wäre. Ich war zu allem entschlossen.

Wir waren allein in einem quietschenden Abteil dritter Klasse, das wegen des Luftschutzes verdunkelt war. Ich begann die Unterhaltung bei dem ungewissen Licht einer blau angestrichenen Notlampe, das der Szene die Atmosphäre eines Leichenschauhauses gab.

Ich erinnere mich an einen Ausspruch dieses Mannes: ›Ich für meine Person brauche mich über die Deutschen nicht zu beklagen. Es sind sehr korrekte Kunden. Im allgemeinen fördert die Uniform das Geschäft . . .‹

Ich erkundigte mich nach seinem Beruf. Er lächelte nur, ein Lächeln, das mir um so beunruhigender schien, als der ganze Zusammenhang ziemlich schauerlich war.

›Schämen Sie sich nicht, das zu tun, was Sie tun?‹ fragte ich schließlich in einem ganz geschäftskundigen Ton.

Er betrachtete mich erstaunt, ehe er in einer Art dreckiger Belustigung zurückgab: ›Bisher haben Sie doch wohl unter meinen Geschäften noch nicht zu leiden gehabt? Was werfen Sie mir also vor?‹

Das waren seine letzten Worte. Der Zug verlangsamte schon seine Geschwindigkeit, da wir uns Chartres näherten, als ich tief Luft holte und ihn ohne weitere Umstände erwürgte. Sein Erstaunen war ungeheuer, aber in dem Augenblick achtete ich nicht darauf: ich war ganz bei dieser ungewohnten Anstrengung.

Ich verließ den Bahnhof ohne weiteren Zwischenfall, aber mit zwei Polizisten hinter mir, die mir bald ziemlich nahe auf den Leib rückten, da die Nacht sehr dunkel war. Offensichtlich hatte ich das falsche Opfer erwischt. So etwas kommt wohl ziemlich häufig vor, wenn man als Amateur tötet . . .

Die Lage war jetzt noch schlechter als bei der Abreise: ich stürmte blindlings los, unter verstärkter Bewachung, in eine unbekannte Stadt hinein, wo ich eine Frau suchte, die ich nur erreichen würde, wenn ein Wunder geschah. Ein Gefühl völliger Hilflosigkeit überkam mich. Und um überhaupt so weit zu kommen, mußte ich über die Leiche eines Menschen gehen, eines kleinen Mannes, der genau wie Sie und ich dazu geboren war, in seinem Bett zu sterben . . .«

»Das ist entsetzlich, aber das nennt man wohl einen Justizirrtum«, sagte ich, um ihn zu trösten. »Ihre Schuld war nicht so groß ...«

»Die des Toten auch nicht«, gab Stan zurück. »Zugegeben, daß ich unschuldig einen Unschuldigen erwürgte ... Trotzdem hinterläßt diese Art Freiübung einen unangenehmen Nachgeschmack ...

Kurz: niedergeschlagen über diesen Justizirrtum, lief ich also in die Stadt Chartres hinein. Ich war so bedrückt, daß ich mich dabei ertappte, den Höchsten anzurufen: ›Mein Gott, wenn es Dich gibt, mach, daß ich sie rette!‹«

»Wahrscheinlich hat Ihn das ›wenn‹ geärgert«, erklärte ich. »Sie hätten sagen müssen: ›Mein Gott, rette sie!‹«

»Alles ist möglich ... Eine beinahe göttliche Eingebung kam mir jedoch, als ich an einem anständig aussehenden Hause vorbeikam, das eine ausgesprochen klerikale Luft um sich verbreitete. Ich klingelte ... ich klopfte ... Eine Frau kanonischen Alters streckte mir nach aufreizend langer Wartezeit ihren Schnurrbart durch ein Schiebefensterchen entgegen. Ich erfuhr, daß ich mich an einem Zufluchtsort von Domherren befand, die gerade zu Abend aßen, und daß es ausgeschlossen war, sie ohne schwerwiegenden Grund zu stören.

›Es geht um Leben oder Tod‹, sagte ich der Frau ins Ohr. Sie zögerte lange, aber von Neugier geplagt, öffnete sie mir die Tür.

Ich befand mich vier Domherren gegenüber, zwei dicken und zwei dünnen, die ganz schwarz gekleidet um einen runden Tisch saßen. Mit bereits gezücktem Messer sogen sie den Duft einer noch unberührten Pastete ein, die sie gerade anschneiden wollten. Mir wäre es lieber gewesen, drei Dutzend Domherren in Aktion zu sehen, aber ich hatte gefürchtet, nur zwei vorzufinden. So war ich ganz erleichtert, vier anzutreffen.

Während die Pastete kalt wurde, klärte ich sie kurz über den Zweck meiner Reise auf und legte ihnen dar, was sie für mich tun konnten. Mein Vorschlag ließ sie fürs erste so kühl wie die Pastete. Aber ich wandte die glückliche Taktik an, ihnen ihre eigenen Grundsätze zu verabreichen: ›Wenn Sie mir nicht helfen, meine Herren, dann sind Sie keine Christen!‹

Dieser Verweis heizte sie an. Der älteste, der auch der dünnste war, faltete seine Serviette langsam, sorgfältig, als ob er seine letzten Augenblicke der Ruhe auskosten wolle, und sagte dann mit einem leichten Seufzer: ›Also los! Es soll nicht geschrieben stehen, daß wir Ihre Jüdin einer Schweinepastete geopfert haben. Ich werde Ihnen meine beste Soutane borgen, einen Umhang und einen Hut. Halten Sie sie gut ...‹ Kurze Zeit darauf unternahmen fünf Domherren einen Ausgang in gedrängter Formation. In Ermangelung einer besseren Lösung trennten sich meine Polizisten, der eine stand Posten, der andere folgte uns auf dem Fuße. In der Nacht ähnelten sich die richtigen und der falsche Domherr wie zwei Tropfen Weihwasser; niemand hätte auf den ersten Blick sagen können, ob ich innen oder außen ging.

Unterwegs begannen meine vier richtigen Domherren halblaut für mich zu beten. Als ich schweigsam blieb, raunte mir der Bandenchef mit einer Spur von Bosheit zu: ›Fallen Sie in unser Gebet ein, sonst machen Sie auf sich aufmerksam.‹

Ich schnurrte wie die anderen. Das konnte niemandem weh tun ...

Bald erkannten wir die Turmspitzen der Kathedrale, wie man sie in den Bildbänden sieht, den schönen und den noch schöneren, und wir hörten auf zu beten. Der entscheidende Augenblick nahte.

›Sie scheinen nicht oft zu beten ...‹ stellte der Alte fest.

Ich gab zu, daß ich an nichts glaube. Der Alte schüttelte den Kopf und fragte mich: ›Warum stürzen Sie sich dann für Ihren Nächsten in Gefahr? Was erhoffen Sie sich von Menschen?‹

Ich gab sofort zurück: ›Gewiß habe ich nicht die Hoffnung, soviel dabei zu gewinnen wie Sie. Ich bin zufrieden, wenn ich mit mir selbst zufrieden sein kann. An langen Fristen bin ich nicht interessiert.‹

Der Alte schüttelte wieder den Kopf: ›Diese Zufriedenheit kommt von Gott, mein Sohn. Sonst wäre sie unerklärlich. Gott ist so gut, daß Er den Gläubigen wie den Ungläubigen alles gibt, was nötig ist, damit sie bei großen Anlässen nach Seinem Bilde handeln. Diesen Gott kennen Sie nicht, aber vielleicht lernen Sie Ihn eines Tages kennen. Sie sind auf dem richtigen Wege . . .‹

Wir waren bis zur Mitte des Platzes vor der Kathedrale gekommen. Einer meiner dicken Domherren zeigte mir die Lage der rue de l'Epine, wo meine Frau wohnte, und wir trennten uns sehr rasch. Der Alte, der der Unerschrockenste war, stellte sich in die Mitte des Platzes, um den Feind zu bannen, und die übrige Truppe verstreute sich in die vier Himmelsrichtungen. Diese Auflösung der philosemitischen Domherren brachte unseren Verfolger völlig durcheinander. Er schwankte in alle Richtungen, konnte sich nicht entschließen und blieb schließlich blöde vor unserer Nachhut stehen.

Gemäß den erhaltenen Anweisungen beeilte ich mich, meine Verkleidung bei einer Betschwester in der Nähe abzugeben, aber als ich die rue de l'Epine suchte, verlief ich mich unglücklicherweise und stieß auf einen gefälligen Offizier . . .«

Stan erzählte mir dann, was ich schon wußte, fügte jedoch noch folgende Bemerkung hinzu: »Mehrere Male war ich nahe daran, diesem deutschen Reitersmann an die Kehle zu springen, während wir in der unheimlichen rue de l'Epine hin- und hergingen. Wenn er bloß nicht so groß gewesen wäre! Auf alle Fälle hatte ich guten Grund, mich zurückzuhalten. Nachdem ich schon den ersten besten umgebracht hatte, hätte es sich gut ausgenommen, wenn ich zu allem Überfluß auch noch einen potentiellen Retter getötet hätte!«

Ich gab Stan zu, daß die Ironie des Schicksals ihn nicht weiter hätte treiben können.

»Wer war nun eigentlich dieser erste beste?« fragte ich neugierig.

Stan lachte bitter: »Am nächsten Tag las ich in der Zeitung: ›Der Inhaber eines Bordells in Chartres wurde erwürgt auf dem Bahnhof dieser Stadt aufgefunden. Man ergeht sich in Vermutungen . . .‹

Hätte dieser Mann etwas mehr Berufsstolz gehabt, hätte er mir nur ein wenig seine Annehmlichkeiten gepriesen, lebte er noch. Es war die Scheu vor dem Urteil der Welt, die ihn letzten Endes erwürgt hat. Wir sind der Willkür unserer edelsten Gefühle ausgeliefert.«

Als er seine Erzählung beendet hatte, sah mir Stan in die Augen und fragte: »Sie glauben mir, nicht wahr?«

Ich gab zu, daß ich ihm glaubte, und das stimmte. Die Geschichte paßte ihm wie angegossen.

Dieser Vertrauensbeweis freute ihn.

»Wenn es schon Elisabeth nicht tut, hat es doch etwas für sich, wenn mir ihre Doppelgängerin Glauben schenkt.«

»Warum sollte sie Ihnen nicht glauben?«

»Es steht zuviel Leid zwischen uns, das ich mit bewirkt habe. Wer zuviel gelitten hat, kann nicht verstehen.

Nur wenige werden durch den Schmerz großmütig. Und selbst dann gibt es eine Art des Leidens . . . Die Promiskuität wurde in den Lagern eingeführt, um den Menschen zu erniedrigen. Sicher hat sie mehr Schlacken als Brillanten hinterlassen. Elisabeth war eine Frau wie andere auch, besser als manche andere, aber auch nicht mehr. Sie hatte dort als Trost nur die Erinnerung daran, wie ich sie geliebt habe.

Welch ein Hohn! Die unglückseligen Zeiten haben es mit sich gebracht, daß die Quälereien, die von wenigen erdacht wurden, über dem Niveau der Masse lagen.«

Ich riet ihm, trotz allem seine Frau aufzusuchen und ihr genau das zu erzählen, was er mir gesagt hatte.

Er wies den Vorschlag entschieden zurück: »Selbst wenn es mir gelänge, sie zu entdecken, würde sie mir nicht zuhören.

Und selbst wenn sie mir zuhörte, sähe es aus, als ob ich die Tatsachen verdrehe, Ausreden erdichte, für eine Sache plädiere, inständig bäte, dabei habe ich mir nichts, oder doch sehr wenig vorzuwerfen. Stände ich heute vor der gleichen Aufgabe, wäre ich zweifellos weder heldenmütiger noch geschickter. Warum soll ich mich demütigen, noch dazu nutzlos? Elisabeth würde mich zurückstoßen, und sie hätte nicht einmal unrecht. Lieber gelte ich als gemein, als mich unnütz zu erniedrigen. Ich habe einiges an Stolz zurückzugewinnen. Jetzt bin ich wieder frei!«

Ich zeigte mich beunruhigt über seine Zukunft.

»Ich habe keine Zukunft mehr! Meine Frau straft mich mit Verachtung. Wenn ihr das nicht mehr genügt, wird sie mich zertreten. Zu diesem Zeitpunkt werde ich allein sein, kein Mensch wird mir Glauben schenken außer Ihnen, die Sie nicht da sein werden. Elisabeth besitzt seit langem die Beweise für meine Schandtaten. Die Indizien für meine Reue bestehen aus einigen Mönchen, die wahrscheinlich schon vor Aufregung umgekommen sind, ehe sie sich wieder um ihre kalte Pastete versammelten. Ich werde von Amateuren füsiliert werden, öffentlich angeprangert. Dann kann ich noch von Glück sagen!

Pah«, schloß er, »ich bin auf alle Fälle dem Schlimmsten entgangen: dem Tod einer Frau, durch meine Schuld, die mir alles gab, was sie konnte ...«

»Außer ihrer Tochter«, verbesserte ich.

»Hm, in der Tat. Aber dieser Unfall ist im Grunde nur eine Kleinigkeit: die Anziehungskraft der Epidermis in einer Atmosphäre der Unsicherheit.

Das Wesentliche ist, daß Elisabeth lebt, daß sie nicht vergast und verbrannt ist. Ich spüre sie irgendwo ... lebendig ... mit Fleisch und Knochen.«

»Mit vielleicht mehr Knochen als Fleisch ...«

»Ja, ja. Aber ich könnte doch im Prinzip ihre Hand berühren, meine Lippen darauf drücken. Was macht es mir aus, wenn mich diese Hand schlägt ... wenn sie nur lebendig ist. Ich werde doch die Befriedigung haben, vor meiner Frau zu sterben: nach allem bin ich ihr das wohl schuldig!«

Es war ein seltsames Schauspiel, Stan à la Corneille reden zu hören. Und doch, es klang echt.

Ich bemühte mich, diese düsteren Gedanken zu verscheuchen, aber er blieb bei seinen Prophezeiungen: »Ich bin verloren. Ich weiß es. Früher oder später wird die Polizei mich festnehmen, und in meine Geschichte sind eben Juden verwickelt. Was Jude ist, verzeiht nicht. Diese Leute sind bei Moses stehengeblieben, der nicht eben zartfühlend war. Sie sind hervorragende Freunde; sie sind schreckliche Feinde, die, wenn es sein muß, den bis ans Ende der Welt verfolgen, der sie im Stich gelassen hat.

Ich mußte eine Jüdin verraten aus dem einzigen Grunde, weil ich sie zu einer Zeit geheiratet hatte, da ein Jude selbst sich gehütet hätte, das zu tun: der Zufall wird es wollen, daß ich in meiner Jury gerade so viele vom auserwählten Volk antreffen werde, daß meine Rechnung schnell beglichen wird.«

Ich stellte mit einer gewissen Belustigung fest, daß Stan, der ›nicht an Juden glaubte‹, plötzlich entsetzliche Eigenschaften an ihnen entdeckte, sobald seine Haut auf dem Spiele stand. Ja, die Kraft der eingehämmerten Ideen!

»Man ist zunächst Mensch und dann erst Jude«, versicherte ich ihm, »und es kommt sogar vor, daß man zuerst Frau ist und dann erst Jüdin, was noch beruhigender ist. Küssen Sie meine Hand in Ermangelung einer anderen, lassen Sie mich schlafen, und ruhen Sie sich auch etwas aus. Wenn die Juden kommen, um Sie zu ärgern, werde ich ihnen etwas erzählen!«

Er verließ mich tief bekümmert.

15. Oktober

Ich mußte mich gestern zusammennehmen, um Stan nicht zärtlicher zu trösten. Ich muß gestehen, daß ich immer weniger Lust habe, das, was von ihm noch übrig ist, mit Füßen zu treten. Ich hätte den Eindruck, ein Opfer abzuschlachten, was nicht Sache des Arztes ist. Dieser Teufel von Stan hat es fertiggebracht, die schlimmsten Schreckenstaten zu vollführen, als ob es kleine Fische wären. Er hat mich den größten Martern ausgeliefert, er hat meine Tochter auf meiner noch warmen Leiche entjungfert ... und ich gehe über das und mehr hinweg ... und denke mir für ihn die Entschuldigungen einer Antigone für einen Ödipus aus! Ich bin wirklich zu komisch! Aber irgendwie muß sich das doch wohl auszahlen ...

Wieder einmal habe ich vor abzureisen, um mir in Ruhe zu überlegen, was ich tun soll. Solange ich in seinem Banne bin, wäre ich zu allem fähig. Die Frauen sind so dumm!

15

16. Oktober

Heute nachmittag war ich allein. Fabienne war wie gewöhnlich nicht da und Stan wer weiß wo . . . Es klingelte. Ich ließ eine Nonne in mittleren Jahren ein, die für die reumütigen Mädchen der heiligen Maria Magdalena sammelte. Die Angelegenheit begeisterte mich nicht über die Maßen, und ich hätte sie am liebsten hinausgeworfen. Aber bei einer unternehmungslustigen Frau Gottes läßt sich das nicht so ohne weiteres bewerkstelligen. Meine Nonne drang bis zum Salon vor, wo sie mir von ihren Mädchen erzählte. Was sie von sich gab, hatte durchaus Sinn und Verstand: »In einem so fröhlichen Land wie dem unserigen ist es nicht das Laster noch weniger die Not, die die Prostitution fördern, es ist ganz einfach die Faulheit. Weder Zwang noch Drohung unterhalten sie, sondern die Gewohnheit des Nichtstuns und die Dummheit, sich damit zu begnügen. In den meisten Fällen handelt es sich nicht darum, durch angenehme Ausschweifungen dem Elend zu entfliehen, sondern mittels billiger Gefälligkeiten einer nur bescheiden entlohnten Arbeit zu entgehen. Deswegen widmen sich viele Frauen mit Freude der Befriedigung des Geschlechtstriebs.

Zweifellos hilft die Erziehung, diese Schande zu verringern, aber solange die Natur schwach bleibt, wird es unter uns eine Menge Faulpelze und Dummköpfe geben, an denen jede Erziehung abgleitet, mit welcher Hingabe man sich auch dieser Aufgabe widmet. Diese Mädchen sind nur zu retten durch die Überreste einer Religion, die man ihnen seit ihrer frühesten Jugend gepredigt hat.

Im Gegensatz zu dem, was einige Theoretiker, die veralten werden, behaupten, ist die Prostitution keine soziale Angelegenheit, sondern ein religiöses Problem; über die weltliche Moral hat sich übrigens, Gott sei Dank, nie jemand ereifert.

Das alles soll Ihnen deutlich machen, Madame, daß unser Werk die größten Schwierigkeiten hat, sich durchzusetzen. Bildungslücken, Mangel an Eifer und Intelligenz ... eine Sisyphusarbeit für unsere schwachen Hände! Wir müssen zufrieden sein, dann und wann ein verirrtes Schaf aufzunehmen, das der Wind der Gnade uns zutreibt, der weht, wo er will, auch in den Spelunken. Welch Glück haben wir, wenn das Lamm nicht völlig geschoren zu uns kommt, wie in den Tagen der Befreiung!

Diese Lämmer müssen wir pflegen und kleiden, aus Furcht, daß sie etwa zurückgehen.«

Der Redeschwall glich stellenweise einer gut eingelernten Lektion. Ich konnte darum meine Besucherin aber nicht weniger zu der Richtigkeit ihrer Ansichten beglückwünschen.

»Ich habe daran kein Verdienst«, sagte sie bescheiden. »Die meisten Schwestern unseres Ordens sind ehemalige Prostituierte*, die die Probleme aus Erfahrung kennen.«

Ich war etwas verlegen, aber die Neugierde siegte: »Und ... Sie selbst?«

»Nun ... ja«, sagte sie mit niedergeschlagenen Augen.

»Aber ... Sie machen einen gebildeten Eindruck.«

»Ich habe mein Diplom, ein Diplom von vor dem Krieg, das genausoviel wert ist wie das heutige Abitur. Es hat mich zwar nicht davor bewahrt zu fallen. Aber ich habe mich sehr schnell wieder erhoben: ich war ehrgeizig!

Ich begann in der rue Saint-Denis zwischen einer Kleinen aus Martinique und einer Einbeinigen, die am Ende ihrer Laufbahn stand. Im nächsten Jahr war ich in einem Etablissement in der Nähe der Oper. Bald stieg ich in die Halbwelt auf, wo ich das Glück hatte, zu meinen Freunden einen Unterstaatssekretär im Arbeitsministerium, einen abessinischen Gesandten und einen päpstlichen Kämmerer zu zählen ...

* Es gibt in der Tat einen weiblichen Orden, dessen Mitglieder aus diesen Kreisen stammen.

Ich wollte noch höher hinaus. Die Erde, auf der ich nur die Straße kennengelernt hatte, genügte mir nicht. Jetzt bewerbe ich mich um den Himmel ...«

Wirklich, diese Frau gefiel mir. Plötzlich überkam mich eine Welle des Zutrauens: »Ich war auch eine Zeitlang in einem solchen Haus«, gestand ich, »ein Kriegsereignis ...«

Sie hörte sich meine Erzählung mit einem Mitgefühl an, das mich rührte.

»Wieviel Mut gehört dazu!« rief sie aus. »Die Ordensschwester in mir verurteilt Sie, aber die Frau versteht Sie und die Prostituierte bewundert Sie beinahe.«

Soviel verlangte ich gar nicht, aber die Reaktion gefiel mir. Ich ließ mich hinreißen, ihr nach und nach meine ganze Geschichte zu erzählen, die sie lebhaft interessierte. Ich sagte mir, daß eine Person mit solchen Erfahrungen mir einen menschlichen Rat geben könne in dieser Angelegenheit, in der ich nicht mehr ganz klar sah.

»Natürlich müssen Sie verzeihen«, sagte sie nach ernsthaftem Nachdenken. »Man muß immer verzeihen, dann kommen Gott und die Hygiene des Herzens auf ihre Kosten.

Das Verzeihen ist indessen nur eine innere Haltung, die das Handeln nicht voreilig bestimmen darf, wenn die Mitwelt davon berührt wird. Diese Angelegenheit betrifft ja keineswegs nur Sie selbst. Der wollüstige Mensch, den ein böses Geschick zu Ihrem Ehemann gemacht hat, ist Ihnen gegenüber sehr schuldig geworden – das mag noch hingehen! Aber er hat einen Menschen umgebracht, der vielleicht eine Frau, alte Eltern hinterläßt ...«

Mir war klar, daß er vor allen Dingen eine Nebenfrau und Mädchen hinterläßt ...

»Ich bin der Ansicht, daß es Sache des Gerichtes ist, die Entschuldigungen unseres Kriminellen zu würdigen und ihn mit seinen Mitmenschen zu versöhnen, entweder durch Nachsicht oder durch Strafe. Wenn Sie ihm Ihr Verzeihen auf sichtbare Weise zum Ausdruck bringen wollen, dann hindert

Sie nichts daran, mit ihm in Verbindung zu treten, sobald er im Gefängnis sitzt: ihm Pakete zu schicken, ihn zu besuchen . . .«

». . . sein Grab zu schmücken!«

Sie hüstelte und gab zu: »Die Gerichte sind heute in Prozessen dieser Art gewiß schnell bei der Hand, aber immerhin sind es die Gerichte Ihres Vaterlandes. Wenn Sie durch einen Unglücksfall ein Auge verlieren, sind es ebenfalls diese Gerichte, die Ihnen die Vorsehung zur Verfügung stellt. Man muß dem Kaiser geben, was des Kaisers ist, und die Verzeihung der Jüdin hat da so wenig eine Ausnahmestellung wie die des Christen. Übrigens habe ich irgendwo gelesen, daß Sokrates durchaus nicht Athens Gerichte abgelehnt hat, obgleich er sehr im Zweifel war, ob sie seinen Fall überhaupt verstünden . . .«

Bei der Beschwörung dieses ehrwürdigen Weiberfeindes muß ich ein so trauriges Gesicht gemacht haben, daß meine Richterin sofort umschwenkte: »Aber, aber . . . beruhigen Sie sich! Der Form halber habe ich Ihnen das Grundsätzliche auseinandergesetzt. Jedoch die Kasuistik lehrt uns, daß es für so besondere Fälle wie den Ihren Ausnahmeregelungen gibt, ohne daß damit eine große Sünde begangen würde.

Ich überlasse es Ihnen, diese Ausnahmen zu entdecken . . .«

Sie erhob sich, und als ich sie hinausbegleitete, sagte sie noch: »Ich bin sicher die letzte, Ihnen Ratschläge zu erteilen, und ich kann Ihnen kaum solche geben, die der landläufigen Moral widersprechen, welche verlangt, daß man nicht auf dem Rücken des Nächsten vergibt, so verabscheuungswürdig er auch erscheinen mag . . . aber ich werde Ihnen etwas prophezeien, denn ich kenne mich in Frauen aus, und Sie lieben: das sieht ein Blinder.

Ich sage Ihnen also, daß Ihnen bald zusammen mit dem Glück des Verzeihens die legitimen Freuden zuteil werden, nach denen Ihre Reife verlangt und die Ihr Herz erwartet.«

Diese Worte waren so glücklich gewählt, daß ich meine

Ordensschwester umarmte und ihr alles, was ich an Geld in Reichweite fand, in die Hand schüttete.

Ich werde idiotisch! Aber ich glaube, daß sich das Geschick meines armen Stans abzuzeichnen beginnt . . .

18. Oktober

Gestern abend kam Stan gegen 10 Uhr aus dem Club zurück, viel früher, als es seine Gewohnheit war. Ich war im Salon und blätterte in alten Nummern der *Revue des Deux Mondes.* Stan ließ sich mir gegenüber in einen Sessel fallen und erklärte: »Ich bin so unruhig, daß ich mich nicht mehr auf das Schachspiel konzentrieren kann. Das passiert mir zum erstenmal. Ich habe eben ein Finale aus Zeitnot verpfuscht. Das ist unverzeihlich . . .

Darf ich Ihnen einen Augenblick Gesellschaft leisten? Ihre Gegenwart tut mir gut . . .«

Ich schlug ihm vor, seine Revanche gegen mich zu spielen, und behauptete, aus den Lehrbüchern seiner Bibliothek das Spiel gelernt zu haben, seit er mir in Vichy den Gang der Figuren und die Regeln erklärt habe.

»Ich habe mir den größten Teil vom *Schachbrevier* des Großmeisters Tartakower* angeeignet«, behauptete ich, »was ich nicht von Ihrem Werk, *Die modernsten Möglichkeiten bei der Eröffnung nach Van Kruitz,* sagen kann.«

»Ich werde selbst nicht ganz schlau daraus!« räumte Stan liebenswürdig ein.

Meine Anspielung auf eines seiner kleineren Werke schmeichelte ihm jedoch. Er wollte mir gern die Gnade einer praktischen Vorführung erweisen.

Wir setzten uns um die Elfenbeinfiguren, die ich ihm

* Savielly Grigoriewitsch Xavier T., geb. in Rostow 1887, österreichisch-polnische Eltern, Studien in Genf und Wien, gestorben in Paris. Ein großer Spieler und ein unbestechlicher Mann, der dem französischen Schach alle Ehre gemacht hat.

geschenkt hatte, als er Internationaler Großmeister geworden war.

Er eröffnete mit dem Königsbauer, und ich wählte die Französische Verteidigung, um mir das Risiko eines Gambits zu ersparen, wobei er mich leicht hätte schlagen können, ohne meine Stärke zu bemerken. Ich konnte die ersten Züge meiner Verteidigung ohne Panne spielen, von Stan unterstützt, der sich sorglos der klassischen Varianten bediente und im übrigen auf einen Fehler wartete. Er hatte den heftigen Angriff à la Chatard verschmäht, um sich durch den Gewinn eines Tempos eine schöne Kette von Bauern aufzubauen. Weil er abwartete, hatte er am Ende der Eröffnung nicht mehr den kleinsten Vorteil. Aber diese Tatsache beunruhigte ihn nicht: die Anfangszüge kann man aus Büchern erlernen, und die Französische Verteidigung ist eine der Partien, die am meisten beschrieben worden sind.

Ungefähr beim zwanzigsten Zug begann Stan jedoch zu merken, daß mit der Angelegenheit etwas nicht stimmte. Ich hatte wie zufällig einige Fallen vermieden und mir eine ziemlich haltbare Position aufgebaut. Zweifellos bestand für mich keine Hoffnung auf einen Gegenangriff mit der Dame, die er blockiert hatte, aber auch ihm war es nicht möglich, auf meine kleine Rochade wirksam zu erwidern. Dazu bedurfte es noch längerer Vorbereitung.

Stan, der immer unruhiger wurde, tat bald einige bedeutungslose Züge, ehe er in Gedanken versank, die ihn, wie mir schien, weit vom Schachbrett wegführten.

Er opferte schließlich seinen weißen Läufer auf h 7. Als ich ihn auf so energische Weise weiterspielen sah, vermutete ich einen Augenblick, daß er die Wahrheit ahne. Aber seine schweißbedeckte Stirn, die leicht zitternden Hände beruhigten mich. Er schwebte anscheinend in höchster Ungewißheit – eine Qual, die er nur zu gut kannte –, und sein Manöver war vielleicht darauf angelegt, ihm Klarheit zu bringen.

Ich stellte fest, daß dieses Läuferopfer tatsächlich bei den meisten Varianten sehr gefährlich für mich war, was ich gar nicht vermutet hatte. Ein Weg blieb mir noch, ein einziger, wenn ich mich frei machen wollte: daß ich meinen Springer auf e 5 opferte. Aber um den Wert dieses Zuges zu beurteilen, war es nötig, mindestens sechs oder sieben Züge vorausdenken zu können. Darauf zählte Stan: er wußte genau, daß eine Anfängerin unmöglich in der Lage war, eine solche Ablenkung zu entdecken.

Ich hatte nicht das Herz, ihn weiter schmoren zu lassen. Ich opferte also.

Schon seit einiger Zeit wagte Stan nicht mehr, mich anzusehen. Seine Augen blieben auf die Mittelfelder gerichtet. Als meine Finger den Bauern berührt hatten, begann Stan heftig zu zittern, sein Atem ging schneller, und ehe ich meine Bewegung vollenden konnte, stieß er die Figuren mit der Rückseite seines Ärmels sanft um und vergrub sein Gesicht in den Händen.

»Gibst du auf?« fragte ich.

Er antwortete nicht. Aber nach einer langen inneren Sammlung hob er den Kopf und fragte mit einer ungeheuren Müdigkeit: »Was hast du mit mir vor?«

»Was verdienst du?« gab ich zurück.

»Ich weiß nicht, wirklich, ich weiß es nicht . . . Ich würde mir gern eine kleine Strafe ausdenken, die dir Spaß machte. Aber ich sehe nicht klar. Und ich habe das Gefühl, daß man mindestens ein Halbgott sein müßte, um mich zu richten. Du mußt besser wissen als ich, was mir zusteht . . .«

»Ich glaube, du brauchst Liebe«, sagte ich zu ihm, »und ich auch.«

Zuerst war er sprachlos darüber, dann stürzte er mir zu Füßen und legte die Stirn auf meine Knie.

»Siehst du«, hielt ich ihm vor, »die Juden verzeihen nicht. Aber die Jüdinnen, das ist etwas anderes, vor allem wenn sie verliebt sind und nicht das Alte Testament gelesen haben.«

Als ich ihm nicht so schnell über das Haar strich, wie er

gehofft hatte, bekannte er: »Ich weiß nicht, was mich überkommt, ich schäme mich etwas. Ich muß mich verstecken.«

Und er steckte seinen Kopf weit unter meine Röcke. Eine Art der Verwirrung so gut wie jede andere ...

Als er die Buße so weit trieb, mir damit Genuß zu verschaffen, zog ich ihn an den Ohren: »Es handelt sich um kein Geschäft, Stan. Ich werde nicht die Hand gegen dich erheben, was auch kommen mag. Du kannst mich auf die Wangen küssen und deine Koffer packen, wenn du willst. Ich will keinen Gefangenen haben: ich will meinen Mann.«

Diese Rede war beachtlich und auch nicht ungeschickt.

Stan lachte: »Ich werde dich auf die Wangen küssen, wenn mir die Kräfte fehlen sollten, es an anderer Stelle zu tun.«

Ich ließ seinen Kopf frei, der darauf das tat, was ich begehrte.

Er hat mich niemals aus so vollem Herzen geliebt wie an diesem Abend.

Ich vergaß eine Kleinigkeit ...

Es war beinahe Mitternacht, als hinter uns eine rhythmische Musik erklang wie ein Gongschlag aus einem wolkenlosen Himmel.

Wir fuhren auseinander. Stan wickelte sich in einen Kaschmirschal, der von der Couch gefallen war, und trat mir ein Stück davon ab, womit ich mich schlecht und recht bedeckte.

Fabienne stand vor dem Radio. Sie unterbrach die Sendung mit einer knappen Bewegung und wandte sich an Stan, ohne mich eines Blickes zu würdigen. Ihre dunklen Augen waren voll Wut, aber ihre Stimme war eisig, beherrscht: »Solltest du nicht heute abend zu mir kommen?«

»Ich ... um die Wahrheit zu sagen ... ich hatte es ein bißchen vergessen«, stotterte Stan so dämlich wie möglich.

»Ich sehe, ich sehe ...« stellte Fabienne fest. »Monsieur ist immer noch dabei, seine Frau wiederzuerkennen: kein Wiedererkennen ohne gewissenhafte Prüfung! Ekelt es Monsieur nicht an?«

Stan schluckte mühsam an seinem Speichel ... und Fabi machte auf dem Absatz kehrt.

Wir beide blieben zurück, schrecklich abgekühlt durch diesen tragikomischen Zwischenfall.

»So kann es nicht weitergehen«, sagte Stan. »Wir müssen etwas unternehmen. Wir können nicht jedesmal, wenn wir uns den ehelichen Annehmlichkeiten des Wiederfindens hingeben, einen Auftritt dieser Art riskieren.«

Das war auch meine Ansicht. Wir vertauschten unseren Kaschmirschal mit gewöhnlicherer Bekleidung und sprachen lange über Fabienne, ohne uns zu ereifern, wie alte Eltern, die bemüht sind, einem undankbaren Nachkommen zu seinem Glück zu verhelfen.

Wir kamen überein, nicht sofort meine Identität aufzudekken. Es war schon schwer genug für Fabi, auf einen so talentierten Liebhaber wie Stan verzichten zu müssen. Überdies noch zu erfahren, daß ihre Mutter lebte, eine Mutter, die soeben persönlich ihre Heldentaten miterlebt hatte, diese Aussicht war unerträglich. Wir entschlossen uns, in den nächsten acht Tagen von hier zu verschwinden, sie aber vorher über ihre Lage zu beruhigen.

Früher fehlte Fabienne meine Gegenwart. Das einzige Geschenk, das ich ihr unter den jetzigen Umständen machen kann, ist meine Flucht. Von neuem spiele ich mit dem Gedanken einer endgültigen Rückkehr, die alles ins reine brächte. Ich würde mich dann Fabi als scheinbar unwissende Mutter stellen, und Stan käme zu uns, nachdem er sich seiner Julia Robinson entledigt hätte, von der man mir kein Wort zu erzählen brauchte. Das gäbe noch genug Theater! Nicht umzubringen, diese Robinson! Genauso schwierig, wie sie zum Leben zu erwecken. Aber das seelische Gleichgewicht meiner Tochter ist das Opfer wert.

16

19. Oktober

Gestern morgen las mir Stan lächelnd einige Zeilen aus dem *Figaro* vor:

Die Ordensschwester der heiligen Maria Magdalena, die, wie schon berichtet, das Opfer eines tödlichen Verkehrsunfalls wurde, war, wie die Untersuchung ergab, nichts weiter als eine Diebin der Hautevolee, deren Opfer Legion sind. Unter dem Vorwand, für reuige Mädchen einer nicht bestehenden Institution zu sammeln, graste diese gefährliche Person die reichen Viertel ab, und bei ihren Schandtaten kam ihr eine ausgezeichnete Erziehung zugute, die ihr eine ahnungslose Familie unglücklicherweise hatte angedeihen lassen.

»Dieser Reinfall gefällt mir«, sagte Stan und erwartete meine Zustimmung. »Da steckt eine ganze Philosophie drin. Findest du die Angelegenheit nicht witzig?«

Ich war gereizt wie ein Puter.

»Diese Person hat mir auch einen Besuch abgestattet«, gab ich schließlich, ohne weiter zu überlegen, zu.

»Was? Und hat sie dich auch erleichtert?«

Der Ausdruck machte mich nachdenklich. Ich gestand schließlich: »Sie hatte den guten Einfall, gerade am Jahrestag meiner Festnahme zu erscheinen, und hielt mir fromme Predigten, die mich günstig beeinflußt haben . . . Ich bin für mein Geld entschädigt worden . . .«

»Das erstaunt mich nicht. Es ist eine erwiesene Tatsache, daß die schlimmsten Sünder die besten Prediger sind. Die Hoffnung, ihr tägliches Brot hereinzubekommen, spornt sie an, ohne die Liebe zur Kunst zu rechnen, die unter Umständen wohl der Liebe zum Nächsten gleichkommt. Diderot verfaßte Predigten, die sich die amerikanischen Siedler aus den Händen rissen und die der Enzyklopädie durchaus zur Zierde gereichten. Racine berichtet uns, daß Mère Angélique sich zu den erhabensten Kasteiungen bekehren ließ, und zwar von einem Kapuziner, der mit seinem Orden zerfallen war und in fremden Ländern nicht mehr und nicht weniger als ein Abtrünniger wurde ... Die Wege der Vorsehung sind unerforschlich. Da kommt man mit seinem Latein nicht weiter. Man muß sich damit abfinden, zu glauben, ohne zu begreifen, oder nicht zu glauben und ebenfalls nicht zu begreifen ...«

Die Bildung Stans erstaunte mich immer wieder. Es ist wahr, daß er die Zeit, die er nicht dem Schach widmete, mit Lesen verbrachte und daß er überall etwas herumlas, als Dilettant, mit einem souveränen Eklektizismus, der Bossuet genausoviel Vergnügen abgewann wie Choderlos de Laclos.

»Außerdem«, fuhr Stan fort, »sind die waschechten Kirchenjünger sehr selten redselig. Sie fühlen eine wirksame Maschinerie in ihrem Rücken, die keines Getues bedarf, um zu verführen. Sie sind höflich genug, Gott die Sorge dafür zu überlassen, daß ihre Reden hieb- und stichfest sind. Du hättest gegenüber dieser zu erbaulichen Erscheinung mißtrauisch sein müssen. Und das um so mehr, als die echten Nonnen immer zu zweien ausgehen wie die römischen Konsuln und aus den gleichen Gründen: die eine bewacht die andere, um einen Fehltritt zu verhindern ...«

Ich war zweifellos ärgerlich, aber rückblickend überkam mich auch die Angst, was diese schreckliche Frau mit den Enthüllungen hätte machen können, die ich ihr wie mit Blindheit geschlagen anvertraut hatte. Nun ja, sie war mit unseren Geheimnissen verschwunden ...

Ich brachte die Unterhaltung mit einem Ruck auf ein anderes Thema: »Bist du eigentlich sicher, daß deine vier Domherren echte Domherren waren?«

»Oh, das ist sehr wahrscheinlich«, antwortete Stan. »Ich las in ihren Augen eine derartige Gier auf diese Pastete, die vermuten ließ, daß Frauenfleisch nicht zu ihren alltäglichen Genüssen gehörte!«

Am Nachmittag sprachen wir wieder von Fabienne. Nach dem Abendessen überredete ich schließlich Stan, zu ihr hinaufzugehen, und zwar zusammen mit mir. Es mußte zu Ende gebracht werden, und das unter meiner Aufsicht. Sich selbst überlassen, wäre Stan imstande gewesen zuzugeben, wer ich war, um für seine Haltung ehrenhaftere Gründe anführen zu können, und meine Tochter hätte mich nie mehr eines Blickes gewürdigt. Ich möchte wieder alle liebhaben können, und zwar besser als früher: Stan wie Fabi.

Wir fanden sie über ihren medizinischen Büchern in dem sehr ordentlichen Arbeitszimmer. Unser Kommen überraschte sie, aber da sie nicht wußte, was wir ihr brachten, zwang sie sich, auf ihre Art liebenswürdig zu sein: »Setzen Sie sich. Ich bin beschämt, wegen gestern abend . . . Ich hätte mich auf den Zehenspitzen zurückziehen sollen. Ein Rest von Takt ließ mich meine Anwesenheit durch das Einschalten des Radios ankündigen, und der schlechte Geschmack der Zeit wollte es, daß ich gerade an eine sogenannte Musik geriet, die Ihre Belustigungen aufs innigste untermalte . . .

Aber warum, zum Teufel, treiben Sie es auch so improvisiert . . . wie junge Leute, über deren Alter Sie hinaus sind; ohne an eine angemessene Zurückgezogenheit zu denken? Schließlich war das ja nicht Ihr erster Versuch.«

Stan rutschte auf seinem Stuhl herum, hustete, wollte sich nicht unhöflich zeigen: »Entschuldige dich nicht . . . die Natur übermannte uns . . . Du bist ja auch kein junges Mädchen mehr . . .«

»Dank deiner Bemühungen . . .«

»Hm . . . es stände mir übel an, das leugnen zu wollen. Du erleichterst mir meine Aufgabe nicht.«

»Deine Aufgabe?« Fabi sah Stan unruhig forschend an. Sie mußte verstanden haben, daß das Zusammensein, das sie gestört hatte, nicht ein belangloser Zufall war.

Stan fuhr in einem Atemzug fort: »Wir sind heraufgekommen, um dir unsere baldige Abreise mitzuteilen. So, nun ist es gesagt!«

Fabi wurde kalkweiß. Sie murmelte: »Das ist nicht möglich ... Das ist doch nicht möglich!« Die Ungläubigkeit war beim ersten Schock größer als die Verzweiflung.

Stan versuchte, sich schlecht und recht zu rechtfertigen, und es war mehr schlecht als recht: »Ich weiß, daß du das Recht zu haben glaubst, andere Beweise der Zuneigung von mir zu erwarten. Ich habe jedoch in Madame Robinson eine Gefährtin gefunden, die so viel Gemeinsames mit der Verschollenen hat, die wir beweinen, daß dir im Laufe der Zeit meine ... Untreue weniger hart erscheinen wird ... wie ein Opfer für eine höhere Treue, eine letzte Ehrung für die, die uns verlassen hat ...«

Das klang geschwollen und zum Weinen falsch. Was hätte er aber auch sagen sollen?

»Es ist keine neue Leidenschaft, die mich ergriffen hat, es ist in vieler Hinsicht eine alte Gewohnheit, die wieder von mir Besitz ergreift, gegen die weder ich noch du ankämpfen können. Die Jahre der Erinnerung wiegen für mich schwerer als deine Jugend. Ich bitte dich um Verzeihung ...«

Das klang etwas echter, wenn auch nicht überzeugender.

Während dieser peinlichen Rede ließ Fabi nicht ihren Blick von Stan. Sie mußte wohl spüren, daß sich hinter diesen Worten irgend etwas Außergewöhnliches verbarg, und ich fürchtete einen Augenblick, daß die Wahrheit ihr dämmerte.

Aber dann blickte sie mich mit schrecklichen Augen an, aus denen ich endgültigen Haß herauslesen konnte: »Mein Geld war Ihnen nicht genug! Sie mußten mir alles nehmen!«

Ich antwortete sanft: »Ich weiß wohl, daß ich Sie weit mehr koste als Geld, daher werde ich von meinen materiellen Ansprüchen das Glück abziehen, das ich Ihnen raube. Stan und ich werden uns mit dem geringen Prozentsatz begnügen, den ich anfangs erbeten hatte. Die Formalitäten nähern sich ihrem Ende: die ersten Gelder, die ich Ihnen bald überschreiben werde, sollen unseren guten Willen bezeugen. Was Sie auch immer glauben mögen, wir befinden uns unter ehrlichen Menschen ...«

»Es geschehen seltsame Dinge zwischen ehrlichen Menschen«, gab sie zurück.

Stan erhob sich. Er beeilte sich sichtlich, diese Sitzung abzukürzen, in der er keine ehrenvolle Figur machte. Auf der der Türschwelle unterdrückte er eine Anwandlung, die nur fehl am Platz gewesen wäre, und begnügte sich mit den Worten: »Ich habe dich so geliebt, wie es mir möglich gewesen ist. Wir haben kein Glück gehabt ...«

Dieses Geständnis, das für uns alle drei gleichermaßen entmutigend war, trieb Fabi die Tränen in die Augen. Sie warf sich schluchzend auf ihr Bett.

Der sehr verlegene Stan wagte weder zu bleiben noch zu gehen.

Ich hätte am liebsten meine Tochter in die Arme genommen und ihr versichert, daß irgendwo schon ein anderer Geliebter auf sie wartete, der sie besser trösten würde, als ich es konnte. Welch ein Segen, sich noch sagen zu können: ›Ich werde noch viele Geliebte haben ...‹

Ich nahm Stan am Arm und zog ihn heraus. Einen Augenblick stützten wir uns auf das Geländer der Lieferantentreppe, die unter freiem Himmel über einem erleuchteten Paris lag. Die Kühle des Abends tat uns gut.

Nach langem Schweigen machte mir Stan Vorwürfe: »Du hattest unrecht, darauf zu bestehen, dabeisein zu wollen. Ich konnte dir diese Befriedigung sicher nicht abschlagen, aber bestimmt wäre ich allein besser fertig geworden. Wir mögen die besten Absichten der Welt haben, aber wir haben uns eben schmutzig benommen. Das ähnelte einer Hinrichtung.«

»Sie wird vergessen«, behauptete ich. »Ich habe auch ihren Vater vergessen.«

»Du hast da eine besondere Begabung. Wenn du auch mal

den Boden verlierst, so fällst du doch wie die Katzen immer auf die Füße. Aber die meisten Mädchen glauben an das Geheimnis der Jungfräulichkeit. Sie bilden sich ein, ein kostbares Geschenk zu machen.«

»Komm«, sagte ich, »gehen wir runter. Ich werde dir dort harmlosere Geschenke machen, die dich weniger nachdenklich stimmen ...«

Aneinandergelehnt stiegen wir die Treppe hinunter.

20. Oktober

Da er mich mit Fragen bestürmte, habe ich Stan die zwei Briefe von Simiane gezeigt, die ihn sehr beunruhigten: »Diese Person hat die Mentalität eines Gerechtigkeitsfanatikers. ›... verzeihen, wenn der Gerechtigkeit Genüge getan ist!‹ Der Gerechtigkeit Genüge getan ist ... Das gefällt mir gar nicht. Er will das Fell des Denunzianten, damit er eine bessere Meinung von sich selbst bekommt. Mit dem Alten Testament in der Revolvertasche sucht er einen Sündenbock, um seine wenig glanzvolle Weitergabe des Briefes vergessen zu machen. Er kann immer wieder auf die eine oder andere Weise auf seine Beschuldigung zurückkommen. Du mußt ihn beruhigen, wenn dir etwas an mir liegt.«

Zweifellos übertrieb Stan. Aber seine Angst vor dem Schlimmsten war um so verständlicher, als er jetzt am Ende seiner Qualen angelangt schien.

Um ihm eine Freude zu machen, schrieb ich mit meiner schönsten Handschrift folgende Zeilen:

Sehr geehrter Herr Hauptmann!
Dank Ihrer liebenswürdigen Hilfe habe ich den Schuldigen entdeckt – in meinem eigenen Bett. Ich habe Gerechtigkeit geübt, indem ich ihm vergab. Es gibt keine höhere Gerechtigkeit als diese, wenn der eine Teil ihrer fähig und der andere davon gerührt ist. Ich bitte Sie, stören Sie nicht den Lauf

dieser Gerechtigkeit, deren Quelle Ihnen nicht fremd ist. Die Tiefe unseres Glücks läßt mich glauben, daß man bis zum Wahnsinn lieben muß, um so zu lieben, wie es nötig ist.

Mit bestem Dank . . .

Stan würdigte diesen Stil durchaus: »Das ist sehr gut ausgedrückt. Ein Mann dieses Schlages verdient schöne Gedanken. Er wird seinen Degen schlucken und uns in Ruhe lassen!«

Stan hat kein Gefühl für Größe!

22. Oktober

Pierre kam heute morgen zwischen zwei Besuchen hier im Viertel, um zu erfahren, was es Neues gäbe. Natürlich hatte ich Stan aufgeklärt, welche Rolle unser Freund gespielt hatte. Das war nicht dazu angetan, ihn ihm sympathischer zu machen.

Die beiden Männer begrüßten sich ohne große Begeisterung und wechselten zunächst einige belanglose Sätze in einer ziemlich kühlen Atmosphäre, während ich mich zurückhielt. Stan entschloß sich schließlich wegzugehen, unter dem durchsichtigen Vorwand, Streichhölzer zu holen. Pierre hütete sich wohl, ihm seine anzubieten.

Ehe Stan den Salon verließ, gönnte er sich das Vergnügen einer bissigen Bemerkung: »Wenn ich es mir recht überlege, meine ich, Elisabeth sollte den Arzt wechseln. Es ist nicht gerade vertrauenerweckend, daß Sie nicht fähig waren, sie wiederzuerkennen. Glücklicherweise war ich da, ihr Mann, der mit den Augen der Liebe sah!«

Pierre wandte sich mir mit einer komischen Grimasse zu: »Wenn ich recht verstehe, hast du mich eine völlig idiotische Rolle spielen lassen.«

Ich mußte lachen und klärte ihn auf.

Er hörte mir mit dem herzlichsten Interesse zu und beglückwünschte mich schließlich etwas doppeldeutig: »Du hast dich besser aus der Affäre gezogen, als man erwarten konnte. Das Ende grenzt ans Wunderbare und ist doch sehr einleuchtend. Deine Verzeihung war eine verdienstvolle Tat, die ihren Wert auch in praktischer Hinsicht behält: ein lebendiger Ehemann, selbst wenn er nicht viel wert ist, geht öfter mit dir ins Bett als ein toter Denunziant. Du hast sowohl edel wie intelligent gehandelt. Ganz typisch für dich!

Und selbst wenn der Glanz dieser zweiten Flitterwochen dich ein wenig blind machen sollte, so macht das im Augenblick gar nichts ...«

Ich bat ihn, sich etwas genauer auszudrücken, was er mit gewohnter Offenheit tat: »Wird es auf die Dauer für dich erträglich sein, mit einem Mann zusammenzuleben, dessen Leben du in der Hand hast?«

Ich wischte den Vorwurf weg: »Du siehst mich wohl schon halbnackt, gealtert, ihm das Messer an die Kehle setzen und ›Liebe oder Tod‹ schreien? Gott sei Dank habe ich keinen so schlechten Geschmack!«

Er lächelte etwas verlegen: »So weit sehe ich gar nicht. Ich frage mich nur, ob dein Glück gesichert ist, wie jedes Glück, das sich selbst ernst nimmt, gesichert sein will ...«

»Beruhige dich«, antwortete ich ihm, »mein Glück ist nicht so ernst zu nehmen. Es ist nur ein großes Glück aus zweiter Hand, das mich tausend Schmerzen gekostet hat, das aber nicht von Dauer sein wird. Im Augenblick frißt mir Stan aus der Hand. Früher oder später wird sein Gaumen andere Vergnügungen suchen ... Mir war immer klar, daß ich ihn am Ende verlieren würde. Aber diese Aussicht verbietet mir nicht, ihn zu lieben. Das ist eben Mut: Gefühle, die Ewigkeitswert haben, ohne Illusionen auch provisorisch zu investieren.«

»Ja, dann habe ich nichts mehr zu sagen«, sagte Pierre traurig. »Wenn Fabi nicht in nächster Zukunft Dummheiten macht ...«

»Was könnte sie wohl tun?«

»Ach, ich weiß nicht ... Sie ist verschlossen, redet nicht viel. Ich bin mißtrauisch Menschen gegenüber, die nicht viel reden. Sie versuchen, nicht immer glücklich, statt dessen zu handeln, und sie sind oft leidenschaftlicher, als sie scheinen ...«

»Sie kann töten ... oder sich töten ...«

»Warum nicht beides?«

Pierre verabschiedete sich mit einem Wunsch, aus dem seine ganze Persönlichkeit sprach: »Ich wünsche dir, daß du noch jung verschwindest. Du verdienst es, auf dem Gipfel zu sterben.«

Ich weiß nicht, ob mich die Götter so sehr lieben!

23. Oktober

In einem Anfall von Offenheit erzählte ich Stan das Schändlichste, was ich im Lager durchmachen mußte. Das rührte ihn sehr und ließ ihn zart empfindende Worte finden: »Mein armer Liebling! Jeder von uns hat in dem einen oder anderen Augenblick seines Lebens die Liebe betrieben, einfach weil er Hunger hatte! Wir waren füreinander bestimmt ...«

Stan seinerseits überkam eine Anwandlung rückhaltloser Ehrlichkeit, die sich wohl schon seit geraumer Zeit vorbereitete. Plötzlich sagte er mir in einem gewollt natürlich klingenden Ton: »Es macht mich um so glücklicher, dich hier gesund vor mir zu haben, als meine Eltern Juden waren ... das heißt mosaischen Glaubens ... ich meine, nur meine Mutter.«

Ich war wie betäubt. Das war das Ende von allem. Jetzt schlief ich also seit Jahren mit einem Juden, ohne es zu merken!

Ich stotterte: »Aber ... aber du bist nicht beschnitten ...«

»Das brauchte ich nicht mitzumachen. Ich sagte dir doch, daß mein Vater keine Religion hatte. Übrigens will die Beschneidung nichts bedeuten. Die Araber und noch viele andere sind beschnitten. Man kann ein Pferd beschneiden, wenn man will ...«

»Aber dein Name ...«

»Es ist ein angenommener Name, den ich mir schon frühzeitig zulegte, um den Schlägen auszuweichen, die ich kommen sah. Es wäre doch etwas hart gewesen, wenn ich als Jude verfolgt worden wäre, weil meine Eltern als solche galten. Ich war vorsichtig. Ich war auch ehrlich. Wenn man nichts Jüdisches an sich hat: weder die Religion noch die Tradition, weder Volkstum noch Sprache, nicht Nahrung, Kleidung und noch weniger die Rasse, weil es sie nicht gibt, dann braucht man gar nicht mehr zu betonen, daß man es nicht ist.

Wenn alle die falschen Juden, so wie du einer bist, sich nicht diese Phantasienasen machen ließen unter dem Vorwand, daß man sie als Juden gemartert hat, sähe man in dieser berühmten jüdischen Frage klarer. Der Mythos fiele zusammen, und es bliebe nichts übrig als eine kleine Religion, die genauso vorzeigbar wäre wie alle anderen. Aber solange die Opfer mit den Henkern Hand in Hand arbeiten, um eine einfache Tatsache zu verschleiern, so lange wird es Antisemitismus geben. Die abscheulichsten Leidenschaften leben von der Unklarheit.«

»Deine Eltern waren Juden, dann kannst du machen, was du willst. Du wirst Jude bleiben«, versicherte ich ihm.

Stan explodierte: »Man hat völlig recht mit der Behauptung, daß vier Fünftel der menschlichen Dummheit durch die Frauen in die Welt kommen!«

Dann schrie er noch lauter: »Wenn du die unglückliche Idee hast, irgend jemandem zu erzählen, daß ich Jude bin, drehe ich dir den Hals um.«

Ich zeigte auf das offene Fenster, das einen sonnigen Nachmittag hereinließ: »Das ist zu spät. Die Nachbarn wissen Bescheid. Morgen wird es ganz Paris wissen. Und übermorgen die Provinz. Du solltest deine Nase zurechtbiegen lassen. Das wäre ehrlicher ...«

Er mußte trotz seiner Wut lachen, und ich lachte mit. Was bedeutet es schließlich, was wir sind, da wir uns lieben?

27. Oktober

Am 31. werden wir an die Riviera reisen.

Am 29. und 30. fährt Stan, der seit zwei Monaten die großen Schachturniere vernachlässigt hat, nach Versailles, um gegen eine argentinische Gruppe zu spielen. Ich habe ihm erlaubt, über Nacht zu bleiben. Ich vertraue ihm.

Eben traf ich Fabi auf der Treppe. Sie sah entsetzlich schlecht aus, mir zog es das Herz zusammen. Ich ahnte nicht, daß sie Stan so sehr liebte. Ich möchte schnell wegfahren, schnell wiederkommen, schnell sie mit geschlossenen Augen an mein Herz drücken ...

29. Oktober

Zufriedene Menschen haben keine Geschichte, selbst wenn ihre Illusionen nur eine Zeitlang vorhalten. Heute abend schreibe ich wahrscheinlich die letzten Zeilen dieses Tagebuches, von dem nur ich allein weiß. Eines Tages werde ich es wieder lesen, werde darüber lächeln und es ins Feuer werfen.

Einstweilen bin ich ganz zufrieden mit mir. Nicht jeder wäre es gelungen, auf so glückliche Weise diesen verflixten Stan wieder in die Hand zu bekommen. Zweifellos hat die Vorsehung etwas dazugetan, aber man kann wohl behaupten, daß ich mitgeholfen habe!

Endlich werde ich für einige Zeit glücklich sein. Was auch Fabi davon halten mag, ich habe ihn ihr nicht gestohlen.

N.B. In der Nacht vom 1. zum 2. November 1945 hat sich Mademoiselle Wolf mit Gas vergiftet.